COLLECTION FOLIO

Pouchkine

La Dame de pique

PRÉCÉDÉ DE

Récits de feu Ivan Pétrovitch Bielkine

ET DE

Doubrovski

Préface d'André Gide

Traductions
de Gustave Aucouturier,
André Gide et Jacques Schiffrin

Postface et notes
de Gustave Aucouturier

Gallimard

PRÉFACE

Les lettrés français connaissent déjà La Dame de pique *de Pouchkine par la traduction que nous en donna Mérimée. Il pourrait paraître impertinent d'en offrir aujourd'hui une version nouvelle, et je ne doute pas que la première ne paraisse plus élégante que celle-ci, qui n'a d'autre mérite que sa très scrupuleuse exactitude. C'est là sa raison d'être. Le souci d'expliquer et de parfaire invita Mérimée à émousser quelque peu les crêtes cristallines de ce récit. Nous nous sommes défendu d'ajouter rien au style net et dépouillé de Pouchkine, dont la grâce est sveltesse et qui vibre comme une corde tendue. Quand il dit : « Hermann frémissait comme un tigre », Mérimée ajoute : « à l'affût ». Quand il penche Lisavéta sur un livre, Mérimée dit : « gracieusement ». Cet écrivain charmant marque ainsi sa manière, et si certains lui reprochent sa sécheresse, l'on voit ici que ce reproche est mal fondé, ou du moins ce n'est qu'en regard du style fardé des écrivains de cette époque que le style de Mérimée peut nous paraître si dépouillé. La netteté de Pouchkine, tout au contraire, le gêne, et rien mieux que l'étude de cette traduction ne nous instruit. « Les poètes, écrivait Pouchkine, pèchent souvent par défaut de simplicité et de vérité, ils poursuivent toutes sortes d'effets extérieurs. Cette recherche de la forme les entraîne vers l'exagération et l'emphase. » Il reprochait à Hugo, que pourtant il admirait, son absence de simplicité. « La vie lui manque, écrivait-il, autrement dit : la vérité. »*

L'étrangeté de la plupart des écrivains russes, et des plus grands, étonne souvent le lecteur français et même, parfois, le rebute; la non-étrangeté de Pouchkine, je l'avoue, me déconcerte bien davantage. Ou du moins ce qui me déconcerte, c'est d'entendre Dostoïevski, ce génie si prodigieusement distant de nous — malgré toutes les affinités secrètes que certains d'entre nous peuvent découvrir dans son œuvre profondément humaine — considérer Pouchkine comme le plus national de tous les écrivains russes qui l'ont précédé. En vain chercherions-nous ici ce que nous avons coutume de considérer comme spécifiquement russe : désordre, pénombre, surabondance, désarroi. Dans la plupart des œuvres de Pouchkine, tout est clarté, équilibre, harmonie. Nulle amertume, nul pessimisme résigné; mais un amour profond, peut-être même un peu sauvage, pour toutes les joies, toutes les voluptés de la vie — que tempère sans cesse l'exigence de son culte pour la beauté.

Russe? Oui, sans doute; mais c'est qu'alors nous nous faisions des Russes une idée fausse. Epris dès sa jeunesse de l'art antique, Pouchkine traduit Anacréon, Athénée, Xénophon, Catulle, Horace. Il écrit en 1834 : « Tout Européen cultivé doit avoir une idée suffisante et claire des œuvres immortelles de l'Antiquité. » Il admire également les grandes œuvres de la littérature française et anglaise. A trente-deux ans, il écrit à Tchaadaïev, en français : « Je vous parlerai la langue de l'Europe, elle m'est plus familière que la nôtre. » Il imite Chénier, Byron. Il imite sans cesse, et semble n'avoir pas de plus grande joie que celle de se perdre et de se dépersonnaliser. « Voyez ces scènes de Faust, *du* Chevalier Avare, *etc. Relisez le* Don Juan *et s'il n'y avait pas de signature, dit Dostoïevski, vous ne devineriez jamais que cela n'est pas écrit par un Espagnol. Dans le* Festin pendant la peste, *vous entendez le génie même de l'Angleterre. »*

Ce qui paraît à Dostoïevski si profondément russe dans le limpide génie de Pouchkine, c'est précisément cette universalité même, cette singulière faculté de se perdre pour ne se retrouver qu'en autrui. « La littérature européenne, dit-il, nous offre des génies comme Shakespeare, Cervantes, Schiller. Mais montrez-moi, ne fût-ce qu'un seul parmi tous qui possède au même degré que Pouchkine la capacité de cette compréhension universelle. » Et encore : « Pouchkine fut le seul parmi les poètes, qui ait réussi à s'incarner dans l'âme des autres poètes. » Or, affirme Dostoïevski, c'est à son caractère profondément russe que Pouchkine doit son universalité, car « la mission de chaque Russe est sans doute une mission universelle ». — « Devenir un vrai Russe, ajoute-t-il, devenir complètement russe — cela veut dire se sentir frère de tous les hommes. »

Ce bref chef-d'œuvre qu'est La Dame de pique *nous offre un excellent exemple des admirables qualités poétiques de Pouchkine et de son don d'effacement.*

André Gide.

Les mots ou phrases en italique et précédés d'un astérisque sont en français dans le texte russe.

Récits de feu Ivan Pétrovitch Bielkine

ÉDITÉS PAR A.P.[1]

(1830)

Traduction par André Gide et Jacques Schiffrin

Mme Prostakova : *Mitrophane, depuis son enfance, est amateur d'histoires.*

Skotinine : *Tout comme moi.*

Fonvizine, *Le Mineur*[1].

AVIS DE L'ÉDITEUR

Ayant entrepris la publication des *Récits* d'I. P. Bielkine, que nous présentons aujourd'hui au public, nous avons cru devoir y joindre une biographie, si brève soit-elle, du défunt auteur, de manière à satisfaire à la légitime curiosité des amateurs de notre littérature nationale. A cette fin, nous nous étions adressés à Maria Alexiéïevna Trafilina, la plus proche parente et héritière d'Ivan Pétrovitch Bielkine. Malheureusement il lui fut impossible de nous fournir le moindre renseignement sur le défunt, car elle ne l'avait point connu. Elle nous conseilla de nous adresser, à fins utiles, au très honorable X***, vieil ami d'Ivan Pétrovitch. Nous suivîmes donc ce conseil et, à la lettre que nous lui écrivîmes, nous reçûmes la réponse souhaitée. Nous la reproduisons ici sans modifications ni commentaires — précieux témoignage d'idées élevées et d'une amitié touchante, et, d'autre part, renseignement biographique satisfaisant.

*Très honoré Monsieur ***,*

J'ai eu l'avantage de recevoir, ce 23 courant, votre honorée du 15 de ce même mois, dans laquelle vous exprimez le désir d'avoir des renseignements détaillés sur les dates de la naissance et de la mort, sur les services, la vie de famille, ainsi que sur les occupations et le caractère de feu Ivan Pétrovitch Bielkine, mon fidèle et ancien ami et voisin. C'est avec le plus grand plaisir que je satisfais à votre attente, et vous communique, Monsieur, tout ce dont je puis me souvenir de ses entretiens, ainsi que mes observations personnelles.

Ivan Pétrovitch Bielkine naquit de parents honnêtes et nobles, en l'année 1798, dans le village de Gorioukhino. Feu son père, le commandant Piotr Ivanovitch Bielkine, avait pris pour femme la demoiselle Pélaguéya Gavrilovna, née Trafilina. C'était un homme peu fortuné, mais de besoins modérés, et fort habile dans la gérance de ses terres. Leur fils reçut ses rudiments du sacristain du village. C'est à cet homme honorable qu'Ivan Pétrovitch semble avoir dû son goût pour la lecture et pour nos lettres russes. En 1815 il prit du service dans un régiment de chasseurs (dont le numéro m'échappe), où il servit jusqu'en 1823. La mort de ses parents, survenue presque en même temps, l'amena à prendre sa retraite et à rentrer au village de Gorioukhino, son patrimoine.

Lorsqu'il prit en main l'administration de ses terres, Ivan Pétrovitch, autant par inexpérience que par bonté, négligea bien vite ses affaires et compromit l'ordre rigoureux établi par feu son père. Il congédia le staroste, homme consciencieux et adroit, dont les paysans se plaignaient, selon leur habitude, et remit la gérance de tous ses biens à la vieille ménagère qui avait su gagner sa confiance par son art de conter les histoires. Une vieille sotte incapable de différencier un assignat de vingt-cinq roubles d'un de cinquante! Marraine de tous les paysans, ceux-ci ne la craignaient guère; le staroste élu par eux tous était de connivence avec eux et filoutait tant et si bien qu'Ivan Pétrovitch se vit obligé d'abolir la corvée et de réduire la taille! Mais là encore, profitant de sa faiblesse, les paysans obtinrent pour la première année une exemption considérable et, les années suivantes, payèrent plus des trois quarts de leur dû avec des noix, des airelles, etc. Malgré quoi, il restait encore des arrérages.

En tant qu'ami de feu le père d'Ivan Pétrovitch, je considérai comme mon devoir d'offrir mes conseils également à son fils; et à maintes reprises, je me mis à sa disposition pour rétablir l'ordre compromis par sa négligence. Dans ce but, m'étant un jour rendu chez lui, je demandai à voir les livres de comptes, et fis comparaître le staroste voleur. Le jeune propriétaire me prêta d'abord toute l'attention et toute l'application désirables, mais lorsque les comptes démontrèrent que, durant les deux dernières années, le nombre des paysans avait augmenté, tandis qu'avait considérablement diminué le cours de la volaille et du bétail, Ivan Pétrovitch, satisfait de ce premier renseignement, cessa de me suivre; et au moment même où mes recherches et mon interrogatoire sévère parvenaient à jeter cette canaille de staroste dans une confusion extrême et à le réduire au silence, j'entendis, à mon grand dépit, Ivan Pétrovitch ronfler sur sa chaise. Depuis lors je cessai de me mêler de son administration, et je remis ses affaires (ainsi qu'il fit lui-même) à la volonté du Très-Haut. Ceci n'a du reste nullement troublé nos relations amicales : compatissant à sa faiblesse et à cette funeste incurie qu'il partageait avec tous les jeunes gens de notre noblesse, j'aimais sincèrement Ivan Pétrovitch. Et d'ailleurs, comment ne pas aimer un jeune homme aussi doux et aussi honnête? De son côté, Ivan Pétrovitch témoignait de la considération pour mon âge, et m'était cordialement dévoué. Il me vit presque journellement jusqu'à sa mort, attachant du prix à la simplicité de mes propos, encore que nous ne nous ressem-

blions guère, ni par nos habitudes, ni par nos idées, ni par nos caractères. Ivan Pétrovitch menait une vie des plus calmes, et évitait tout excès : il ne m'est jamais arrivé de le voir entre deux vins (chose qui dans notre contrée peut être considérée comme un miracle inouï); par contre il avait un très grand penchant pour le beau sexe, mais sa pudeur était véritablement virginale [a].

En plus des Récits *dont vous avez bien voulu faire mention dans votre lettre, Ivan Pétrovitch a laissé une quantité de manuscrits dont vous trouveriez chez moi une bonne partie; le reste fut employé par sa ménagère pour divers besoins domestiques : ainsi, l'hiver dernier, toutes les fenêtres de sa maison furent calfeutrées avec la première partie d'un roman inachevé.*

Les Récits *ci-dessus mentionnés furent, je crois bien, son premier essai. Ils sont — je le tiens d'Ivan Pétrovitch lui-même — véridiques pour la plupart et lui furent racontés par diverses personnes* [b].

Toutefois les noms propres sont presque tous de son invention, tandis que les noms de localités et de villages sont empruntés à notre district : ce qui fait que mon domaine se trouve également mentionné. Ceci provient non pas de quelque malicieuse arrière-pensée, mais bien uniquement d'un défaut d'imagination.

a. Suit une anecdote que nous omettons, la considérant comme superflue. Nous assurons du reste le lecteur qu'elle ne comporte rien de répréhensible pour la mémoire d'Ivan Pétrovitch.

b. Effectivement dans le manuscrit de M. Bielkine, on trouve en tête de chaque récit une note de la main de l'auteur : « Me fut raconté par un tel » (suit le grade, la condition et les initiales du prénom et du nom). Notons, pour les exégètes curieux, que *Le Maître de poste* lui fut raconté par le conseiller titulaire A. G. N.; *Le Coup de pistolet*, par le lieutenant-colonel I. P. L.; *Le Marchand de cercueils*, par le commis B. V.; *La Tempête de neige* et *La Demoiselle-paysanne*, par Mlle K. I. T.

En automne 1828, Ivan Pétrovitch prit un froid qui se transforma en fièvre chaude, et mourut malgré les soins inlassables de notre médecin communal, homme fort savant, surtout dans le traitement de maladies invétérées, telles que cors aux pieds ou autres maux de ce genre. Il mourut dans mes bras, à l'âge de trente ans, et fut enseveli à l'église du village de Gorioukhino, près de feu ses parents.

Ivan Pétrovitch était de taille moyenne, avait des yeux gris, les cheveux blonds, un nez droit, le teint clair, le visage maigre.

Voici, très honoré Monsieur, tout ce dont je puis me souvenir, concernant le genre de vie, les occupations, le caractère et l'extérieur de feu mon voisin et ami. Mais dans le cas où vous auriez l'intention de faire usage de cette lettre, je vous prierai très respectueusement de ne point mentionner mon nom, car bien que j'aime et estime beaucoup les littérateurs, je trouve inutile et inconvenant à mon âge de me commettre dans cette corporation.

Avec ma parfaite considération, je vous prie d'agréer, etc.

Bourg de Nénaradovo, 16 novembre 1830

Estimant de notre devoir de respecter la volonté de l'honorable ami de notre auteur, nous lui adressons notre très profonde gratitude pour les renseignements qu'il a bien voulu nous fournir et espérons que les lecteurs en apprécieront la sincérité et la candeur.

A. P.

LE COUP DE PISTOLET

I

« Nous allâmes sur le pré. »

Baratynski [1].

« Je m'étais juré de l'abattre, selon les lois du duel qui me donnaient encore droit à tirer. »

Un soir au bivouac [2].

Nous avions nos quartiers dans la localité de X***. Ce qu'est la vie de garnison d'un officier, on le sait de reste. Le matin, exercice, manège, repas chez le commandant du régiment ou dans une auberge juive; le soir, punch et cartes. — A X*** aucune maison ne nous était ouverte; point de jeunes filles à marier; nous nous réunissions les uns chez les autres, où nous ne voyions rien que nos uniformes.

Un seul homme appartenait à notre société sans être militaire. Il avait environ trente-cinq ans, ce qui faisait que nous le considérions comme un vieillard. Son expérience lui donnait sur nous maints avantages; de plus, sa morosité habituelle, son caractère rude et sa mauvaise langue exerçaient une forte influence sur nos jeunes esprits. Sa vie s'enveloppait d'une sorte de mystère; on le croyait Russe, mais il portait un nom étranger. Autrefois il avait servi dans les hussards et avec succès, disait-on; personne ne savait la raison qui l'avait poussé à prendre sa retraite et à s'installer dans cette triste bourgade, où il vivait à la fois pauvrement et avec prodigalité; il allait toujours à pied, vêtu d'une redingote noire usée, mais tenait table ouverte pour tous les officiers de notre régiment. A vrai dire, son dîner ne se composait que de deux ou trois plats préparés par un soldat retraité, mais le champagne y coulait à flots. Personne ne savait rien de sa fortune non plus que de ses revenus, au sujet de quoi personne n'osait s'enquérir. Il avait des livres : surtout des livres militaires, mais aussi des romans. Il les prêtait volontiers, et ne les réclamait jamais; par contre, il ne rendait jamais les livres qu'il empruntait. Le tir au pistolet occupait le meilleur de son temps. Les murs de sa chambre, criblés de trous de balles, ressemblaient à des rayons de ruche. Une belle collection de pistolets était le seul luxe de la pauvre masure où il vivait. Il était devenu d'une adresse incroyable et, s'il s'était proposé d'abattre un fruit posé sur une casquette, aucun de nous n'eût craint d'y risquer sa tête. Nos conversations avaient souvent trait au duel : Silvio (je l'appellerai ainsi) ne s'y mêlait jamais. Lui demandait-on s'il lui était arrivé de se battre, il répondait sèchement « oui », mais n'entrait dans aucun détail et l'on voyait que de telles questions lui étaient désagréables. Nous supposions qu'il avait sur la conscience quelques malheureuses victimes de sa redoutable adresse. Loin de nous l'idée de soupçonner en lui rien qui ressemblât à de la crainte. Il y a des gens dont l'aspect seul écarte de telles pensées. Un fait inattendu nous étonna tous.

Un jour, dix de nos officiers dînaient chez Silvio. On avait bu comme d'ordinaire, c'est-à-dire énormément; après le dîner, on pria l'hôte de tenir une banque. Il refusa d'abord, car il ne jouait presque jamais, mais finit pourtant par faire apporter des cartes, jeta sur la table une cinquantaine de pièces d'or et commença de tailler. Nous l'entourâmes, et le jeu s'engagea. Silvio, en jouant, gardait d'habitude un silence absolu; avec lui jamais de discussions ni d'explications. S'il arrivait à un ponteur de se tromper dans ses comptes, il payait aussitôt ce qui manquait ou inscrivait l'excédent. Nous savions cela et ne l'empêchions pas d'agir à sa guise; mais parmi nous se trouvait un officier transféré à X*** depuis peu. En jouant, il fit par distraction un paroli de trop. Silvio prit la craie et, selon son habitude, rétablit le compte. L'officier, croyant à une erreur de Silvio, se jeta dans des explications. Silvio continuait à tailler silencieusement. L'officier perdant patience saisit la brosse et effaça ce qui lui paraissait inscrit à tort. Silvio, reprenant la craie, l'inscrivit à nouveau. L'officier, échauffé par le vin, le jeu et le rire des camarades, s'estima grandement offensé, saisit sur la table un chandelier de cuivre et l'envoya furieusement contre Silvio, qui réussit tout juste à parer le coup. Nous étions tous anxieux. Silvio se leva, blême de colère, et dit avec des yeux étincelants : « Monsieur, veuillez sortir, et remerciez Dieu que ceci se soit passé dans ma maison. »

Nous ne doutions pas des suites et considérions déjà notre nouveau camarade comme mort. L'officier s'en alla, disant qu'il était prêt à répondre de l'offense comme il conviendrait à Monsieur le banquier. La partie se prolongea encore quelques minutes; mais, sentant que notre hôte n'était plus au jeu, nous lâchâmes pied l'un après l'autre et retournâmes chez nous, en causant de cette prochaine place vacante.

Le jour suivant, au manège, nous doutions si le pauvre lieutenant était toujours en vie, quand il parut lui-même au milieu de nous. Nous l'interrogeâmes. Il répondit n'avoir eu encore aucune nouvelle de Silvio. Cela nous étonna. Nous nous rendîmes chez Silvio; il était dans sa cour, logeant balle sur balle dans l'as collé à la porte cochère. Il nous reçut comme à l'ordinaire et ne souffla mot de ce qui s'était passé la veille. Trois jours s'écoulèrent; le lieutenant vivait encore. Et nous nous étonnions : « Est-il possible que Silvio ne se batte pas? »

Silvio ne se battit pas. Il se contenta d'une très légère explication.

Cela lui fit un tort extraordinaire dans l'opinion de la jeunesse. La couardise est la chose que les jeunes gens excusent le moins, car ils voient d'ordinaire dans le courage le mérite suprême et l'excuse de tous les vices. Cependant peu à peu tout fut oublié, et Silvio se ressaisit de son prestige.

Moi seul, je ne pus plus me rapprocher de lui. Ayant par nature une imagination romanesque, j'étais auparavant, plus que tout autre, attaché à cet homme dont la vie restait une énigme et qui me semblait le héros de quelque mystérieux roman.

Il m'aimait; du moins étais-je le seul avec qui Silvio se départait de sa médisance pour parler de différentes choses avec une bonhomie et un charme extraordinaires. Mais, depuis la malheureuse soirée, je ne pouvais cesser de penser à cette tache faite à son honneur, tache qu'il négligeait volontairement de laver, et qui m'empêchait de me conduire avec lui comme autrefois; j'avais honte de le regarder. Silvio était trop intelligent et trop fin pour ne pas s'en apercevoir et ne pas deviner les raisons de ma réserve. Il semblait s'en affecter; du moins remarquai-je chez lui plusieurs fois le désir de s'expliquer avec moi; mais j'évitais ces occasions, et Silvio s'éloigna de moi. Je ne le rencontrai plus qu'en présence des camarades, et c'en fut fait de nos conversations intimes.

Les habitants affairés de la capitale imaginent mal quantité d'émotions bien connues des campagnards et des gens des petites villes, par exemple l'attente du jour du courrier : le mardi et le vendredi, la chancellerie de notre régiment s'emplissait d'officiers, les uns attendaient de l'argent, les autres des lettres, d'autres encore des journaux. Les paquets, habituellement, étaient décachetés sur place, les nouvelles communiquées, et tout cela offrait un tableau des plus animés. Silvio, qui recevait des lettres à l'adresse de notre régiment, se trouvait là d'ordinaire. Un beau jour on lui remit un pli dont il fit aussitôt sauter le cachet avec des signes d'extrême impatience. En parcourant la lettre, ses yeux étincelaient. Tout occupés par leur courrier, les autres officiers n'avaient rien remarqué.

« Messieurs, s'écria Silvio, les circonstances exigent que je m'absente immédiatement; je partirai cette nuit; j'espère que vous ne me refuserez pas de venir dîner chez moi une dernière fois. Je compte sur vous, poursuivit-il en s'adressant à moi; sans faute. »

Puis il sortit précipitamment, et nous nous en fûmes chacun de notre côté après être convenus de nous réunir chez Silvio.

J'arrivai chez Silvio à l'heure dite et retrouvai chez lui presque tous les officiers du régiment. Ses paquets étaient déjà faits; rien ne restait plus que les murs nus criblés de balles. Nous nous mîmes à table; notre hôte était particulièrement bien disposé, et bientôt la gaieté devint générale; les bouchons sautaient à tout instant, le champagne moussait dans les coupes, et très chaleureusement nous souhaitâmes au partant heureux voyage et tout le bonheur possible.

Nous quittâmes la table fort tard. Après que chacun eut trouvé sa casquette, Silvio, ayant dit adieu à tous, me prit par le bras et me retint au moment même où je me disposais à partir.

« Il faut que je vous parle », dit-il à voix basse.

Je demeurai. Sitôt que les invités nous eurent laissés, nous nous assîmes Silvio et moi, l'un en face de l'autre et allumâmes nos pipes en silence. Silvio était préoccupé; de sa gaieté convulsive il ne restait plus trace. Sa pâleur ténébreuse, ses yeux étincelants et l'épaisse fumée qui sortait de sa bouche lui donnaient l'aspect d'un vrai diable. Quelques minutes passèrent; Silvio rompit enfin le silence.

« Peut-être ne nous reverrons-nous plus jamais, me dit-il. Avant la séparation j'ai voulu m'expliquer avec vous. Vous avez pu remarquer que je fais peu de cas de l'opinion d'autrui; mais je vous aime et il me serait pénible de laisser dans votre esprit une impression fausse. »

Il s'arrêta et se mit à bourrer une nouvelle pipe. Je me taisais, baissant les yeux.

« Il a pu vous paraître étrange, continua-t-il, que je n'aie pas exigé réparation de cet ivrogne étourdi, R***. Vous conviendrez que, ayant le droit de choisir les armes, sa vie était entre mes mains, tandis que la mienne était à peine exposée; je pourrais attribuer ma retenue à ma seule magnanimité, mais je ne veux point mentir... Si j'avais pu punir R*** sans risquer ma vie, je ne lui aurais pardonné pour rien au monde. »

Je regardai Silvio avec étonnement. Un tel aveu me confondait. Silvio continua ;

« Oui, parfaitement! Je n'ai pas le droit de m'exposer à la mort. Il y a six ans j'ai reçu un soufflet, et mon ennemi est encore vivant. »

Ma curiosité était fortement excitée.

« Vous ne vous êtes pas battu avec lui? demandai-je. Les circonstances vous ont probablement séparés?

— Je me suis battu avec lui, répondit Silvio, et voici ce qui en témoigne. »

Silvio se leva et sortit d'un carton un bonnet rouge galonné avec une houppe dorée (ce que les Français appellent **bonnet de police*); il s'en coiffa; le bonnet était traversé d'une balle à un doigt du front.

« Vous savez que j'ai servi dans le régiment de hussards de ***, continua Silvio. Mon caractère vous est connu : je suis habitué aux premières places. Dans ma jeunesse je les briguais avec passion. De notre temps, la débauche était à la mode; j'étais le plus grand tapageur de l'armée. Nous faisions parade de nos soûleries. Je l'emportais même sur le fameux Bourtsov [1], chanté par Denis Davydov. Les duels, dans notre régiment, étaient des plus fréquents; à chacun d'eux je servais de témoin, lorsque je n'y prenais pas une part active. Mes camarades m'adoraient et les commandants du régiment, remplacés sans cesse, me regardaient comme un fléau nécessaire.

« Avec ou sans tranquillité je jouissais de ma gloire, jusqu'au jour où un jeune homme riche et de grande famille (je ne veux pas le nommer) fut incorporé chez nous. De ma vie je n'avais rencontré un si brillant enfant gâté de la Fortune. Imaginez la jeunesse, l'esprit, la beauté, la gaieté la plus folle, la bravoure la plus insouciante, un nom illustre, de l'argent à n'en jamais manquer et à n'en savoir jamais le compte; vous comprendrez facilement l'effet qu'il devait produire parmi nous. Ma supériorité chancela. Attiré par ma gloire, il allait rechercher mon amitié; je l'accueillis avec tant de froideur qu'il s'éloigna de moi sans le moindre regret.

« Je l'avais pris en haine. Ses succès au régiment et dans la société des femmes me jetaient dans le plus grand désespoir. Je me mis à lui chercher querelle; à mes épigrammes il répondait par des épigrammes qui me paraissaient toujours plus inattendues et plus acerbes que les miennes, et qui certes étaient bien plus gaies; il plaisantait et moi j'étais fielleux. Un jour enfin, à un bal chez un châtelain polonais, le voyant l'objet de l'attention de toutes les femmes et particulièrement de la châtelaine avec qui j'avais une liaison, je lui soufflai à l'oreille quelque plate grossièreté. Il s'emporta et me gifla. Nous nous jetâmes sur nos sabres; les dames s'évanouirent; on nous sépara de force, et la même nuit nous partîmes pour nous battre.

« Moi et mes témoins nous nous trouvâmes au point du jour à l'endroit désigné. Avec une impatience inexprimable j'attendais mon adversaire. Le soleil printanier se leva et mûrissait déjà. J'aperçus l'autre de loin : il s'avançait à pied, laissant traîner son manteau sur le sabre, accompagné d'un seul témoin. Nous allâmes à sa rencontre. Il tenait une casquette remplie de cerises[1]. Les témoins mesurèrent douze pas. C'était à moi de tirer; mais le dépit m'agitait si violemment que je cessai de compter sur la sûreté de ma main, et, pour me donner le temps de me ressaisir, je lui offris de tirer le premier. Il refusa. On décida de s'en remettre au sort : le bon numéro échut à cet éternel favori de la Fortune. Il visa, et sa balle traversa ma casquette. C'était mon tour. Sa vie était enfin entre mes mains; je le regardais avec avidité, guettant sur son visage la moindre ombre d'inquiétude. Et, tandis que je le tenais en joue, il choisissait dans sa casquette les cerises mûres en crachant vers moi les noyaux qui m'atteignaient presque. Son sang-froid me rendit furieux. " A quoi bon, pensais-je, le priver d'une vie à laquelle il attache si peu de prix? " Une pensée perfide se glissa dans mon esprit. J'abaissai mon pistolet.

« " Mourir, en ce moment, lui dis-je, il ne vous en chaut guère; vous déjeunez, je n'ai pas envie de vous déranger.

« — Vous ne me dérangez nullement, répliqua-t-il, veuillez tirer... Au surplus, faites comme il vous plaira; vous gardez droit à votre coup; je reste à vos ordres. "

« Je me tournai vers les témoins, leur déclarant que, pour l'instant, je n'avais pas envie de tirer; et le duel se termina ainsi...

« Je pris ma retraite et m'enfouis dans cette bourgade. Depuis lors, pas un jour ne s'est passé que je n'aie songé à la vengeance. Aujourd'hui mon heure est venue. »

Silvio tira de sa poche la lettre qu'il avait reçue le matin et me la donna à lire. Quelqu'un de Moscou (probablement son homme d'affaires) lui écrivait que la *personne en question* allait prochainement s'unir en légitime mariage avec une fille jeune et de grande beauté.

« Vous devinez, dit Silvio, quelle est cette *personne en question*. Je vais à Moscou. Nous verrons si, la veille de son mariage, il accepte la mort avec autant d'indifférence qu'il l'attendait naguère en mangeant des cerises. »

A ces mots, Silvio se leva, jeta à terre sa casquette et se mit à marcher de long en large dans la chambre, comme un tigre en cage.

Je l'écoutais sans bouger; des sentiments étranges, contradictoires, m'agitaient. Le domestique entra et annonça que les chevaux étaient prêts. Silvio me serra la main fortement; nous nous embrassâmes. Il monta dans la voiture où se trouvaient deux valises : l'une avec les pistolets, l'autre contenant ses effets. Après de nouveaux adieux, les chevaux partirent au galop.

II

Quelques années plus tard, des raisons de famille m'obligèrent à m'installer dans un pauvre petit village du district de N***. Tout en m'occupant des questions domestiques, je ne cessais de soupirer après ma vie d'autrefois, insouciante et mouvementée. Le plus difficile était de m'habituer à passer les soirées de printemps et d'hiver dans une complète solitude. Je me traînais tant bien que mal jusqu'au dîner, causant avec le staroste, visitant les champs ou faisant le tour des nouveaux établissements, mais, dès l'approche du crépuscule, je ne savais que devenir. Je connaissais par cœur le peu de livres dénichés sous les armoires ou dans les réduits. Tous les contes dont pouvait se souvenir ma ménagère Kirilovna, elle me les avait ressassés; les chansons des paysannes me rendaient triste. Je me serais mis à boire, si l'alcool ne m'eût donné mal à la tête; de plus, j'avais peur de devenir *ivrogne par tristesse,* c'est-à-dire un de ces *tristes* pochards comme on n'en trouve que trop dans notre district.

Autour de moi, pas de proches voisins, sinon deux ou trois de ces ivrognes dont la conversation se composait surtout de hoquets et de soupirs. La solitude était préférable. A la fin je décidai de dîner le plus tard et de me coucher le plus tôt possible; ainsi j'écourtai les soirées, ajoutant à la longueur du jour; j'estimai que *bonus erat.*

A quatre verstes de chez moi s'étendait la riche propriété de la comtesse B*** qui, du reste, n'était habitée que par le régisseur; la comtesse n'avait visité son domaine qu'une seule fois, l'année de son mariage, et encore n'y avait-elle pas séjourné plus d'un mois. Cependant, au second printemps de ma réclusion, le bruit se répandit que la comtesse et son mari viendraient passer l'été dans leur campagne. En effet, ils arrivèrent au début du mois de juin.

L'arrivée d'un riche voisin est un événement important pour les habitants des campagnes. Les propriétaires et leurs gens en parlent deux mois à l'avance et en reparlent trois ans après. Quant à moi, je l'avoue, la nouvelle de la venue d'une jeune et belle voisine me fit une grande impression; je brûlais d'impatience de la voir, et, le premier dimanche après leur arrivée, je me rendis après dîner au village de N*** pour me recommander à Leurs Excellences comme leur plus proche voisin et leur très humble serviteur.

Un laquais m'introduisit dans le cabinet du comte et alla m'annoncer. La vaste pièce était meublée avec tout le luxe imaginable; le long des murs, des armoires garnies de livres; sur chaque armoire un buste de bronze; au-dessus d'une cheminée de marbre, une large glace. Le parquet était recouvert d'une moquette verte, elle-même jonchée de tapis.

Depuis longtemps n'ayant plus l'occasion, dans mon pauvre coin, de voir rien de fastueux, je me sentais intimidé et j'attendais le comte avec l'appréhension d'un solliciteur de province qui fait antichambre chez un ministre.

La porte s'ouvrit et laissa entrer un homme d'une trentaine d'années, très beau. Le comte s'approcha de moi d'un air avenant et amical; je me ressaisis de mon mieux et j'allais décliner mes qualités, mais il coupa court. Nous nous assîmes. Sa conversation libre et enjouée dissipa promptement ma gêne; je recouvrais mon aisance lorsque tout à coup parut la comtesse et la confusion m'envahit de plus belle. La comtesse était d'une grande beauté. Le comte me présenta; je voulais paraître à mon aise, mais plus je m'efforçais de prendre un air dégagé, plus je me sentais gauche. Pour me donner le temps de me remettre et de me faire à cette nouvelle connaissance, le comte et la comtesse se mirent à parler entre eux, me traitant en bon voisin et sans cérémonie. Cependant je me promenais de long en large, examinant les livres et les tableaux. Je ne suis pas connaisseur en peinture, pourtant une toile attira mon attention. Elle représentait un paysage suisse quelconque; et ce n'est pas que la peinture m'eût frappé, mais la toile appliquée au mur gardait trace de deux balles fichées l'une sur l'autre.

« Un beau coup, dis-je en m'adressant au comte.

— Certes, un coup bien remarquable. Etes-vous bon tireur? continua-t-il.

— Passable, répondis-je, content que la conversation touchât enfin un sujet qui me fût familier. A trente pas je ne manque pas une carte à jouer; bien entendu avec des pistolets que je connaisse.

— Vraiment! fit la comtesse d'un air de grande attention. Et toi, mon ami, mettrais-tu une balle dans une carte à trente pas?

— Un jour nous essayerons, reprit le comte; dans le temps j'étais un tireur passable. Mais voici quatre ans que je n'ai pas manié de pistolet.

— En ce cas, je gage que Votre Excellence ne percerait pas une carte à vingt pas; le pistolet demande un exercice journalier : je le sais par expérience. Dans notre régiment je passais pour un des meilleurs tireurs. Il m'advint une fois de rester un mois sans toucher à un pistolet; les miens étaient en réparation. Eh bien! que pensez-vous, Excellence? La première fois que je me remis à tirer, à vingt pas, je manquai quatre fois de suite une bouteille. Nous avions un capitaine qui aimait la plaisanterie; il se trouvait là et me dit : “ Diantre, mon ami! tu me parais avoir un fameux respect pour les bouteilles! ” Croyez-moi, Excellence, il ne faut pas négliger cet exercice, sinon on risque de perdre la main. Le meilleur tireur qu'il m'arriva de rencontrer tirait tous les jours au moins trois fois avant son dîner. C'était réglé chez lui comme son verre de vodka. »

Le comte et la comtesse étaient ravis de me voir lier conversation.

« Et que valait son tir? demanda le comte.

— Jugez-en, Excellence : voyait-il par exemple une mouche se poser sur le mur... Vous riez, comtesse? je vous jure que c'est vrai... Or donc, voyait-il une mouche : " Kouzka! appelait-il alors, Kouzka! un pistolet. " Kouzka lui apportait un pistolet chargé. Boum! et voici la mouche enfoncée dans le mur.

— C'est stupéfiant, fit le comte; et comment s'appelait-il?

— Silvio, Excellence.

— Silvio! s'écria le comte en se levant brusquement. Vous avez connu Silvio?

— Comment ne l'aurais-je pas connu, Excellence! Nous étions amis; il était accueilli dans notre régiment comme un vieux camarade; mais depuis cinq ans déjà je suis sans aucune nouvelle de lui. Votre Excellence le connaissait-elle aussi?

— Je l'ai connu; je l'ai très bien connu. Ne vous a-t-il pas conté une très singulière aventure?

— Ne s'agit-il pas, Excellence, d'un soufflet qu'il reçut d'un écervelé à un bal?

— Et vous a-t-il dit le nom de cet écervelé?

— Non, Excellence, il ne me l'a pas dit. Ah! Votre Excellence, continuai-je, devinant la vérité, pardonnez-moi... j'ignorais... serait-ce vous?...

— Moi-même, répondit le comte avec un air d'émotion extrême; et vous voyez sur ce tableau la marque de notre dernière rencontre.

— Ah! mon cher! dit la comtesse, pour l'amour de Dieu, ne continue pas, c'est trop affreux.

— Non, répliqua le comte, je vais tout raconter; il sait comment j'avais offensé son ami, qu'il apprenne aussi comment Silvio se vengea. »

Le comte m'offrit un fauteuil et j'entendis avec la plus vive curiosité le récit suivant :

« Il y a cinq ans, je me suis marié. J'ai passé ici, dans cette campagne, le premier mois, *the honey moon.* Cette maison où se sont écoulés les meilleurs instants de ma vie me rappelle aussi de très pénibles souvenirs.

« Un soir que nous sortions ensemble à cheval, celui de ma femme se cabra; elle prit peur, me remit la bride et rentra à pied à la maison. Je l'avais devancée. Dans la cour j'aperçus une voiture; on me dit qu'un homme m'attendait dans ma bibliothèque; il n'avait pas voulu se nommer, mais simplement dit qu'il avait affaire avec moi. J'entrai dans cette pièce-ci et vis dans l'obscurité un homme, couvert de poussière, à la barbe inculte; il se tenait debout ici, près de la cheminée. Je m'approchai, cherchant à reconnaître ses traits.

« — Tu ne me remets pas, comte? dit-il d'une voix tremblante.

« — Silvio! m'écriai-je, et j'avoue que je sentis les cheveux se dresser sur ma tête.

« — A tes ordres, reprit-il. C'est à mon tour de tirer; je suis venu pour décharger mon pistolet; es-tu prêt?

« Un pistolet sortait de sa poche de côté. Je mesurai douze pas et me mis là, dans le coin, le priant de tirer au plus vite, avant que ma femme ne revînt.

« Mais il prit son temps et réclama de la lumière. On apporta des bougies. Je fermai la porte à clef, défendant l'entrée à qui que ce fût et de nouveau je le priai de tirer. Il sortit son pistolet et visa... Je comptais les secondes... je pensais à elle... une horrible minute passa! Silvio abaissa le bras.

« — Je regrette, dit-il, que mon pistolet ne soit pas chargé avec des noyaux de cerises... le plomb est lourd... Ça n'a plus l'air d'un duel, mais bien d'un assassinat; je n'ai pas accoutumé de mettre en joue un homme sans armes. Recommençons et que le sort décide qui de nous tirera le premier.

« La tête me tournait... Je crois que je ne consentais pas... Enfin nous chargeons un second pistolet; nous roulons deux billets; il les met dans la casquette, autrefois traversée par ma balle; je sors de nouveau le numéro un.

« — Tu as une chance diabolique, comte, dit-il avec un sourire que je n'oublierai jamais.

« Je ne comprends pas ce qui se passa en moi, ni comment il put m'y forcer... Mais je tirai et je crevai ce tableau (le comte désigna du doigt le tableau percé de balles; son visage était en feu; la comtesse était plus blanche que son mouchoir; je ne pus retenir une exclamation).

« Je tirai, continua le comte, et, Dieu merci, je le manquai; alors Silvio... (en ce moment il était vraiment effrayant) Silvio se mit à me viser. Soudain la porte s'ouvre. Macha entre en courant et avec un cri aigu se jette à mon cou. Sa présence me rendit tout mon courage.

« — Chère, lui dis-je, ne vois-tu donc pas que nous plaisantons? Comme tu t'effrayes! Va boire un verre d'eau et reviens. Je te présenterai un vieil ami et camarade.

« Macha ne me croyait toujours pas.

« — Mon mari dit-il la vérité? demanda-t-elle, en s'adressant au terrible Silvio. Est-ce vrai que vous plaisantez tous les deux?

« — Il plaisante toujours, comtesse, lui répondit Silvio : une fois il me gifla en plaisantant; en plaisantant il traversa d'une balle cette casquette que voici; en plaisantant il vient de me manquer; maintenant c'est à mon tour de plaisanter...

« A ces mots il voulut me mettre en joue devant elle. Macha se jeta à ses pieds.

« — Relève-toi, Macha, c'est une honte! m'écriai-je avec fureur. Quant à vous, monsieur, cesserez-vous de railler une pauvre femme? Oui ou non, voulez-vous tirer?

« — Je ne tirerai pas, répondit Silvio, je suis satisfait : j'ai vu ton trouble, ta frayeur; je t'ai forcé de tirer sur moi. Nous sommes quittes. Tu te souviendras de moi. Je te livre à ta conscience.

« Il allait sortir, mais s'arrêta à la porte, se retourna vers le tableau que j'avais troué, tira presque sans viser et disparut.

« Ma femme était évanouie; mes gens n'osaient arrêter Silvio et le regardaient avec terreur. Il sortit sur le perron, héla le postillon et partit avant que j'eusse le temps de recouvrer mes esprits. »

Le comte se tut. Voici comment j'appris la fin de l'histoire dont le début m'avait tellement frappé jadis.

Je n'ai plus jamais rencontré notre héros. On dit que, lors de la révolte d'Alexandre Ypsilanti, Silvio commandait un détachement des hétéristes et qu'il fut tué dans la bataille de Sculani [1].

LA TEMPÊTE DE NEIGE

Galopant entre les talus blancs
Les chevaux foulent la neige pro-
[fonde.
A l'écart, voici qu'apparaît
Une chapelle solitaire.
. . . .
Soudain la bourrasque s'élève;
La neige tombe en flocons épais.
Au-dessus du traîneau, le corbeau
Tournoie et fait siffler son aile;
Sa voix augurale prédit le malheur!
Les chevaux que talonne l'angoisse
Scrutent des yeux le lointain noir
Et leurs crinières se hérissent.

Joukovski [1].

A la fin de l'année 1811, époque mémorable pour nous, vivait sur sa terre de Nénaradovo le bon Gavrila Gavrilovitch R***. Son hospitalité et sa bonhomie étaient célèbres dans le pays; ses voisins venaient souvent chez lui, les uns pour manger, boire, faire une partie de boston à cinq kopeks avec sa femme Praskovia Pétrovna; d'autres pour contempler Maria Gavrilovna, leur fille. Cette svelte et pâle demoiselle de dix-sept ans passait pour un riche parti, et nombreux étaient ceux qui songeaient à elle, soit pour eux-mêmes, soit pour leurs fils.

Maria Gavrilovna était nourrie de romans français, et par conséquent amoureuse. L'objet aimé, un pauvre enseigne [1], passait alors le temps de son congé dans sa campagne. Il va sans dire que ce jeune homme brûlait également d'une grande passion pour Maria Gavrilovna. Mais les parents de la jeune fille, s'étant aperçus de cette inclination réciproque, accueillirent l'enseigne plus mal qu'un assesseur [2] retraité et défendirent à leur fille de penser plus longtemps à lui.

Nos amants s'écrivaient, et de plus se retrouvaient tous les jours seuls dans un bosquet de pins ou près d'une vieille chapelle. C'est là qu'ils se juraient un amour éternel, se lamentaient contre le sort, et formaient maints projets. Correspondant ou conversant de la sorte, ils en vinrent (ce qui est bien naturel) au raisonnement suivant : « Si nous ne pouvons respirer l'un sans l'autre et si la volonté de parents cruels s'oppose à notre félicité, ne devons-nous pas passer outre ? »

Cette heureuse idée, comme de juste, vint d'abord à l'esprit du jeune homme, et plut infiniment à l'imagination romanesque de Maria Gavrilovna.

L'hiver mit fin aux rendez-vous; mais la correspondance n'en devint que plus active. Vladimir Nicolaïevitch, dans chacune de ses lettres, suppliait Maria Gavrilovna de se confier à lui, de consentir à un mariage secret, puis à la fuite; plus tard, après quelque temps de vie cachée, ils reviendraient se jeter aux pieds des parents; ceux-ci ne laisseraient pas d'être enfin touchés par tant d'héroïque constance et diraient sûrement aux amants infortunés : « Enfants, venez dans nos bras! »

Maria Gavrilovna hésita longtemps; quantité de projets d'évasion furent repoussés. En fin de compte, elle céda : on convint d'un jour où elle se retirerait sans souper dans sa chambre, prétextant un fort mal de tête. Sa servante était dans le complot; toutes deux gagneraient le jardin par une porte dérobée; là, se trouverait un traîneau préparé, où elles monteraient pour se rendre à cinq verstes de Nénaradovo, dans le village de Jadrino, tout droit à l'église où Vladimir serait à les attendre.

La veille du jour fatal, Maria Gavrilovna ne dormit point de toute la nuit; elle fit ses paquets, emballa linge et vêtements, écrivit une longue lettre à son amie, une demoiselle sensible, et une autre à ses parents. Dans les termes les plus touchants, elle leur disait adieu, alléguait, en excuse à sa faute, l'irrésistible force de sa passion et terminait en disant qu'elle considérait comme l'instant le plus heureux de sa vie celui où il lui serait permis de se jeter aux pieds de ses parents adorés.

Après avoir scellé les deux lettres avec un cachet de Toula [1], sur lequel étaient gravés deux cœurs enflammés avec une devise assortie, elle se jeta sur son lit et s'endormit à la pointe du jour; mais des rêves effrayants la réveillaient à chaque instant. Tantôt il lui semblait qu'à la minute même où elle montait dans le traîneau pour aller se marier, son père l'arrêtait, la traînait dans la neige avec une frénésie douloureuse, puis la précipitait dans un gouffre sombre et sans fond... et brusquement elle tombait avec un indicible arrêt du cœur; tantôt elle voyait Vladimir étendu sur l'herbe, pâle et ensanglanté. En mourant il la suppliait d'une voix stridente de hâter leur mariage... Les visions hideuses et insensées se succédaient ainsi l'une à l'autre. Elle se leva enfin, plus pâle que d'habitude, avec un mal de tête qui cette fois n'était pas feint.

Ses parents remarquèrent son trouble; leur tendre prévenance et leurs incessantes questions : « Qu'as-tu, Macha? — N'es-tu pas malade, Macha? » lui déchiraient le cœur. Elle s'efforçait de les rassurer, de paraître gaie, mais en vain. Le soir arriva. La pensée que ce jour était le dernier qu'elle avait à vivre au milieu de sa famille lui serrait le cœur. Elle se sentait à peine vivante; elle disait secrètement adieu à toutes les personnes, à tous les objets qui l'entouraient. On servit le souper; son cœur se mit à battre plus fort; alors d'une voix tremblante elle déclara qu'elle n'avait pas faim et prit congé de son père et de sa mère. Ceux-ci l'embrassèrent et lui donnèrent leur bénédiction comme de coutume; Macha faillit pleurer. Arrivée dans sa chambre, elle se laissa tomber dans un fauteuil et fondit en larmes. Sa servante fit de son mieux pour la calmer et lui redonner du courage.

Tout était prêt. Dans une demi-heure, Macha devait dire adieu pour toujours à la maison paternelle, à sa chambre, à sa paisible existence de jeune fille...

Au-dehors, une tempête de neige : le vent hurlait, les volets secoués claquaient; partout menaces et tristes présages. Bientôt le silence se fit dans la maison; tout s'endormit. Macha s'enveloppa d'un châle, puis revêtit une chaude capote, prit en main sa cassette et sortit par l'escalier dérobé. Sa servante la suivait, portant deux paquets. Elles descendirent au jardin et le traversèrent à grand-peine; la bourrasque ne s'apaisait pas; le vent soufflait comme pour arrêter la fuite de la jeune coupable. Un traîneau les attendait sur la route. Les chevaux transis de froid ne tenaient plus en place : le cocher de Vladimir retenait leur impatience tout en battant la semelle. Il aida la jeune fille et la servante à s'installer et à arranger les paquets et la cassette, saisit les rênes et les chevaux partirent...

Confions la jeune fille au soin du destin et au zèle du cocher Tériochka [1], et revenons à notre jeune amant.

Vladimir avait employé sa journée à des démarches : d'abord auprès du prêtre de Jadrino, avec qui il ne s'entendit qu'à grand-peine; puis auprès des propriétaires du voisinage pour s'assurer de trois témoins. Le premier auquel il s'était présenté, Dravine, cornette quadragénaire en retraite, avait volontiers consenti. Cette aventure, assurait-il, lui rappelait l'ancien temps et les frasques des hussards. Il avait insisté pour que Vladimir restât à dîner, lui certifiant que, pour les deux autres témoins, il les trouverait sans peine aucune; et, en effet, aussitôt après le dîner, vinrent en visite l'arpenteur Schmidt avec ses moustaches et ses éperons, et le fils du capitaine de district[1], jeune homme de seize ans, incorporé depuis peu dans les uhlans. Non seulement ils acceptèrent la proposition de Vladimir, mais encore lui jurèrent qu'ils étaient prêts à lui sacrifier leur vie. Vladimir les serra dans ses bras avec transport et retourna chez lui pour achever ses préparatifs.

Depuis longtemps déjà le jour était tombé. Vladimir envoya à Nénaradovo, avec sa troïka, son fidèle Tériochka chargé d'instructions détaillées; puis il fit atteler un petit traîneau à un cheval et, seul, sans cocher, partit pour Jadrino, où deux heures après Maria Gavrilovna devait le rejoindre. Il connaissait la route : on n'en avait que pour une vingtaine de minutes.

Mais Vladimir ne fut pas plus tôt dans la campagne que le vent commença à souffler, soulevant une telle tourmente de neige qu'on en était tout aveuglé. En un instant, le chemin fut recouvert; les alentours disparurent dans une brume jaunâtre et trouble à travers laquelle tourbillonnaient les blancs flocons; le ciel se confondit avec la terre. Vladimir se trouva dans un champ et s'efforça vainement de rejoindre la route. Le cheval avançait au hasard, montant sur les tas de neige, descendant dans les fossés, le traîneau versait à chaque instant. Vladimir s'évertuait à conserver la bonne direction. Plus d'une demi-heure s'était certainement écoulée et il n'avait pas encore atteint le bois de Jadrino. Dix minutes passèrent; on ne voyait toujours pas le bois. Vladimir traversait une plaine coupée de profonds ravins. La bourrasque ne se calmait pas, le ciel restait obscur. Le cheval peinait; Vladimir ruisselait de sueur, bien qu'à tout moment il enfonçât dans la neige jusqu'à mi-corps.

Il dut se convaincre qu'il avançait dans une fausse direction. Il s'arrêta, rassembla ses souvenirs et se persuada qu'il devrait obliquer sur la droite. Son cheval n'en pouvait plus. Depuis plus d'une heure qu'on était en route, Jadrino ne devait plus être loin. On peinait, on peinait, et le champ ne finissait pas!... Rien que des amoncellements de neige et des ravins; et le traîneau versait, et il le redressait encore. Le temps passait. L'inquiétude s'empara de Vladimir.

Enfin au loin se profila quelque chose. Il se dirigea de ce côté. En s'approchant il vit que c'était un bois. « Dieu soit loué! pensa-t-il, nous voici maintenant tout près. » Il longea la lisière, dans l'espoir de retrouver tout de suite le chemin connu, ou de contourner le bois. Le village de Jadrino devait se trouver immédiatement derrière. Bientôt Vladimir découvrit une route qui s'enfonçait dans l'ombre des arbres dénudés par l'hiver. Ici l'on était à l'abri du vent; le chemin était lisse; le cheval reprit courage et Vladimir se tranquillisa.

Ils avancèrent et avancèrent, mais on ne voyait pas Jadrino; le bois n'en finissait pas. Vladimir comprit avec terreur qu'il s'était fourvoyé dans une forêt inconnue. Le désespoir alors l'envahit; il frappa son cheval; la pauvre bête prit le trot, puis exténuée se remit au pas au bout d'un quart d'heure, en dépit des efforts de l'infortuné Vladimir.

Pourtant enfin les arbres s'espacèrent, la forêt cessa, mais on ne voyait toujours point Jadrino. Des larmes jaillirent de ses yeux; il devait être près de minuit. Vladimir reprit la route au hasard. La tempête s'apaisa, les nuages se dissipèrent; devant lui d'immenses ondes blanches s'étendaient. La nuit se fit assez claire. Il vit, tout près, un petit hameau de quatre ou cinq chaumières. Vladimir s'y rendit. Devant la première chaumière il sauta du traîneau, courut à la fenêtre et se mit à frapper. Au bout de quelques minutes le volet de bois se souleva et un vieillard sortit sa barbe blanche.

« Que veux-tu?

— Est-ce que Jadrino est loin?

— Si Jadrino est loin?

— Oui, oui; est-ce loin?

— Non, pas très loin : une dizaine de verstes d'ici. »

A cette réponse, Vladimir s'arracha les cheveux, puis demeura immobile comme un homme condamné à mort.

« Et d'où viens-tu? » continua le vieillard.

Vladimir n'avait pas le courage de répondre.

« Peux-tu, vieil homme, me procurer des chevaux pour Jadrino? dit-il.

— Des chevaux? Quels chevaux veux-tu que nous ayons? répondit le paysan.

— Peux-tu du moins me procurer un guide? je le payerai ce qu'il voudra.

— Attends, fit le vieillard en abaissant le volet; je vais t'envoyer mon fils, il te conduira. »

Vladimir attendait. Au bout d'une minute à peine, il frappa de nouveau. Le volet se souleva, la barbe réapparut.

« Que veux-tu?

— Eh bien! ton fils?

— Il va venir tout de suite : il se chausse. Si tu as froid, entre te chauffer.

— Merci; envoie vite ton fils. »

La porte grinça; un gars sortit qui tenait un gourdin; il prit les devants, tantôt indiquant, tantôt cherchant le chemin enseveli sous la neige.

« Quelle heure est-il? lui demanda Vladimir.

— Il va bientôt faire jour », répondit le jeune paysan.

Vladimir ne dit plus un mot.

Les coqs chantaient et il faisait déjà clair lorsqu'ils arrivèrent à Jadrino. L'église était fermée. Vladimir paya le guide et alla chez le prêtre. La troïka n'était pas dans la cour. Qu'allait-il apprendre!

Mais retournons chez nos bons propriétaires de Nénaradovo et voyons ce qui s'était passé chez eux.

Il ne s'était rien passé du tout.

Les vieux parents se levèrent et entrèrent au salon comme à l'ordinaire, Gavrila Gavrilovitch en bonnet de nuit et veston de flanelle, Praskovia Pétrovna en robe de chambre ouatée. On apporta le samovar, et Gavrila Gavrilovitch envoya une servante demander à Maria Gavrilovna si elle avait passé une bonne nuit et comment elle allait ce matin. La servante revint, annonçant que Mademoiselle avait mal dormi, mais que maintenant elle se sentait mieux et qu'elle allait descendre tout de suite. En effet, la porte s'ouvrit et Maria Gavrilovna vint souhaiter le bonjour à son père et à sa mère.

« Comment va ta tête, Macha? demanda Gavrila Gavrilovitch.

— Bien mieux, papa, répondit Macha.

— Ta cheminée a dû fumer hier, dit Praskovia Pétrovna.

— Cela se peut, petite mère », répondit Macha.

La journée se passa comme de coutume, mais, dans la nuit, Macha tomba malade. On envoya à la ville quérir un médecin. Celui-ci arriva vers le soir et trouva la jeune fille dans le délire. Une fièvre chaude s'était déclarée, et la pauvre Macha, durant deux semaines, fut au bord de la tombe.

Personne dans la maison ne savait rien de la

fuite. Les lettres écrites la veille avaient été brûlées; la femme de chambre ne dit rien à personne, redoutant le courroux des maîtres. Le prêtre, le cornette retraité, l'arpenteur moustachu et le petit uhlan furent discrets, et pour cause! Quant au cocher Tériochka, il ne disait jamais rien de trop, même lorsqu'il était ivre. Ainsi le secret fut gardé par plus d'une demi-douzaine de complices. Mais Maria Gavrilovna, dans son continuel délire, se trahissait elle-même. Toutefois, ses paroles étaient incohérentes à tel point que sa mère, qui ne quittait pas son chevet, put seulement comprendre que Macha aimait à en mourir Vladimir Nicolaïevitch, et que probablement cet amour était la cause de sa maladie. Elle délibéra avec son mari et quelques voisins; tous enfin, d'un commun accord, décidèrent que tel était évidemment le lot de Maria Gavrilovna, que « nul n'évite celui que la destinée nous envoie », que « pauvreté n'est pas vice », que « ce n'est pas la richesse qui fait le bonheur, mais bien de vivre avec celui qu'on aime », et ainsi de suite. Les proverbes sont particulièrement utiles dans les cas où, de nous-mêmes, nous ne trouvons pas grand-chose pour nous justifier.

Cependant la jeune fille commençait à se remettre. Depuis longtemps on ne voyait plus Vladimir dans la maison de Gavrila Gavrilovitch : il craignait l'accueil coutumier. On décida de l'envoyer chercher en lui annonçant cette nouvelle qui devait l'emplir de joie : les parents consentaient au mariage. Mais quel ne fut pas l'étonnement des hôtes de Nénaradovo, lorsqu'en réponse à leur invitation, ils reçurent de Vladimir une lettre à peine intelligible. Il leur déclara qu'il ne remettrait jamais les pieds dans leur maison et les priait d'oublier un malheureux dont la mort restait l'unique espérance. Quelques jours plus tard ils apprirent que Vladimir était parti pour l'armée. C'était en 1812.

Pendant longtemps on n'osa pas parler de cela devant Macha convalescente. Elle-même ne faisait jamais allusion à Vladimir. Quelques mois plus tard, il lui arriva de lire son nom parmi ceux des combattants qui s'étaient distingués et avaient été grièvement blessés à Borodino [1]; elle s'évanouit et l'on craignit une nouvelle attaque de fièvre chaude. Mais grâce à Dieu, cet évanouissement n'eut pas de suite.

De nouveau le malheur la frappa : Gavrila Gavrilovitch mourut, la laissant héritière de ses biens. Cet héritage ne la consola point; elle partageait sincèrement le chagrin de la pauvre Praskovia Pétrovna et jura de ne jamais se séparer d'elle. Toutes deux quittèrent Nénaradovo, lieu de tristes souvenirs et s'en allèrent vivre dans la campagne de N***.

Là aussi les prétendants s'empressèrent autour de la charmante et riche fiancée; mais elle ne donnait à aucun d'eux le moindre espoir. Parfois sa mère la poussait à faire choix d'un ami de cœur; Maria Gavrilovna secouait la tête et demeurait pensive. Vladimir n'existait plus : il était mort à Moscou la veille de l'entrée des Français dans la ville. Son souvenir semblait sacré pour Macha; du moins avait-elle conservé tout ce qui pouvait le lui rappeler : des livres qu'il avait lus autrefois, ses dessins, la musique et les vers qu'il avait copiés pour elle. Les voisins, au courant de tout, s'étonnaient de sa constance et attendaient avec curiosité la venue du héros devant qui céderait enfin la triste fidélité de cette virginale Artémise.

La guerre s'acheva glorieusement. Nos régiments revenaient de l'étranger. Le peuple courait à leur rencontre. La musique jouait les chansons des pays conquis : *Vive Henri IV*, des valses tyroliennes et des airs de *Joconde* [2]. Les officiers, partis pour la campagne presque adolescents, revenaient mûris dans l'air des batailles et couverts de décorations. Les soldats conversaient gaiement et mêlaient dans leurs phrases des mots allemands ou français. Epoque inoubliable! Temps de gloire et d'enthousiasme! Avec quelle force le mot « Patrie » faisait battre un cœur russe! Combien douces étaient les larmes du revoir! En chacun de nous le sentiment de la fierté nationale et l'amour pour le Tsar se fondaient. Quant au Tsar lui-même, quels instants il vivait!

Les femmes, les femmes russes étaient alors incomparables! Leur froideur habituelle cédait, et, avec un enthousiasme enivré, elles criaient : « Hourra! » devant l'arrivée des vainqueurs.

Et bonnets de voler dans l'air.

Est-il un officier d'alors qui ne reconnaîtrait avoir reçu de la femme russe sa meilleure et sa plus précieuse récompense?...

En ce temps glorieux, Maria Gavrilovna, retirée avec sa mère dans le gouvernement de N***, ne pouvait se figurer comment les deux capitales fêtaient le retour des armées. Mais en province et dans les villages, l'enthousiasme général était peut-être plus grand encore. L'apparition d'un officier y était l'occasion d'un véritable triomphe, et le galant en habit civil faisait piètre figure.

Nous avons déjà dit qu'en dépit de sa froideur Maria Gavrilovna était, tout comme autrefois, entourée de prétendants. Mais tous durent se retirer lorsque, dans son château, parut Bourmine, colonel des hussards, blessé, la croix de Saint-Georges à la boutonnière et avec « une intéressante pâleur », comme disaient en ce temps les demoiselles.

Il avait environ vingt-six ans. Il était venu en congé dans ses terres, toutes proches du village de Maria Gavrilovna. Elle le distingua tout particulièrement. En sa présence son habituelle mélancolie s'animait. Ce n'était pas qu'elle fît la coquette, mais le poète devant son attitude eût pu dire :

Se amor non è, che dunque?... [1]

Bourmine était évidemment un très aimable jeune homme. Il avait le genre d'esprit qui plaît aux femmes : un esprit fait de décence et d'observation, plein de raillerie insouciante et sans prétention aucune. Ses manières en face de Maria Gavrilovna étaient simples et libres; mais son âme et son regard suivaient sans cesse tous ses propos et tous ses gestes. Il paraissait d'un caractère doux et modeste, mais on disait qu'autrefois il avait été très dissipé; cela ne lui nuisait guère dans l'opinion de Maria Gavrilovna qui (comme toutes les jeunes dames en général) excusait bien volontiers les fredaines qui témoignent de la hardiesse et de l'ardeur d'un caractère.

Mais, plus que tout (plus que sa tendresse, plus que son agréable conversation, plus que l'intéressante pâleur, plus que son bras en écharpe), le silence du jeune hussard excitait sa curiosité et son imagination. Elle était bien forcée de reconnaître qu'elle lui plaisait; de son côté, avec son esprit et son expérience, il avait dû remarquer qu'il avait été distingué par elle; comment n'était-il pas encore à ses pieds? comment n'avait-elle point encore entendu sa déclaration? qu'est-ce qui le retenait? Etait-ce timidité inséparable d'un véritable amour, fierté ou coquetterie d'un astucieux séducteur? Voilà qui restait une énigme pour elle. Après mûre réflexion, c'est sur le compte de la timidité qu'elle mit l'excessive réserve du jeune homme; elle décida donc de l'encourager en lui marquant plus d'attention et même, si les circonstances le lui permettaient, de la tendresse.

Elle aspirait à un dénouement fatidique et attendait avec impatience la minute de la déclaration romanesque. Un secret, de quelque nature qu'il soit, pèse toujours au cœur des femmes.

Ses stratagèmes eurent le succès désiré; du moins Bourmine tomba dans une telle mélancolie et ses yeux noirs se posaient avec une telle flamme sur Maria Gavrilovna que la minute décisive semblait proche. Les voisins parlaient de ce mariage comme d'une chose faite, et la bonne Praskovia Pétrovna se réjouissait de ce que sa fille eût enfin trouvé un fiancé digne d'elle.

La vieille dame, un jour, était assise seule dans le salon, occupée à une « grande patience », lorsque Bourmine entra et s'enquit aussitôt de Maria Gavrilovna.

« Elle est au jardin, répondit la vieille dame; allez la rejoindre, je vous attends ici. »

Bourmine sortit de la pièce, la vieille dame fit un signe de croix et pensa : « Espérons que nous verrons aujourd'hui la fin de l'affaire. »

Bourmine trouva Maria Gavrilovna près de l'étang, sous un saule; elle avait un livre à la main et était vêtue d'une robe blanche, en véritable héroïne de roman. Après les premières phrases, Maria Gavrilovna laissa tomber la conversation à dessein; leur trouble s'en accrut, que seule une explication soudaine et décisive pouvait dissiper. C'est ce qui arriva : Bourmine, conscient de l'équivoque de sa situation, déclara qu'il cherchait depuis longtemps l'occasion d'ouvrir son cœur et demanda une minute d'attention. Maria Gavrilovna ferma son livre et baissa les yeux en signe d'acquiescement.

« Je vous aime, dit Bourmine; je vous aime passionnément... »

Maria Gavrilovna rougit et courba la tête un peu plus.

« J'ai agi bien imprudemment en me laissant aller à cette douce habitude de vous voir et de vous entendre chaque jour... (Maria Gavrilovna se rappela la première lettre de Saint-Preux [1].) Je ne peux plus lutter contre ma destinée; votre souvenir, votre douce et incomparable image feront désormais le supplice, à la fois, et la consolation de ma vie; mais il me reste à accomplir un pénible devoir, à vous révéler le terrible secret qui met entre nous une infranchissable barrière...

— Cette barrière a toujours existé, interrompit avec vivacité Maria Gavrilovna, je n'aurais jamais pu être votre femme...

— Je sais, lui répondit doucement Bourmine, je sais que vous avez aimé jadis; mais la mort et trois années de lamentations... Bonne, chère Maria Gavrilovna! ne m'enlevez pas ma suprême consolation : la pensée que vous auriez consenti à faire mon bonheur, si...

— Taisez-vous, pour l'amour du Seigneur; taisez-vous, vous me torturez!

— Oui, je sais, je sens que vous auriez été mienne, mais, je suis le plus malheureux des êtres... Je suis marié. »

Maria Gavrilovna le regarda avec étonnement.

« Je suis marié, continua Bourmine; marié depuis quatre ans déjà et j'ignore qui est ma femme. Je ne sais ni où elle est, ni si jamais je dois la revoir.

— Que dites-vous! s'écria Maria Gavrilovna. Comme c'est étrange! Continuez, je raconterai ensuite... mais continuez, continuez de grâce...

— Au commencement de l'année 1812, dit Bourmine, je me rendais en hâte à Vilna où se trouvait notre régiment. Arrivé à un relais, tard dans la soirée, j'allais ordonner d'atteler au plus vite, lorsque soudain s'éleva une terrible tourmente de neige; le maître de poste et les postillons me conseillaient d'attendre. Je suivis leur conseil, mais une inexplicable inquiétude m'envahit; on eût dit que quelqu'un me poussait. Cependant la bourrasque ne se calmait pas; je ne tenais pas en place; j'ordonnai de nouveau d'atteler et partis au plus fort de la tempête. Le postillon eut l'idée de longer la rivière, ce qui devait nous faire gagner trois verstes. Les rives étaient couvertes de neige; le postillon dépassa l'endroit où l'on rejoignait la route, de sorte que nous nous trouvâmes dans un pays inconnu. La tempête ne s'apaisait point : j'aperçus une lueur et ordonnai de nous diriger de ce côté. Nous atteignîmes un village; dans l'église de bois, il y avait de la lumière. L'église était ouverte; plusieurs traîneaux se trouvaient derrière l'enceinte; des gens circulaient sur le parvis. " Par ici! par ici! " crièrent plusieurs voix. Je dis au postillon d'approcher. " Où t'es-tu donc attardé? me dit quelqu'un; la fiancée est évanouie, le pope ne sait que faire; nous étions sur le point de nous en retourner. Entre donc vite! " Sans rien dire, je sautai hors du traîneau et pénétrai dans l'église faiblement éclairée par deux ou trois cierges.

« Une jeune fille était assise sur un banc dans un coin sombre de l'église; une autre lui frottait les tempes. " Dieu soit loué! dit celle-ci, enfin vous voilà! Pour un peu vous auriez fait mourir Mademoiselle. "

« Le vieux prêtre s'avança vers moi et me demanda : " Désirez-vous que je commence?

« — Commencez, commencez, mon père ", répondis-je étourdiment.

« On souleva la jeune fille. Elle me parut assez belle... Incompréhensible, impardonnable légèreté... Je me mis à côté d'elle, près du lutrin; le prêtre se hâtait; trois hommes et la servante soutenaient la jeune fille et ne s'occupaient que d'elle. On nous maria. " Embrassez-vous! " nous dit-on. Ma femme tourna vers moi son visage pâle. J'allais l'embrasser... " Ah! ce n'est pas lui! Ce n'est pas lui! " s'écria-t-elle, et elle retomba évanouie. Les témoins jetèrent sur moi des regards effarés. Je fis volte-face et sortis de l'église sans que personne cherchât à me retenir, me jetai dans le traîneau et criai : " Filons ! "

— Grand Dieu ! fit Maria Gavrilovna; et vous ne savez pas ce qu'il advint de votre pauvre femme?

— Je l'ignore, répondit Bourmine; j'ignore le nom du village où je me suis marié; je ne me souviens pas de quel relais j'étais parti. En ce temps j'attachais si peu d'importance à ma criminelle plaisanterie qu'à peine eus-je quitté l'église, je m'endormis et ne me réveillai que le lendemain matin, trois relais plus loin. Le domestique qui était alors avec moi est mort pendant la campagne, de sorte que je n'ai même pas l'espoir de retrouver jamais celle à qui j'ai joué un tour si cruel et qui aujourd'hui se trouve si bien vengée.

— Mon Dieu ! mon Dieu ! s'écria Maria Gavrilovna lui saisissant la main; c'était donc vous ! Et vous ne me reconnaissez pas? »

Bourmine pâlit... et se jeta à ses pieds...

LE MARCHAND DE CERCUEILS

Chaque jour apporte ses cercueils,
Ses rides au monde vieillissant.

Dierjavine [1].

Pour la quatrième fois, deux haridelles attelées au corbillard sur lequel Adrien Prokhorov venait d'entasser les restes de ses frusques firent le chemin de la Basmannaïa à la Nikitskaïa, où le marchand de cercueils emménageait. Adrien ferma son ancienne boutique, cloua sur la porte une pancarte : *A vendre ou à louer,* puis suivit à pied.

En approchant de la petite maison jaune que depuis longtemps il guignait et qu'il venait enfin d'acquérir pour une somme rondelette, le vieux marchand s'étonna de ne se sentir pas plus de joie dans le cœur.

Sur le seuil de sa nouvelle demeure où tout était sens dessus dessous, il se prit à regretter l'ancien taudis, où, dix-huit ans durant, il avait fait régner un ordre parfait. Il tança la lenteur de ses deux filles et de la servante, puis se mit à les aider. Bientôt tout fut en place : l'armoire avec les icônes, le buffet avec la vaisselle, la table, le divan et le lit, dans la chambre du fond; les productions du maitre : cercueils de toutes couleurs et de toutes dimensions, ainsi que les bahuts contenant les flambeaux, les chapeaux et les manteaux de deuil, prirent place dans la cuisine et dans le salon. Au-dessus de la porte cochère fut hissée l'enseigne; elle présentait un Amour dodu tenant en main un flambeau renversé, et l'inscription : *Ici l'on vend et l'on garnit les cercueils naturels ou peints. On loue et on répare les cercueils usagés.*

Les jeunes filles se retirèrent dans leur chambrette; Adrien fit le tour de sa demeure, s'assit près de la fenêtre et commanda le samovar.

Tout lecteur éclairé sait que Shakespeare et Walter Scott présentent les fossoyeurs comme des gens hilares et facétieux [1], afin de frapper notre imagination par ce contraste. Le respect de la vérité nous retient de suivre leur exemple et nous force d'avouer que le caractère de notre marchand de cercueils répondait parfaitement à sa macabre profession. Adrien Prokhorov était le plus souvent sombre et pensif. Il ne rompait le silence que pour admonester ses filles lorsqu'il les surprenait musardant à la fenêtre et regardant passer les gens, ou pour surfaire le prix de ses cercueils devant ceux qui se désolaient (ou parfois se réjouissaient) d'en avoir besoin.

Or donc, assis à la fenêtre et buvant sa septième tasse de thé, Adrien, selon son habitude, ruminait de tristes réflexions. Il se remémorait cette averse qui, huit jours plus tôt, près de la barrière de la ville, avait accueilli le cortège funèbre d'un brigadier retraité. Que de manteaux s'en étaient trouvés rétrécis! que de chapeaux déformés! Voici qui l'entraînerait à d'inévitables dépenses; car sa vieille réserve de vêtements funéraires était dans un état lamentable. Il comptait bien, il est vrai, se rattraper avec Trioukhina, cette vieille marchande qui, depuis bientôt un an, n'en finissait pas de mourir.

Mais c'est à Razgouliaï[1] que Trioukhina trépassait et Prokhorov craignait que les héritiers, malgré leur promesse et plutôt que de venir de si loin le chercher, ne traitassent avec un entrepreneur du quartier.

Trois coups[2] frappés à la porte interrompirent soudain ces réflexions.

« Qui est là? » demanda Prokhorov.

La porte s'ouvrit. Un homme qu'on pouvait, du premier coup d'œil, reconnaître pour un artisan allemand, entra dans la chambre, s'approcha du marchand de cercueils et, d'un air joyeux :

« Excusez-moi, aimable voisin, dit-il avec cet accent allemand qui nous fera toujours rire, — excusez-moi de vous déranger. J'étais impatient de vous connaître. Je suis cordonnier. Je m'appelle Gottlieb Schultz et j'habite, de l'autre côté de la rue, cette petite maison juste en face de vos fenêtres. Je fête demain mes noces d'argent et vous convie à venir dîner chez moi, avec vos filles, sans cérémonie. »

L'invitation fut acceptée de bonne grâce. Le marchand de cercueils pria le cordonnier de s'asseoir et lui offrit une tasse de thé. La nature ouverte de Gottlieb Schultz permit vite à la conversation de devenir très cordiale.

« Et comment vont les affaires de votre seigneurie? demanda Adrien.

— Eh! Eh! couci-couça, répondit Schultz. Je n'ai du reste pas à me plaindre; encore que ma marchandise diffère en ceci de la vôtre : qu'un vivant peut bien se passer de bottes, mais qu'un mort ne peut pas vivre sans cercueil!

— Ça, c'est vrai! dit Adrien. Un vivant qui n'a pas de quoi se payer des bottes peut bien, ne vous déplaise, aller pieds nus; mais le plus gueux des morts aura son cercueil, qu'il le paie ou non. »

Ainsi leur entretien se prolongea quelque temps

encore. Puis enfin le cordonnier se leva et prit congé d'Adrien en renouvelant son invitation.

Le lendemain, à midi sonnant, Prokhorov, avec ses filles, sortit de sa nouvelle maison par la porte de la cour, et tous trois s'en furent chez leur voisin. Dérogeant à l'habitude de nos romanciers d'aujourd'hui, je ne décrirai ni le caftan russe d'Adrien Prokhorov, ni les toilettes européennes d'Akoulina et de Dounia. J'estime néanmoins qu'il n'est pas superflu de noter que les deux jeunes filles s'étaient coiffées de chapeaux jaunes et avaient chaussé des souliers rouges, ce qui ne leur arrivait que dans des circonstances solennelles.

Le logement exigu du cordonnier était rempli de convives : pour la plupart des artisans allemands accompagnés de leurs femmes et de leurs aides. En fait de fonctionnaires russes, il n'y avait là qu'un sergent de ville [1], le Finnois Yourko, qui, malgré sa modeste condition, avait su gagner la bienveillance particulière de notre hôte. Depuis vingt-cinq ans il remplissait ses fonctions « fidèlement et loyalement », tel le postillon de Pogorielski [2]. L'incendie de l'an douze, en détruisant Moscou [3], anéantit du même coup sa guérite jaune. Mais, aussitôt après l'expulsion de l'ennemi, surgit à la même place une nouvelle guérite; celle-ci grise, avec des colonnes doriques blanches. Et Yourko reprit sa faction devant elle, avec « la hache et la cuirasse de drap gris [4] ».

Presque tous les Allemands domiciliés près de la porte Nikitskaïa connaissaient Yourko; et même il arrivait à certains d'entre eux de passer chez lui [5] la nuit du dimanche au lundi.

Adrien s'empressa de lier connaissance avec cet homme dont, tôt ou tard, on pouvait avoir besoin, et, lorsque les invités se mirent à table, il s'assit à côté de lui. M. et Mme Schultz et leur fille Lottchen, demoiselle de dix-sept ans, tout en dînant avec leurs invités et faisant les honneurs de la table, aidaient la cuisinière à servir. La bière coulait à flots. Yourko mangeait comme quatre. Adrien lui tenait tête. Ses filles faisaient les fines bouches. D'heure en heure la conversation devenait plus bruyante. Soudain l'hôte fit faire silence et, débouchant une bouteille cachetée, cria en russe : « A la santé de ma bonne Louise! » Le vin mousseux pétilla. Le cordonnier posa tendrement ses lèvres sur le frais visage de sa compagne quadragénaire, et les convives, bruyamment, vidèrent leur verre à la santé de la bonne Louise. « A la santé de mes aimables invités! » s'écria l'hôte en débouchant une deuxième bouteille; et les invités de remercier et de trinquer de nouveau. Les toasts se succédèrent : on but à la santé particulière de chacun; on but à la santé de Moscou; puis de toute une douzaine de petites villes allemandes; on but à la santé de tous les corps de métier en général, puis à celle de chaque corps en particulier; on but à la santé des maîtres, puis à celle des contremaîtres. Adrien buvait ferme. Il devint si gai qu'à son tour il risqua un toast badin. Puis un gros boulanger leva son verre et proclama : « A la santé de ceux pour qui nous travaillons : *unserer Kundleute!* » La proposition, comme toutes les autres, fut acceptée joyeusement et à l'unanimité. Les convives commencèrent ensuite à se saluer les uns les autres. Le tailleur salua le cordonnier; le cordonnier salua le tailleur; le boulanger les salua tous deux; tout le monde salua le boulanger, et ainsi de suite. Après toutes ces salutations réciproques, Yourko, tourné vers son voisin, s'écria : « Allons! petit père; bois à la santé de tes macchabées! » Tout le monde se mit à rire; le marchand de cercueils, atteint dans sa dignité, se renfrogna. Personne n'y fit attention. Les convives continuèrent à boire. L'on sonnait les vêpres lorsqu'ils se levèrent de table.

La plupart étaient fort éméchés. Le gros boulanger et le relieur, dont le visage « ressemblait à une reliure de maroquin rouge [1] », prirent Yourko sous les bras et le ramenèrent jusqu'à sa guérite, interprétant à leur manière le proverbe : « Retour d'argent, joie de prêteur. » Le marchand de cercueils rentra chez lui ivre et furieux. « Eh! quoi! ratiocinait-il à voix haute, mon métier serait-il moins honorable que les autres? Marchand de cercueils n'est pourtant pas frère de bourreau. Me prennent-ils pour un histrion, ces impies? Il n'y avait vraiment pas là de quoi rire. Je projetais de les inviter à pendre la crémaillère et de les régaler en Balthazar. A d'autres! Je n'en ferai rien. Ceux que j'inviterai, c'est mes clients, morts orthodoxes!

— Voyons, petit père! lui dit la servante en le déchaussant; qu'est-ce que tu radotes? Fais vite le signe de la croix. Inviter les morts à pendre la crémaillère! Quelle horreur!

— Par Dieu! je jure que je les invite, reprenait Adrien; et pas plus tard que pour demain. Soyez les bienvenus, chers nourriciers; ici, demain soir, je vous régale à la fortune du pot. »

Sur ces mots, le marchand de cercueils gagna son lit, où bientôt il ronfla.

On vint le réveiller avant l'aube. La marchande Trioukhina était décédée dans la nuit. Son commis avait dépêché quelqu'un à cheval pour en aviser Adrien. Le marchand de cercueils lui donna dix kopeks de pourboire, s'habilla en hâte, prit une voiture et s'en fut à Razgouliaï. Devant la porte de la défunte étaient déjà postés des sergents de ville, et les commerçants s'attroupaient comme des corbeaux attirés par le cadavre. Etendue sur une table [2], la défunte, jaune comme la cire, n'était pas encore atteinte par la décomposition. Parents, voisins et domestiques se pressaient autour d'elle.

Toutes les fenêtres étaient ouvertes. Les cierges brûlaient. Les prêtres lisaient des prières. Adrien s'approcha du neveu de Trioukhina, jeune marchand vêtu d'une élégante redingote, et le prévint que le cercueil, les cierges, le drap mortuaire et les autres attributs funèbres lui seraient livrés sans retard et en parfait état. L'héritier remercia distraitement. Il ne discuterait pas sur le prix, s'en remettant à l'honnêteté de Prokhorov. Le marchand de cercueils, selon son habitude, jura de s'en tenir aux prix les plus justes, échangea un regard d'entente avec le commis et partit faire les démarches nécessaires. Il passa tout le jour à courir entre Razgouliaï et la porte Nikitskaïa. Vers le soir tout était prêt. Prokhorov congédia son cocher et rentra chez lui à pied. Il faisait clair de lune. Le marchand de cercueils atteignit allégrement la porte Nikitskaïa. Près de l'église de l'Ascension, il s'entendit héler par le sergent Yourko, qui, l'ayant reconnu, lui souhaita bonne nuit. Il était tard. Le marchand de cercueils approchait déjà de sa maison lorsqu'il lui sembla soudain voir quelqu'un devant sa porte, l'ouvrir, puis disparaître à l'intérieur.

« Qu'est-ce que cela signifie? pensa Prokhorov. Quelqu'un aurait-il encore besoin de moi? Eh! ne serait-ce pas un voleur? Ou peut-être mes sottes de filles recevraient-elles des amants? C'est bien possible! »

Et déjà Prokhorov allait appeler l'ami Yourko à la rescousse; mais à cet instant quelqu'un d'autre encore s'approcha, qui, sur le point de passer la porte, voyant le maître du logis accourir, s'arrêta et souleva son tricorne. Adrien crut reconnaître ce visage, mais, sans prendre le soin de le bien examiner :

« Vous venez chez moi? dit-il tout essoufflé. Prenez la peine d'entrer, je vous en prie.

— Ne fais donc pas de cérémonies, mon petit

père, riposta l'autre d'une voix sourde. Passe devant. Montre le chemin à tes hôtes. »

Des cérémonies, Adrien n'avait guère le temps d'en faire. La porte était ouverte; il monta l'escalier; l'autre le suivit. Adrien crut entendre des bruits de pas dans l'appartement.

« Que diable est-ce là? » pensa-t-il en se hâtant d'entrer... Ses jambes se dérobèrent sous lui. La chambre était pleine de morts. La lune, à travers les fenêtres, éclairait leurs faces jaunes et bleues, leurs bouches ravalées, leurs yeux troubles et mi-clos, leurs nez camards... Adrien reconnut avec terreur tous ceux qu'il avait mis en bière, et, dans le dernier venu, le brigadier enseveli pendant l'averse. Tous, dames et messieurs, entourèrent le marchand de cercueils, le saluant et le complimentant; tous, sauf un pauvre diable qui n'avait rien payé pour son enterrement et qui, gêné, honteux de ses haillons, restait humblement à l'écart, dans un coin. Les autres étaient très convenablement vêtus : les défuntes en bonnets et rubans; les défunts gradés en uniforme, mais avec des barbes négligées; les marchands en caftans de fête.

« A ton invitation, Prokhorov, dit le brigadier au nom de toute l'honorable compagnie, nous nous sommes tous levés; ne sont restés chez eux que ceux qui sont à bout, que ceux à qui il ne reste plus que les os sous la peau; mais encore y en a-t-il un de ceux-là qui n'a pu résister à l'envie de venir. »

Au même instant, un petit squelette se glissa à travers la foule et s'approcha d'Adrien. Son crâne souriait affectueusement au marchand de cercueils. Des lambeaux de drap vert clair et rouge et des loques de toile pendaient sur lui comme sur une perche, et ses tibias, dans ses grosses bottes, ballottaient comme le pilon dans le mortier.

« Tu ne me reconnais pas, Prokhorov? dit le squelette. Tu ne te souviens pas du sergent retraité,

Piotr Pétrovitch Kourilkine à qui, en 1799, tu vendis ton premier cercueil? Et c'était du sapin pour du chêne! »

A ces mots le squelette ouvrit les bras. Adrien jeta un cri, et, dans un grand effort, le repoussa. Piotr Pétrovitch chancela et tomba en miettes. Un murmure d'indignation s'éleva parmi les morts. Tous se mirent à défendre l'honneur de leur camarade et assaillirent Adrien avec imprécations et menaces. Le pauvre hôte, assourdi par leurs cris et à demi étouffé, perdit contenance et, s'écroulant sur les débris du sergent, s'évanouit.

Le soleil éclairait depuis longtemps déjà le lit où reposait le marchand de cercueils. Il ouvrit enfin les yeux et vit devant lui la servante qui préparait le samovar. Il se souvint avec horreur de tous les événements de la veille : la Trioukhina, le brigadier et le sergent Kourilkine surgirent confusément dans sa mémoire. Il attendit en silence que la servante lui racontât la fin de ses aventures nocturnes.

« Eh bien! on peut dire que tu as dormi, mon petit père! dit Axinia en lui passant sa robe de chambre. Notre voisin le tailleur est déjà venu te voir, et puis le sergent de ville du quartier est passé pour t'avertir que c'est aujourd'hui la fête du commissaire; mais tu reposais si bien que nous ne voulions pas te réveiller.

— Est-on venu ici de la part de la défunte Trioukhina?

— La défunte? Elle est donc morte?

— Mais, sotte que tu es, ne m'as-tu pas aidé toi-même, hier, à préparer son enterrement?

— Que dis-tu là, petit père? Aurais-tu perdu la raison? ou pas encore fini de cuver ton vin d'hier soir? De quel enterrement parles-tu? Tu as fait la noce tout le jour d'hier chez l'Allemand; tu es rentré ivre; tu t'es jeté sur ton lit et tu as dormi jusqu'à maintenant, passé l'heure de la messe.

— Pas possible! fit le marchand de cercueils tout réjoui.

— Pour sûr que c'est comme ça, dit la servante.

— Eh bien, si c'est pour sûr, apporte vite le thé et va chercher mes filles. »

LE MAÎTRE DE POSTE

Fonctionnaire de quatorzième classe :
Dans un relais de poste, dictateur.
Prince Viaziemski [1].

A qui de nous n'est-il pas arrivé de maudire un maître de poste? Qui de nous n'a pas eu à batailler avec eux? Qui de nous, dans un moment de fureur, n'a pas réclamé le fatal livre, afin d'y inscrire une vaine protestation contre les passe-droits, la grossièreté ou l'incurie? Qui de nous ne tient un maître de poste pour le rebut du genre humain, comparable aux huissiers d'autrefois, ou tout au moins aux brigands des forêts de Mourom?

Pourtant, soyons justes; tâchons de nous mettre à leur place, et peut-être les jugerons-nous alors avec un peu plus d'indulgence. Qu'est-ce qu'un maître de poste? Un vrai martyr de quatorzième rang [2], que son grade préserve tout juste des coups, et encore pas toujours! (Je m'en rapporte à la conscience de mes lecteurs.) Quelles sont les occupations de ce « dictateur », comme l'appelle en plaisantant le prince Viaziemski? De véritables travaux forcés! Point de repos, ni le jour, ni la nuit. Le voyageur se venge sur le maître de poste de tout le dépit amassé pendant un trajet fastidieux. Le temps est-il désagréable, les chemins sont-ils mauvais, le postillon têtu, les chevaux paresseux, la faute en est au maître de poste. Et lorsque le voyageur entre dans le pauvre logis du postier, c'est en ennemi qu'il le considère. Heureux le postier qui parvient rapidement à se débarrasser d'un importun. Mais quand les chevaux manquent!... Dieu! quelle avalanche de menaces! Par la pluie, dans la boue, il lui en faut chercher à travers tout le village. Pour se reposer ne fût-ce qu'un instant des cris et de la rage du client irrité, malgré le froid cruel, c'est sous le porche qu'il se réfugie. Arrive un général; le maître de poste, tout tremblant, lui cède les deux dernières troïkas, fussent-elles celles d'un courrier de cabinet [1]. Le général s'en va sans le remercier. Cinq minutes plus tard, sonnerie de grelots, et le courrier de cabinet lui jette sur la table sa feuille de route...

Pénétrons tout cela bien à fond, et l'indignation fera place dans notre cœur à une commisération sincère. Deux mots encore : durant vingt ans j'ai traversé la Russie en tous sens; j'ai parcouru toutes les grandes routes; j'ai fréquenté plusieurs générations de postillons, et rares sont les maîtres de poste que je ne connaisse au moins de vue, ou avec qui je n'aie eu affaire; j'espère publier prochainement mes curieuses observations de voyage; en attendant je dirai seulement que l'on représente à l'opinion publique la corporation des maîtres de poste sous un jour des plus faux. Ces maîtres de poste si calomniés sont des gens paisibles, serviables, enclins à la sociabilité, ne prétendant pas aux honneurs, et somme toute pas trop cupides. Dans leurs conversations (que dédaignent à tort messieurs les voyageurs) on peut glaner bien des choses curieuses et instructives. En ce qui me concerne, je l'avoue, je cause plus volontiers avec eux qu'avec tel fonctionnaire de haut rang qui voyage pour raison de service.

On admettra facilement que je compte quelques amis dans cette honorable corporation des maîtres de poste. Le souvenir de l'un d'eux m'est resté particulièrement précieux. Les circonstances nous avaient rapprochés jadis, et c'est de lui que j'ai l'intention d'entretenir mes aimables lecteurs.

Au mois de mai 1816, il me fallut traverser le gouvernement de N*** par la route à présent abandonnée [1]. Vu mon grade insignifiant je n'avais droit qu'à deux chevaux. Aussi les postiers me traitaient-ils sans aucun égard, et souvent il me fallait batailler pour obtenir ce que j'estimais m'être dû. Jeune et de caractère emporté, je m'indignais contre la bassesse et la lâcheté du postier lorsqu'il cédait à quelque personnage de haut grade la troïka qui m'était destinée. De même il me fallut du temps pour m'habituer à ce qu'un larbin pointilleux me servît après tous les autres dans un dîner officiel. Tout cela me paraît aujourd'hui dans l'ordre des choses. Qu'adviendrait-il, en effet, si au lieu de cette règle si pratique : « Le grade honore le grade », on mettait en usage cette autre : « L'intelligence honore l'intelligence » ? Que de discussions ! Et pour passer les plats, qui les laquais auraient-ils servis les premiers ?...

Mais je reviens à mon histoire.

La journée fut chaude. A trois verstes du relais de N*** quelques gouttes de pluie commencèrent à tomber, puis ce devint une averse, et en quelques instants je fus trempé jusqu'aux os.

Arrivé au relais, mon premier souci fut de changer de vêtements au plus vite, puis de demander du thé. « Hé ! Dounia [2] ! cria le maître de poste. Prépare un samovar et va chercher de la crème. »

A ces mots, sortit de derrière une cloison une

fillette de quatorze ans environ qui courut dans l'entrée. Sa beauté me frappa.

« Est-ce ta fille? demandai-je au maître de poste.

— Oui, répondit-il avec un air d'amour-propre satisfait. Et si raisonnable, si habile; tout comme feu sa mère. »

Puis il se mit à transcrire ma feuille de route tandis que j'examinais les images dont sa demeure humble mais propre était ornée. Ces images représentaient l'histoire de l'Enfant prodigue : sur la première, un vénérable vieillard en robe de chambre et coiffé d'un bonnet de nuit laisse partir un adolescent inquiet à qui il donne une bourse et sa bénédiction hâtive. L'autre, en des traits éloquents, montrait le jeune débauché attablé en compagnie de faux amis et de femmes impudiques. Plus loin, l'adolescent ruiné, en haillons et coiffé d'un tricorne, garde les pourceaux et partage leur pitance; son visage exprime la tristesse et le repentir. Enfin l'on nous montrait le retour du fils vers le père; le bon vieillard, coiffé du même bonnet et vêtu de la même robe de chambre, accourt à la rencontre de l'enfant prodigue qui s'est mis à genoux; à l'arrière-plan un cuisinier égorge un veau gras, et le fils aîné questionne les serviteurs sur les raisons d'une telle joie. Au-dessous de chaque image on pouvait lire des vers allemands appropriés.

Tout ceci s'est conservé jusqu'aujourd'hui dans ma mémoire : les pots de balsamine, le lit derrière un rideau bariolé... Je vois, comme si j'y étais encore, l'hôte lui-même, homme d'une cinquantaine d'années, frais et vigoureux, dans sa longue redingote verte avec trois médailles pendues à des rubans fanés.

A peine eus-je réglé mon vieux postillon que Dounia revint avec le samovar. Dès le premier coup d'œil, la petite coquette s'aperçut de l'impression qu'elle produisait sur moi; elle baissa ses grands yeux bleus. Je me mis à causer avec elle; elle me répondit sans aucune timidité, comme une jeune fille qui a l'usage du monde. J'offris au père un verre de punch, à Dounia je tendis une tasse de thé, et nous causâmes tous les trois comme si nous nous étions toujours connus.

Les chevaux étaient depuis longtemps prêts, mais je n'avais guère envie de me séparer du maître de poste et de sa fille. Enfin, je pris congé d'eux; le père me souhaita bon voyage, la fille m'accompagna jusqu'à la voiture. Dans l'entrée je m'arrêtai et lui demandai la permission de l'embrasser; Dounia consentit... J'ai échangé beaucoup de baisers,

Depuis que j'exerce [1]...

mais aucun ne m'a laissé souvenir si doux et si durable.

Plusieurs années s'écoulèrent, et les circonstances me ramenèrent sur cette même route, et dans ces mêmes lieux. Je me souvins de la fille du vieux maître de poste, et me réjouis à l'idée de la revoir. « Qui sait ce qu'est devenu le vieux? pensai-je. Déplacé peut-être. Et Dounia? mariée sans doute. » La pensée de la mort effleura également mon esprit; et je m'approchai du relais de N*** avec un triste pressentiment.

Les chevaux s'arrêtèrent devant la maison du relais. Entré dans la chambre, je reconnus aussitôt les images de l'Enfant prodigue; la table et le lit étaient à la même place, mais il n'y avait plus de fleurs sur les fenêtres, et tout respirait la ruine et l'abandon.

Le maître de poste dormait, enveloppé dans sa pelisse; mon arrivée le réveilla; il se souleva... C'était bien Siméon Virine, mais qu'il avait vieilli!

Tandis qu'il s'apprêtait à transcrire ma feuille de route, je contemplai ses cheveux blanchis, les rides profondes de son visage mal rasé, son dos courbé, et m'étonnai que trois ou quatre ans eussent suffi à faire d'un homme robuste un vieillard.

« Me reconnais-tu? lui demandai-je. Nous sommes de vieux amis.

— Cela se peut, répondit-il d'un air morne; la route est grande; bien des voyageurs passent chez moi.

— Ta Dounia est-elle en bonne santé? » continuai-je.

Le vieillard fronça les sourcils.

« Dieu le sait! répondit-il.

— Elle est donc mariée? » dis-je.

Le vieillard fit mine de ne pas entendre et continua de lire à voix basse ma feuille de route.

Je cessai de le questionner et fis préparer le thé. Mais la curiosité me tourmentait et je comptais sur le punch pour faire parler mon vieil ami.

Je ne m'étais pas trompé : le vieux ne refusa pas le verre que je lui offris. Et bientôt le rhum eut raison de sa sombre humeur. Au second verre sa langue se délia. Se souvenait-il de moi, ou feignait-il de se souvenir? L'histoire qu'il me raconta m'intéressa et me toucha vivement alors.

« Vous avez donc connu ma Dounia? commença-t-il. Qui donc ne la connaissait pas? Ah! Dounia! Dounia! Quelle fille c'était! Tous ceux qui passaient par ici la complimentaient. Jamais personne n'avait eu à se plaindre d'elle. Les dames lui faisaient cadeau, qui d'un fichu, qui de boucles d'oreilles. Les voyageurs s'arrêtaient tout exprès sous prétexte de dîner ou de souper, mais en fait pour l'admirer tout à leur aise. Les plus grincheux s'apaisaient en sa présence et se mettaient à me parler avec gentillesse. Le croiriez-vous, monsieur! des courriers, des envoyés officiels s'attardaient à causer avec elle. C'est grâce à elle que la maison marchait; s'agissait-il de ranger, de cuisiner, elle trouvait le temps pour tout. Et moi, vieil imbécile, je n'avais d'yeux que pour elle! elle était toute ma joie. Ah! si je l'ai aimée, ma Dounia! Si je l'ai choyée, mon enfant! N'avait-elle pas une vie douce? Mais non! on ne conjure pas le malheur; personne n'évite sa destinée. »

Puis il se mit à me conter son chagrin. Trois ans auparavant, un soir d'hiver, alors qu'il préparait son registre et que sa fille cousait une robe derrière la cloison, arriva une troïka; un voyageur coiffé d'un bonnet tcherkesse, vêtu d'un manteau militaire et enveloppé d'un châle, entra dans la chambre et réclama des chevaux. Tous les chevaux étaient en route. A cette nouvelle le voyageur haussa la voix et leva sa cravache; mais Dounia, habituée à de telles scènes, accourut de derrière la cloison et demanda avec douceur s'il ne désirait pas souper. L'apparition de Dounia produisit son effet habituel. La colère du voyageur s'apaisa; il consentit à attendre des chevaux et commanda à souper. Il enleva son bonnet tout trempé, dénoua son châle, laissa tomber son manteau et apparut sous l'aspect d'un jeune hussard élancé, aux fines moustaches noires. Il s'installa chez le maître de poste et se mit à bavarder gaiement avec lui et sa fille. On servit le souper. Cependant les chevaux arrivèrent, et le maître de poste sortit pour donner ordre de les atteler aussitôt au traîneau du voyageur sans même leur donner de picotin; mais au retour il trouva le jeune homme, étendu sur le banc, à moitié évanoui : il avait ressenti un malaise; la tête lui faisait mal; impossible de partir... Que faire? Le maître de poste céda son lit, et l'on décida d'envoyer le lendemain chercher à S*** un médecin, si le malade n'allait pas mieux.

Le lendemain le hussard se sentit moins bien. Son domestique s'en fut en ville pour quérir le médecin. Dounia noua autour de la tête du malade un mouchoir trempé dans du vinaigre et s'assit avec son ouvrage près du lit. En présence du maître de poste, le malade poussait force soupirs et ne parlait presque pas; néanmoins il but deux tasses de café, et tout en geignant, commanda à dîner. A chaque instant il demandait à boire, et Dounia, qui ne le quittait pas, lui présentait un bol de limonade qu'elle avait préparée. Le malade trempait ses lèvres et chaque fois, en rendant le bol, sa main faible pressait la main de Douniouchka en signe de reconnaissance. A l'heure du dîner arriva le médecin. Il tâta le pouls du malade, causa avec lui en allemand, puis déclara en russe qu'il n'avait besoin que de repos, et que dans deux jours il pourrait reprendre son voyage. Le hussard lui remit vingt-cinq roubles pour la visite et le retint à dîner; le médecin accepta, tous deux mangèrent de grand appétit, burent une bouteille de vin et se séparèrent fort satisfaits l'un de l'autre.

Une journée encore passa, et le hussard fut complètement rétabli. Il était extrêmement gai, ne cessait de plaisanter tantôt avec Dounia, tantôt avec le maître de poste, sifflotait, bavardait avec les voyageurs, transcrivait leurs feuilles de route, et le bon maître de poste finit par le prendre en telle affection qu'au bout de ces deux jours il éprouva de la peine à se séparer d'un hôte si aimable.

C'était dimanche; Dounia s'apprêtait pour la messe. On avança le traîneau du hussard, qui prit congé du maître de poste et lui paya avec générosité et le gîte et la nourriture; il prit aussi congé de Dounia, puis lui proposa de l'amener jusqu'à l'église; celle-ci se trouvait à l'extrémité du village. Dounia demeurait indécise... « De quoi as-tu peur? lui dit son père. Sa Noblesse n'est pas un loup, il ne te mangera pas; fais donc un petit tour avec lui jusqu'à l'église. » Dounia monta dans le traîneau près du hussard, le domestique sauta sur le siège, le postillon siffla, et les chevaux partirent au galop!

Le pauvre maître de poste ne comprenait pas comment il avait pu permettre à Dounia de partir avec le hussard, comment il avait pu s'aveugler de la sorte et perdre à ce point la raison.

Une demi-heure s'était à peine écoulée que l'angoisse étreignit son cœur; l'inquiétude le saisit au point qu'il n'y tint bientôt plus et se rendit lui-même à la messe. Il arriva devant l'église tandis que tout le monde s'en allait; quant à Dounia, elle ne se trouvait ni dans l'enceinte, ni sur le parvis. Il entra précipitamment dans l'église; le prêtre descendait de l'autel; le diacre éteignait les cierges; deux petites vieilles priaient encore dans un coin; mais Dounia n'était point là. Le pauvre père osait à peine demander au diacre si elle était venue à la messe. Le diacre lui dit que non. Le maître de poste s'en retourna chez lui plus mort que vif. Un seul espoir lui restait encore : Dounia avec l'étourderie de la jeunesse avait eu peut-être l'idée de prolonger sa promenade jusqu'au prochain relais où habitait sa marraine.

Il attendait avec anxiété le retour du traîneau dans lequel il l'avait laissée partir. Le postillon ne revenait pas. Enfin, vers le soir, il apparut seul et ivre, avec cette terrifiante nouvelle : « Dounia s'était enfuie avec le hussard! »

Le vieillard ne put supporter son malheur : il tomba malade et dut se coucher dans le lit occupé la veille par le jeune séducteur.

En se remémorant toutes les circonstances, le maître de poste comprit enfin que la maladie du hussard n'avait été qu'une feinte. Le malheureux père fut pris par une forte fièvre; on le transporta à S***, et un autre postier dut être nommé à sa place. Le même médecin qu'on avait fait venir pour le hussard le soigna à son tour. Il confia au maître de poste que le jeune homme était en parfaite santé et qu'il avait dès l'abord deviné son intention perfide, mais qu'il s'était tu, redoutant sa cravache. Cet Allemand disait-il vrai? Ou simplement cherchait-il à faire valoir sa perspicacité? Quoi qu'il en fût ses paroles n'avaient guère consolé le pauvre malade.

A peine rétabli, il sollicita de son directeur un congé de deux mois, et, sans rien dire de son intention à personne, s'en fut à pied à la recherche de sa fille. Il savait par la feuille de route que le capitaine Minski allait de Smolensk à Pétersbourg. Le postillon qui l'avait conduit avait raconté que Dounia, bien que paraissant fuir de plein gré, pleurait tout le long du chemin. « Peut-être ramènerai-je à la maison ma brebis égarée? » pensait le maître de poste. C'est avec cet espoir qu'il arriva à Pétersbourg où il descendit au quartier du régiment Izmaïlovski chez son ancien camarade, un sous-officier retraité. Il commença tout aussitôt ses recherches et apprit que le capitaine Minski se trouvait à Pétersbourg, à l'hôtel Demout. Le maître de poste décida de se présenter chez lui.

Un matin, de bonne heure, il se rendit chez l'officier et pria d'annoncer à Sa Noblesse qu'un vieux soldat désirait le voir. Une ordonnance, en train de cirer une botte, déclara que Monsieur dormait et ne recevait personne avant onze heures. Le maître de poste se retira, puis revint à l'heure indiquée. Minski le reçut lui-même; il était en robe de chambre et coiffé d'une calotte rouge.

« Que veux-tu? » demanda-t-il.

Le cœur frémissant, les larmes aux yeux, le vieillard d'une voix tremblante dit seulement :

« Votre Noblesse!... Au nom du Seigneur!... »

Minski jeta sur lui un regard rapide, rougit, le prit par la main, l'amena dans son cabinet, et ferma derrière lui la porte à clef.

« Votre Noblesse! reprit le vieillard, ce qui est

perdu est perdu; rendez-moi du moins ma pauvre Dounia. Vous vous êtes suffisamment amusé d'elle; ne la perdez donc pas en vain.

— Ce qui est fait ne peut être changé, dit le jeune homme, dans un trouble extrême. Je suis coupable devant toi; et je suis heureux de te demander pardon; mais ne crois pas que je puisse quitter Dounia; elle sera heureuse, je t'en donne ma parole. Qu'as-tu besoin d'elle? Elle m'aime; elle est déshabituée de son existence d'autrefois. Ni toi, ni elle, vous ne pourrez oublier ce qui est arrivé. »

Puis, lui ayant glissé quelque chose dans le revers de la manche, il ouvrit la porte, et le maître de poste se retrouva soudain dans la rue.

Longtemps il demeura immobile. Il aperçut enfin dans le revers de sa manche un rouleau de papier, le sortit et déplia plusieurs assignats de cinquante roubles. De nouveau les larmes emplirent ses yeux, des larmes d'indignation! Il froissa les assignats, les jeta à terre, les foula aux pieds et s'en alla... Ayant fait quelques pas, il s'arrêta, réfléchit... puis revint en arrière... mais les assignats n'y étaient déjà plus. Un jeune homme convenablement vêtu, l'ayant aperçu, courut vers un fiacre, dans lequel il bondit en criant au cocher : « Filons! » Le maître de poste ne chercha pas à le poursuivre. Il décida de retourner dans son pays; mais auparavant, il aurait voulu revoir, ne fût-ce qu'une fois encore, sa pauvre Dounia. Deux jours plus tard, il retourna chez Minski; mais l'ordonnance lui déclara sévèrement que Monsieur ne recevait personne, le poussa dehors et lui claqua la porte au nez. Le maître de poste demeura là un moment, puis s'en alla...

Ce même jour, dans la soirée, après avoir assisté à une messe à l'église de Toutes-les-Douleurs, il se promenait dans la rue Litieïnaïa, lorsque une très élégante voiture passa rapidement devant lui, et le maître de poste reconnut Minski. La voiture s'arrêta devant une maison à trois étages, et le hussard monta le perron en courant. Une heureuse idée traversa l'esprit du maître de poste : il revint en arrière, s'approcha du cocher et lui demanda :

« A qui est cette voiture, ami? N'est-elle pas à Minski?

— A lui-même, répondit le cocher. Mais que veux-tu?

— Eh bien! voilà : ton maître m'a donné ordre de porter un billet à sa Dounia, et voilà que j'ai oublié où elle demeure, sa Dounia!

— C'est ici même, au second. Mais tu es en retard, mon brave, avec ton billet. Il y est déjà lui-même.

— Cela ne fait rien, répliqua le maître de poste avec un inexprimable élan du cœur; merci pour le renseignement; je ferai ce que j'ai à faire. » Et sur ce mot il monta l'escalier.

La porte était fermée; il sonna. Quelques secondes de pénible attente s'écoulèrent. La clef grinça : on ouvrit.

« Est-ce ici que loge Avdotia Siméonovna? demanda-t-il.

— Ici même, répondit la jeune servante. Que veux-tu d'elle? »

Sans répondre, le maître de poste entra dans le salon.

« N'entre pas! n'entre pas! s'écria la servante. Avdotia Siméonovna a du monde. »

Le maître de poste, sans l'écouter, continuait d'avancer. Les deux premières pièces étaient sombres, la troisième était éclairée. Il s'approcha de la porte ouverte et s'arrêta. Dans une chambre luxueusement meublée, Minski, l'air pensif, était assis dans un fauteuil. Dounia, parée avec tout l'éclat de la mode, se tenait posée sur le bras du fauteuil, telle une écuyère sur une selle anglaise. Elle regardait tendrement Minski en nouant autour de ses doigts étincelants les boucles noires de l'officier. Pauvre maître de poste! Jamais sa fille ne lui avait paru si belle; il ne pouvait s'empêcher de l'admirer.

« Qui est là? » demanda-t-elle, sans se retourner.

Il se taisait. Ne recevant pas de réponse, Dounia leva la tête... et poussant un cri tomba sur le tapis. Epouvanté, Minski se précipita pour la relever, mais soudain il aperçut près de la porte le vieux maître de poste; laissant là Dounia, il s'approcha de lui, tremblant de colère et, les dents serrées :

« Que veux-tu? Qu'as-tu à me poursuivre comme un brigand? Tu veux me tuer, peut-être? Va-t'en! »

Puis, saisissant le vieillard par le col, d'une main forte, il le poussa dehors.

Le maître de poste rentra chez lui. Son ami lui conseilla de porter plainte; le vieillard réfléchit, haussa les épaules et décida de se retirer. Deux jours après il quitta Pétersbourg, retournant à son relais, où il reprit ses fonctions.

« Voici trois ans déjà que je vis sans Dounia, et que je n'ai pas la moindre nouvelle d'elle, conclut-il. Est-elle vivante ou non? Dieu le sait. Tout arrive! Ce n'est ni la première, ni la dernière qu'aura séduite un voyageur libertin; ils les gardent quelque temps puis les laissent. Elles sont nombreuses à Pétersbourg, les jeunes sottes, parées aujourd'hui de soie et de velours, qui demain balaieront les rues en compagnie des pires gueux. Quand je songe que Dounia pourrait finir de la sorte, elle aussi, je commets involontairement le péché de souhaiter sa mort... »

Tel fut le récit de mon ami, le vieux maître de poste, récit plus d'une fois interrompu par des larmes qu'il essuyait d'un geste pittoresque avec les pans de son vêtement, à la manière du zélé Terentitch dans la belle ballade de Dmitriev [1]. Ces larmes étaient dues en bonne partie au punch dont il avait avalé cinq verres au cours de sa narration...

Quoi qu'il en fût, ces larmes touchèrent mon cœur. Et longtemps après avoir quitté le vieux maître de poste je ne pus l'oublier, longtemps je songeai à la pauvre Dounia...

Dernièrement encore, passant par la localité de N***, je me souvins de mon ami; j'appris que le relais qu'il administrait était supprimé. A ma question : « Le vieux maître de poste est-il encore vivant? » personne ne put répondre de manière satisfaisante. Je décidai alors d'aller revoir ces lieux que j'avais si bien connus, je louai des chevaux et partis pour le village de N***.

C'était en automne. De petits nuages gris couvraient le ciel; un vent froid parcourait les champs moissonnés et dépouillait les arbres de leurs feuilles vertes ou rouges. Au coucher du soleil j'arrivai au village et m'arrêtai devant le relais. Sous le porche (où jadis m'embrassa la pauvre Dounia) parut une grosse paysanne; elle m'apprit que le vieux maître de poste était mort, depuis bientôt un an, que sa maison était habitée par un brasseur de qui elle était la femme.

Je regrettai mon voyage inutile et les sept roubles dépensés en vain.

« De quoi donc est-il mort? demandai-je à la femme du brasseur.

— De trop boire, petit père, répondit-elle.

— Et où l'a-t-on enterré?

— Au-delà du village, près de feu son épouse.

— Pourrait-on me mener à sa tombe?

— Pourquoi pas? Hé! Vanka! Tu as assez joué avec le chat. Accompagne donc ce monsieur au cimetière, et montre-lui la tombe du maître de poste. »

A ces mots, un gamin déguenillé, borgne et roux, accourut près de moi, et aussitôt me conduisit vers le cimetière.

« Connaissais-tu le défunt? lui demandai-je.

— Je crois bien! Il m'avait appris à tailler des

chalumeaux. Quand il revenait du cabaret (paix à son âme!), nous courions après lui : " Grand-père, grand-père, donne-nous des noisettes "; et il nous en donnait, des noisettes! Il jouait toujours avec nous.

— Et les voyageurs? Se souviennent-ils de lui?

— Il n'y a pas beaucoup de voyageurs aujourd'hui; l'assesseur passe bien par ici, mais il a autre chose à faire que de s'occuper des morts. Cet été une dame est venue; celle-là a demandé après le vieux maître de poste et elle a été voir sa tombe.

— Quelle dame? demandai-je avec curiosité.

— Une belle dame! répondit le gamin. Elle voyageait dans un carrosse à six chevaux avec trois petits barines [1], une nourrice et un petit chien noir. Et quand on lui a dit que le vieux maître de poste était mort, elle s'est mise à pleurer et elle a dit aux enfants : " Restez là, tranquilles; moi je vais au cimetière. " J'ai voulu l'y conduire, mais la dame m'a dit : " Je connais le chemin. " Et elle m'a donné cinq kopeks-argent [2]... Une vraiment bonne dame! »

Nous étions arrivés au cimetière, un endroit nu, sans clôture, semé de croix de bois que nul arbre n'ombrageait. De ma vie je n'avais vu de cimetière aussi triste.

« Voici la tombe du vieux maître de poste, me dit l'enfant en sautant sur un tas de sable, où était plantée une croix noire avec une icône de cuivre.

— Et c'est ici que la dame est venue? demandai-je.

— Oui; je la regardais de loin, répondit Vanka. Elle s'était couchée ici, et elle est restée comme ça longtemps. Puis elle est allée au village, elle a appelé le pope, lui a donné de l'argent et elle est partie. Et à moi, elle m'a donné cinq kopeks-argent... Une vraiment gentille dame! »

Moi aussi, je donnai cinq kopeks au gamin et ne regrettai plus ni ce voyage, ni les sept roubles que j'avais dépensés.

LA DEMOISELLE-PAYSANNE

Belle toujours, ma petite âme,
Sous quelque robe que ce soit.

Bogdanovitch [1].

Le domaine d'Ivan Pétrovitch Bérestov était situé dans une de nos provinces reculées. Durant sa jeunesse, Bérestov avait servi dans la Garde; il prit sa retraite au commencement de l'année 1797 [2]; c'est alors qu'il regagna ses terres pour ne plus les quitter. Sa femme, une demoiselle noble et sans fortune, mourut en couches tandis qu'il parcourait les champs. Les occupations domestiques eurent vite fait de le consoler. Il fit bâtir une maison d'après ses propres plans; fit construire une fabrique de draps; organisa ses revenus, et se considéra dès lors comme l'homme le plus intelligent de la contrée. Les voisins qu'il recevait avec famille et chiens l'enfonçaient dans cette opinion. En semaine il portait une blouse de velours; les jours de fête il revêtait une redingote dont le drap venait de sa fabrique. Il tenait lui-même ses comptes et, en dehors de la *Gazette du Sénat,* ne lisait rien. Bérestov était généralement aimé, bien qu'on le tînt pour orgueilleux. Seul Grigori Ivanovitch Mouromski, son plus proche voisin, ne s'entendait pas avec lui. Mouromski était un véritable barine : devenu veuf après avoir dilapidé à Moscou la majeure partie de ses biens, il était venu habiter le dernier domaine qu'il possédât encore. Ses extravagances furent dès lors d'un nouveau genre : un jardin anglais engloutit presque tous ses revenus. Ses palefreniers furent accoutrés en jockeys anglais. Sa fille eut une gouvernante anglaise, et c'est d'après la méthode anglaise que ses champs furent cultivés. « Mais le blé russe ne pousse pas à l'anglaise [1] », et en dépit de la considérable diminution de frais, les revenus de Grigori Ivanovitch n'augmentaient guère. Bien qu'à la campagne, il trouvait encore moyen de s'endetter. Au demeurant il passait pour un homme d'esprit, car de tous les propriétaires de sa province, il fut le premier qui s'avisa d'hypothéquer son domaine au Conseil de Tutelle [2], opération qui, en ce temps-là, paraissait extrêmement audacieuse et compliquée.

De tous ceux qui le critiquaient, Bérestov se montrait le plus sévère. La haine de toute innovation était le trait saillant de son caractère. L'anglomanie de son voisin le mettait hors de lui et lui donnait sans cesse prétexte à critique. Lorsque Bérestov faisait les honneurs de son domaine, s'il arrivait que l'hôte en louât la bonne tenue : « Parbleu! s'écriait-il avec un rusé sourire, ici ça n'est pas comme chez le voisin Mouromski. Nous ne tenons pas à nous ruiner à l'anglaise; la mode russe nous suffit, si nous mangeons à notre faim. » De zélés voisins s'empressaient de rapporter à Grigori Ivanovitch ces propos et d'autres de ce genre, augmentés de surcharges et de commentaires. L'anglomane supportait la critique avec autant d'impatience qu'un chroniqueur littéraire. Il devenait furieux et traitait son Zoïle d'« ours » et de « provincial ».

Les rapports de ces deux propriétaires en étaient là, lorsque débarqua dans le village de son père le fils de Bérestov. Il sortait de l'université de ***. Son intention était d'embrasser la carrière militaire, malgré l'opposition de son père. Aucun des deux ne voulait céder. Le jeune homme ne se sentait aucune disposition pour la bureaucratie. En attendant, Alexeï menait la vie de grand seigneur et laissait pousser sa moustache, à tout hasard [1].

Alexeï était, reconnaissons-le, un beau garçon. Sa svelte taille méritait assurément d'être sanglée dans l'uniforme militaire. On l'imaginait plus volontiers paradant à cheval que courbé sur la paperasse d'une chancellerie. En le voyant à la chasse, galoper toujours de l'avant, insoucieux des chemins, les voisins s'accordaient pour déclarer qu'un tel barine n'eût fait qu'un piètre fonctionnaire. Les jeunes filles n'en finissaient pas de le contempler. Alexeï ne s'en souciait guère; aussi prétendaient-elles que son cœur était déjà pris. Et, pour preuve, ne se passait-on pas de main en main la copie de l'adresse d'une de ses lettres : « A Akoulina Pétrovna Kourotchkina, à Moscou, chez le chaudronnier Savéliev (face au couvent de Saint-Alexis), avec la respectueuse prière de transmettre cette lettre à A. N. R. »

Ceux de mes lecteurs qui n'ont jamais vécu à la campagne ne peuvent imaginer le charme des jeunes filles de province! Elevées au grand air à l'ombre des pommiers de leurs jardins, elles ne connaissent le monde et la vie que par les livres. La solitude, la liberté et la lecture développent promptement en elles des sentiments et des passions qu'ignorent nos beautés frivoles. Un son de clochette devient pour elles une aventure; un voyage dans la ville voisine fait époque dans leur vie; le passage d'un hôte laisse un souvenir durable et parfois éternel. Libre à chacun de trouver ridicules certaines de leurs bizarreries : les plaisanteries d'un observateur superficiel restent sans prise devant des qualités réelles dont la principale est sans doute la particularité de caractère, cette **individualité* sans laquelle, d'après Jean-Paul, il n'y a pas de véritable grandeur humaine. Il se peut que, dans les capitales, les femmes reçoivent une éducation meilleure; mais l'habitude du monde a vite fait de niveler les caractères et de rendre les âmes aussi conventionnelles que les coiffures. Ceci soit dit, non en manière de jugement ou de critique, mais ainsi que l'écrit un ancien commentateur : *Nota nostra manet.*

On imagine facilement quelle impression devait produire Alexeï dans le cercle de ces demoiselles. Pour la première fois apparaissait devant elles un jeune homme sombre et désenchanté; pour la première fois elles entendaient parler de joies perdues et de jeunesse flétrie; de plus, Alexeï portait une bague noire figurant une tête de mort. Tout cela surprenait beaucoup dans cette province. Les jeunes filles devinrent folles de lui.

Mais, plus que toutes les autres, s'intéressait à lui la fille de notre anglomane. Leurs pères ne se fréquentaient pas. Lisa (ou Betsy, comme l'appelait ordinairement Grigori Ivanovitch) n'avait encore jamais vu Alexeï, alors que déjà toutes les jeunes voisines ne cessaient de parler de lui. Elle avait dix-sept ans. Ses yeux noirs animaient un charmant visage bronzé. Enfant unique, elle était gâtée. Sa vivacité, ses fréquentes espiègleries enchantaient son père et désespéraient sa gouvernante, miss Jackson, demoiselle de quarante ans, pleine de morgue, au visage peint, aux yeux fardés, qui relisait *Paméla* [1] tous les six mois, recevait pour cela deux mille roubles par an et se mourait d'ennui *dans cette barbare Russie.*

Nastia, la femme de chambre de Lisa, était un peu plus âgée que sa maîtresse, mais tout aussi écervelée. Lisa l'aimait beaucoup, lui confiait tous ses secrets et ne complotait rien sans elle. Bref, Nastia, dans le village de Priloutchino, jouait un rôle bien plus important que celui de n'importe quelle confidente de tragédie française.

« Me permettez-vous de sortir aujourd'hui? dit Nastia tout en habillant sa maîtresse.

— Soit. Mais pour aller où?

— A Touguilovo, chez les Bérestov. C'est la fête de la femme du cuisinier, et elle est venue hier pour nous inviter à dîner.

— Eh quoi! dit Lisa, les maîtres se boudent et leurs gens vont trinquer ensemble!

— Ce que font les maîtres, est-ce que ça nous regarde? répliqua Nastia; et d'ailleurs, c'est à vous que j'appartiens et pas à votre papa. Vous n'êtes pas brouillée, que je sache, avec le jeune Bérestov. Laissons les vieux se chamailler si ça les amuse.

— Tu tâcheras, Nastia, de voir Alexeï Bérestov; tu me raconteras tout en détail : et s'il est bien fait de sa personne et quel genre d'homme c'est. »

Nastia promit de faire de son mieux. Et Lisa, tout le long du jour, attendit son retour avec impatience.

« Eh bien! Lisavéta Grigorievna, dit Nastia en rentrant le soir dans la chambre de sa maîtresse, j'ai vu le jeune Bérestov et j'ai eu bien le temps de le regarder, car nous avons passé toute la journée ensemble.

— Comment cela? Allons! raconte-moi tout depuis le commencement.

— Eh bien! voilà, mademoiselle : nous sommes donc allées, moi, Anissia Yègorovna, Nénila, Dounka...

— Bien, bien; je sais cela. Et ensuite?

— Permettez, mademoiselle : je raconte tout depuis le commencement. Nous sommes donc arrivées juste à l'heure du dîner. La pièce était pleine de monde. Il y avait celles de Kolbino, celles de Zakharievo, la femme de l'intendant avec ses filles, celles de Khloupino...

— Et Bérestov?

— Attendez un peu, mademoiselle. Nous voici donc à table, la femme de l'intendant à la place d'honneur, moi à côté d'elle... même que ses filles firent la tête; mais moi je crache sur elles [1].

— Ah! Nastia, que tu es agaçante avec tes continuels détails.

— Comme vous êtes impatiente! Alors voilà : nous sortons de table... et on y est bien resté près de trois heures; et c'était un fameux dîner! Pour dessert, du blanc-manger, bleu, rouge, panaché... Donc en sortant de table nous sommes allés jouer à colin-maillard dans le jardin et c'est alors que le jeune barine...

— Eh bien! c'est vrai qu'il est si beau?

— Extraordinairement beau! Un bel homme, on peut le dire. Elancé, grand, les joues roses...

— Tiens! Et moi qui croyais qu'il était pâle. Alors comment t'a-t-il paru? Triste? songeur?

— Y pensez-vous! De ma vie je n'ai vu pareil enragé. Il s'est mis à courir avec nous...

— Courir avec vous! Ce n'est pas possible!

— C'est très possible. Et que n'a-t-il pas inventé? Aussitôt qu'il en attrape une, il l'embrasse.

— Raconte ce que tu veux, Nastia, mais tu mens!

— Croyez ce que vous voulez, mais je ne mens pas! Même que j'ai eu du mal à me débarrasser de lui. Et il s'est amusé comme ça avec nous toute la journée.

— Alors, pourquoi dit-on qu'il est amoureux et ne fait attention à personne?

— Ça, je n'en sais rien, mademoiselle. Tout ce que je peux dire c'est qu'il a bien fait attention à moi; et à Tania; et à la fille de l'intendant aussi;

et à Pacha de Kolbino encore; ce serait péché de dire qu'il en a oublié une, le polisson!

— C'est curieux!... Et qu'est-ce que ses gens disent de lui?

— On dit qu'il est un excellent barine; et si bon, et si gai! On ne lui reproche qu'une chose : de trop courir après les servantes. Mais à mon sens, ce n'est pas un défaut. Il se calmera avec l'âge.

— Ah! que je voudrais le voir, dit Lisa en soupirant.

— Qu'est-ce qui vous en empêche? Touguilovo n'est pas loin de chez nous : trois verstes en tout; allez vous promener de ce côté-là, à pied ou à cheval, et vous êtes sûre de le rencontrer. Tous les jours, de bon matin, il part à la chasse avec son fusil.

— Y penses-tu! Il irait croire que je cours après lui. Du reste, avec la brouille de nos parents, comment ferais-je sa connaissance? Ah! Nastia, sais-tu quoi?... Si je m'habillais en paysanne...

— Ça, c'est une idée! Mettez une chemise de grosse toile, un sarafane [1], et allez sans crainte à Touguilovo. Je vous réponds que Bérestov ne vous manquera pas.

— Et je parle très bien le patois d'ici! Ah! Nastia, ma chère Nastia, quelle excellente idée! »

Lisa se coucha bien résolue à mettre à exécution son plaisant projet. Le lendemain matin, elle envoya chercher au marché de la grosse toile, du nankin bleu, et des boutons de cuivre. Aidée de Nastia, elle se tailla une chemisette et un sarafane; toutes les servantes se mirent à la couture, et le soir même tout fut prêt. Lisa essaya son nouveau costume et dut reconnaître devant le miroir que jamais encore elle ne s'était trouvée si jolie. Elle entra dans son rôle : saluant très bas tout en marchant; hochant la tête de gauche et de droite, à la manière des magots chinois; parlant patois; elle riait en se cachant le visage avec sa manche... Bref, elle mérita la pleine approbation de Nastia. Une seule chose la gênait : lorsqu'elle avait essayé de marcher pieds nus dans la cour, elle n'avait pu supporter ni les herbes piquantes, ni les affreux cailloux. Mais, là encore, Nastia lui vint en aide : ayant pris la mesure du pied de Lisa, elle partit à la recherche de Trophime le berger, à qui elle commanda une paire de *lapti* [1].

Le lendemain, Lisa se réveilla avant l'aube. Toute la maison dormait encore. Nastia, devant la porte cochère, guettait le berger. On entendit son chalumeau et le troupeau du village défila devant la maison seigneuriale. Trophime, en passant, remit à Nastia une paire de petits *lapti* bigarrés et reçut cinquante kopeks. Lisa, sans bruit, s'habilla en paysanne; à voix basse, elle donna à Nastia des instructions concernant miss Jackson, puis sortit par les communs et, traversant le potager, gagna les champs.

L'aurore brillait à l'orient; des nuages en rangs dorés semblaient attendre le soleil, comme les courtisans attendent le souverain; le ciel pur, la fraîcheur matinale, la rosée, la brise et les chants d'oiseaux remplissaient le cœur de Lisa d'une félicité enfantine. Dans la crainte de rencontrer quelqu'un de connaissance, elle marchait si vite qu'elle semblait voler. En approchant du bosquet où finissaient les terres de son père, Lisa ralentit le pas. C'est ici qu'elle attendrait Alexeï. Pourquoi son cœur battait-il si fort? Mais l'appréhension qui accompagne les espiègleries de jeunesse n'en fait-elle pas le principal attrait?

Lisa pénétra dans la pénombre du bosquet. Elle se sentit tout enveloppée d'une mystérieuse rumeur. Sa gaieté s'apaisa. Peu à peu elle s'abandonna à une douce rêverie. Elle songeait... mais peut-on savoir exactement à quoi songe une jeune fille de dix-sept ans, seule dans un bois, au seuil d'une matinée de printemps?... Elle avançait donc rêveusement sur un chemin ombreux bordé de grands arbres, quand soudain surgit un beau chien d'arrêt, jappant après elle. Lisa prit peur et jeta un cri. Au même instant une voix se fit entendre : **Tout beau, Sbogar, ici!...* Et, sortant d'un buisson, apparut un jeune chasseur.

« N'aie pas peur, ma petite, dit-il à Lisa, mon chien ne mord pas. »

Lisa s'était déjà remise de sa frayeur; elle sut aussitôt profiter des circonstances.

« J'ai peur tout de même, barine, dit-elle, avec un mélange de feinte terreur et de feinte timidité. Ton chien [1] a l'air très méchant; il va encore se jeter sur moi. »

Cependant Alexeï (le lecteur l'a déjà reconnu) regardait fixement la jeune paysanne.

« Si tu as peur, je te reconduirai, lui dit-il; tu permets que je marche à côté de toi?

— Qui t'en empêche? Chacun est libre et la route est à tous.

— D'où es-tu?

— De Priloutchino; je suis la fille de Vassili le forgeron. Je vais aux champignons. (Lisa portait un petit panier suspendu à une cordelette.) Et toi, barine, n'es-tu pas de Touguilovo?

— Si fait, répondit Alexeï; je suis le valet de chambre du jeune barine. »

Alexeï voulait se mettre sur un pied d'égalité. Mais Lisa le regarda en éclatant de rire.

« Tu mens, dit-elle. Pas si bête! Je vois bien que tu es le barine.

— Et qu'est-ce qui te fait croire cela?

— Tout!

— Mais encore?

— Comme si je ne savais pas reconnaître un barine d'un domestique? Tu n'es pas habillé comme nous; tu ne causes pas comme nous; tu parles à ton chien dans une autre langue! »

Alexeï était de plus en plus charmé par Lisa. D'habitude il ne se gênait guère avec les jolies villageoises. Il allait saisir Lisa par la taille, mais elle se recula vivement et prit soudain un air si froid et si sévère qu'Alexeï ne se retint pas de rire; mais il n'osa poursuivre ses tentatives.

« Si vous voulez que nous soyons amis, surveillez un peu vos gestes, dit-elle avec dignité.

— Qui t'a appris ces manières? demanda Alexeï en riant. Serait-ce mon amie Nastienka, la femme de chambre de votre maîtresse? Et voilà comment les bonnes manières se transmettent! »

Lisa sentit qu'elle allait se trahir et, se reprenant aussitôt :

« Crois-tu donc que je ne sache pas voir et entendre quand je me trouve chez les maîtres? Mais de bavarder ainsi, ce n'est pas ce qui remplira mon panier, dit-elle. Va ton chemin, barine, et laisse-moi suivre le mien. Adieu! »

Lisa voulut s'éloigner, Alexeï la retint par la main.

« Comment t'appelles-tu, ma petite âme?

— Akoulina, répondit Lisa, en s'efforçant de libérer sa main. Mais lâche-moi, barine, il est temps que je rentre.

— Eh bien! ma petite amie, je ne manquerai pas d'aller voir ton père Vassili le forgeron.

— Que dis-tu? Au nom du Christ, n'y va pas! s'écria Lisa avec vivacité. Si on apprenait chez moi que j'ai bavardé avec un barine, seule dans les bois, il m'arriverait un malheur : mon père me battrait à mort.

— Mais je veux absolument te revoir.

— Eh bien! Je reviendrai encore chercher des champignons par ici.

— Et quand?

— Demain, si tu veux.

— Chère Akoulina, je t'embrasserais bien; mais je n'ose pas. Alors, demain, à la même heure, n'est-ce pas?

— Oui, oui.

— Bien vrai?

— Je le promets.

— Jure-le.

— Je le jure, par le Vendredi saint[1]. »

Les jeunes gens se séparèrent. Lisa sortit du bois, traversa les champs, se glissa furtivement dans le jardin, et, courant à toutes jambes, gagna la ferme où Nastia l'attendait. Elle se changea bien vite, ne répondant que distraitement aux questions de l'impatiente confidente, et entra dans la pièce où le déjeuner tout servi l'attendait. Miss Jackson, déjà fardée et corsetée de manière à faire valoir une taille de guêpe, coupait le pain en fines tranches. Mouromski félicita Lisa pour sa promenade matinale.

« Rien n'est plus hygiénique, dit-il, que de se lever dès l'aube. »

Et de citer maints exemples de longévité, puisés dans des revues anglaises; on pouvait observer, ajouta-t-il, que seuls dépassaient l'âge de cent ans ceux qui ne buvaient jamais de vodka et se levaient, été comme hiver, avec l'aube. Mais Lisa ne l'écoutait pas. Elle revivait tous les détails de sa rencontre matinale, de la conversation d'Akoulina avec le jeune chasseur... et elle était tourmentée de remords. En vain se persuadait-elle que leur entretien n'avait en rien dépassé les bornes de la bienséance, que cette espièglerie ne pouvait avoir aucune suite : sa conscience parlait plus haut que sa raison. Le rendez-vous du lendemain surtout l'inquiétait. Elle se sentait presque résolue à ne pas tenir son serment. Pourtant, si Alexeï, après une vaine attente, se mettait à chercher dans le village la fille du forgeron Vassili, la véritable Akoulina, cette grosse fille au visage grêlé, et découvrait la supercherie?... Cette pensée épouvantait Lisa, et elle décida qu'Akoulina se rendrait de nouveau le lendemain matin dans le bosquet.

Alexeï, de son côté, était dans le ravissement. Il pensa tout le jour à sa nouvelle amie. La nuit, l'image de la belle enfant brune hanta ses rêves.

Le soleil se levait à peine, Alexeï était déjà tout habillé. Sans prendre le temps de charger son fusil, il sortit avec son fidèle Sbogar et courut au lieu du rendez-vous. Près d'une demi-heure s'écoula dans une intolérable attente. Enfin, il aperçut à travers les buissons un sarafane bleu et aussitôt s'élança à la rencontre de sa chère Akoulina. Celle-ci sourit aux transports de sa reconnaissance : mais Alexeï lut aussitôt sur son visage des traces d'inquiétude et de tristesse. Il voulut en connaître la cause. Lisa lui avoua qu'elle se reprochait la liberté de sa conduite, qu'elle s'en repentait, que, pour cette fois, elle n'avait pas voulu manquer à sa parole, mais que ce rendez-vous serait le dernier, et qu'elle le priait de couper court à des rapports qui ne pouvaient conduire à rien de bon. Bien que tout ceci fût dit en patois, des sentiments et des pensées si rares chez une fille du peuple ne laissèrent pas de frapper Alexeï. Il déploya toute son éloquence pour détourner Akoulina de sa résolution; il l'assura de l'innocence de ses propres intentions; il lui promit de ne jamais l'entraîner à rien dont elle eût à se repentir et de lui obéir en tout, mais la conjura de ne pas le priver de son unique bonheur : la voir seule, ne fût-ce que tous les deux jours, ne fût-ce que deux fois par semaine. Il parlait le langage de la vraie passion et en cet instant il était bien réellement amoureux. Lisa l'écoutait en silence.

« Promets-moi, lui dit-elle enfin, de ne jamais me chercher dans le village, de ne jamais interroger sur moi personne. Promets-moi de ne pas me demander d'autres rendez-vous que ceux que je t'accorderai de moi-même. »

Alexeï voulait jurer par le Vendredi saint, mais elle l'arrêta, en souriant.

« Je n'ai pas besoin d'un serment, dit Lisa; ta promesse me suffit. »

Alors ils causèrent amicalement et se promenèrent dans les bois jusqu'au moment où Lisa lui dit : « Il est temps. » Ils se quittèrent.

Resté seul, Alexeï se demanda comment une simple petite villageoise, qu'il n'avait rencontrée que deux fois, avait pu prendre sur lui tant d'empire. Ses relations avec Akoulina gardaient encore pour lui le charme de la nouveauté; et, bien que les exigences de l'étrange paysanne lui parussent bien rigoureuses, il ne songea pas un instant à ne pas tenir sa promesse. C'est aussi que, malgré sa bague fatale, malgré sa correspondance mystérieuse, malgré ses sombres airs désabusés, Alexeï était un garçon bon et ardent, au cœur pur, capable d'apprécier les charmes de l'innocence.

Si je n'écoutais que mes goûts, je ne manquerais point de décrire en détail les rencontres des jeunes gens, leur penchant mutuel et leur confiance grandissante, leurs occupations, leurs causeries, mais je doute si tous mes lecteurs partageraient ici mon plaisir. Ces descriptions, généralement, paraissent fades; je prendrai donc le parti de les omettre et dirai seulement qu'au bout de deux mois à peine, Alexeï était éperdument amoureux. Lisa, bien que plus réservée, n'était pas moins éprise. Tous deux jouissaient du présent et songeaient peu à l'avenir. La pensée de liens indissolubles traversait souvent leur esprit; mais ils n'en parlaient jamais. La raison en est claire. Alexeï malgré tout son attachement ne pouvait oublier la distance qui le séparait d'une simple paysanne; quant à Lisa, elle connaissait trop la haine qui divisait leurs pères pour oser espérer un accommodement. Ajoutons que son amour-propre se trouvait secrètement piqué, par un obscur et romanesque espoir de voir enfin le seigneur de Touguilovo aux pieds de la fille du forgeron de Priloutchino. Un événement considérable faillit subitement modifier leurs rapports.

Par une matinée claire et froide (comme celles dont notre automne russe est prodigue), Ivan Pétrovitch Bérestov sortit à cheval pour une promenade; il emmenait avec lui, à tout hasard, trois paires de lévriers, un piqueur et plusieurs gamins munis de crécelles. De son côté, Grigori Ivanovitch Mouromski se laissa séduire par le beau temps; ayant fait seller sa jument anglaise, il partit au trot pour faire le tour de ses domaines. Il approchait du bois, lorsque apparut son voisin, vêtu d'une casaque doublée de renard, fier et droit en selle, dans l'attente du lièvre que les cris et les crécelles des gamins devaient débusquer. Si Grigori Ivanovitch l'avait vu d'assez loin, il aurait assurément tourné bride pour prévenir cette rencontre. Mais il tomba sur Bérestov inopinément. Celui-ci se trouva tout à coup en face de lui à la distance d'une portée de pistolet. Il n'y avait plus à reculer. Mouromski, en Européen civilisé, s'approcha de son ennemi et lui fit un salut courtois. Le salut que lui rendit Bérestov avait autant de grâce que celui d'un ours, docile aux ordres de son montreur. Au même instant un lièvre sortit du bois et bondit à travers champs; Bérestov et son piqueur donnèrent aussitôt de la voix et, lâchant les chiens, s'élancèrent au galop. La jument de Mouromski, qui n'avait jamais pris part à une chasse, fit un écart et s'emballa. Mouromski se flattait d'être un excellent cavalier. Il rendit donc la main, ravi dans son for intérieur, du hasard qui le dérobait à une rencontre désagréable. Mais la jument, devant un fossé qu'elle n'avait pas aperçu, se jeta soudain de côté, et Mouromski, désarçonné, tomba lourdement sur la terre gelée. Il restait là, étendu, maudissant sa jument, qui, sitôt qu'elle se sentit sans cavalier, s'arrêta. Ivan Pétrovitch accourut au galop et demanda à Grigori Ivanovitch s'il n'était pas blessé. Le piqueur ramena par la bride la jument coupable et aida Mouromski à se remettre en selle. Bérestov cependant insista pour le ramener à Touguilovo. Mouromski qui se sentait son obligé ne put refuser. C'est ainsi que Bérestov rentra couvert de gloire : il rapportait un lièvre et ramenait son ennemi blessé comme il eût fait d'un prisonnier de guerre. Pendant le déjeuner, la conversation se fit assez cordiale. Mouromski avoua que ses contusions l'empêcheraient de remonter à cheval, et, pour rentrer chez lui, demanda à Bérestov une voiture. Bérestov l'accompagna jusqu'au perron et Mouromski ne partit qu'après avoir fait solennellement promettre à son voisin de venir dîner le lendemain à Prilouttchino avec Alexeï Ivanovitch, en amis.

C'est ainsi qu'une ancienne inimitié aux racines profondes prit fin, grâce à l'humeur craintive d'une jument anglaise.

Lisa accourut au-devant de Grigori Ivanovitch.

« Mais, qu'est-ce qu'il y a, papa? Vous boitez! dit-elle avec étonnement. Où est votre cheval? A qui est cette voiture?

— Voilà ce que tu ne devineras jamais, *my dear* », lui répondit Grigori Ivanovitch, et il lui raconta toute l'histoire.

Lisa n'en croyait pas ses oreilles. Grigori Ivanovitch, sans lui laisser le temps de se ressaisir, lui annonça qu'il attendait les deux Bérestov à dîner le lendemain.

« Qu'est-ce que vous dites? s'écria Lisa en pâlissant. Les Bérestov, le père et le fils, à dîner chez nous, demain! Non, non, papa! Faites ce que vous voudrez; quant à moi, je ne me montrerai pour rien au monde!

— As-tu perdu la raison? répliqua le père. Tu n'es pourtant pas si timide... ou bien aurais-tu hérité de ma haine, comme une héroïne de roman? Allons, pas d'enfantillage!...

— Non, papa! non, pour rien au monde; pour tout l'or du monde, je ne paraîtrai pas devant eux! »

Grigori Ivanovitch haussa les épaules et cessa de discuter. Il connaissait l'esprit de contradiction de sa fille, et, sachant que rien ne la ferait céder, il alla se reposer de cette mémorable aventure.

Lisavéta Grigorievna se retira dans sa chambre et fit venir Nastia. Toutes deux épiloguèrent longuement sur cette visite du lendemain. Que penserait Alexeï s'il venait à reconnaître dans la fille du barine son Akoulina?... Que penserait-il de sa conduite et de son bon sens? Et pourtant, quel amusement d'observer sur Alexeï l'effet d'une révélation si surprenante!

« J'ai une idée merveilleuse! » s'écria tout à coup Lisa.

Elle en fit part à Nastia; toutes deux s'en amusèrent et résolurent de la mettre à exécution.

Le lendemain, à déjeuner, Grigori Ivanovitch demanda à sa fille si elle était toujours décidée à ne pas se montrer aux Bérestov.

« Puisque vous le désirez tant, répondit Lisa, je les recevrai; mais à une condition : de quelque façon que je me présente, et quoi que je fasse, promettez-moi de ne point me gronder et de ne manifester ni surprise, ni mécontentement.

— Encore quelque gaminerie, dit Grigori Ivanovitch en riant; mais soit! J'y consens. Fais ce que tu voudras, ma petite gipsy. »

Il embrassa sa fille sur le front, et celle-ci courut se préparer.

A deux heures précises, une calèche campagnarde

attelée de six chevaux entra dans la cour et contourna la pelouse. Escorté de deux valets de pied de Mouromski, le vieux Bérestov gravit le perron. Son fils arriva à cheval aussitôt après lui, et tous deux entrèrent dans la salle à manger, où le couvert était déjà mis. Mouromski reçut ses voisins on ne peut plus aimablement; il leur fit visiter avant le dîner le jardin et la ménagerie, et les promena le long d'allées de sable fin soigneusement entretenues.

« Que de travail et de temps gaspillés à de vaines fantaisies! » déplorait intérieurement le vieux Bérestov; mais il se taisait par politesse. Son fils ne partageait ni la réprobation du propriétaire économe, ni la satisfaction infatuée de l'anglomane; il ne songeait qu'à la jeune fille dont on lui avait tant parlé et dont il attendait l'apparition avec impatience. Car bien qu'épris déjà — nous le savons — une jeune beauté avait toujours droit à son attention.

En rentrant au salon, ils s'assirent tous les trois; les vieux évoquèrent le passé, et se racontèrent des anecdotes du temps de leur service. Alexeï pensait au rôle qu'il jouerait en présence de Lisa. Il jugea que le mieux serait de prendre une attitude indifférente; il s'y préparait.

En entendant la porte s'ouvrir, il tourna la tête avec une nonchalance si hautaine que le cœur de la coquette la plus assurée en eût frémi. Par malheur, au lieu de Lisa, ce fut la vieille miss Jackson, maquillée, sanglée, les yeux baissés, qui entra en faisant une légère révérence. Et Alexeï en fut pour sa parfaite manœuvre. A peine avait-il eu le temps de se remettre que la porte s'ouvrit de nouveau, et cette fois ce fut Lisa qui entra. Tout le monde se leva. Mouromski commença les présentations, mais soudain s'arrêta en se mordant les lèvres... Lisa, sa brune Lisa, le visage enduit de blanc jusqu'aux oreilles, et les yeux plus fardés encore que ceux de miss Jackson, s'était affublée d'une perruque aux boucles blondes et crépelées à la Louis XIV, beaucoup plus claire que ses propres cheveux; un corsage aux manches **à l'imbécile*, et raides comme les paniers de Mme de Pompadour, lui faisait une taille d'X; à ses doigts, à son cou, à ses oreilles, scintillaient tous les diamants de sa mère non encore engagés au mont-de-piété. Comment Alexeï aurait-il pu reconnaître son Akoulina dans cette demoiselle étincelante et ridicule? Le vieux Bérestov lui baisa la main; Alexeï suivit son exemple à contrecœur. Lorsque ses lèvres effleurèrent les petits doigts blancs, il lui sembla que ceux-ci tremblaient. Il sut remarquer un petit pied chaussé avec toute la coquetterie possible, et que l'on avançait à dessein; ce petit pied le réconcilia quelque peu avec le reste de la parure. Quant aux fards, Alexeï, dans la simplicité de son cœur, ne les remarqua même pas.

Grigori Ivanovitch, tenu par sa promesse, s'efforçait de ne point trahir sa stupeur; mais l'espièglerie de sa fille lui parut si divertissante qu'il eut peine à se contenir. La vieille Anglaise guindée ne riait guère. Elle se doutait bien que les fards avaient été dérobés dans sa commode, et tout le blanc de ses joues ne parvint pas à couvrir la rougeur de son violent dépit. Elle jetait des regards courroucés sur la jeune écervelée qui n'en avait cure et qui remettait toute explication à plus tard.

On se mit à table. Alexeï continuait à jouer son rôle d'indifférent et de rêveur. Lisa minaudait, ne parlait qu'en français et du bout des lèvres, avec une lenteur affectée. Son père la dévisageait sans cesse, ne parvenant pas à comprendre la raison de cette comédie; au demeurant fort amusé. L'Anglaise rageait, mais en silence. Seul Ivan Pétrovitch était tout à fait à son aise. Il mangeait comme quatre, buvait ferme, s'esclaffait à ses propre saillies, de plus en plus hilare et cordial. Enfin on se leva de table; les invités s'en allèrent, et Grigori Ivanovitch put donner libre cours à son rire et à ses questions.

« Veux-tu me dire à quoi rime cette mystification? demanda-t-il à Lisa. Pour ce qui est du blanc, il te va vraiment à ravir; je n'ai pas à entrer dans les secrets de la toilette féminine, mais si j'étais toi, j'en mettrais toujours... Peut-être un peu moins, tout de même. »

Lisa s'applaudissait du succès de sa ruse. Elle embrassa son père, lui promit de réfléchir à son conseil et courut apaiser miss Jackson; celle-ci, fort irritée, fit beaucoup de façons avant de consentir à ouvrir sa porte et à prêter l'oreille à des explications : Lisa avait honte de laisser voir à des étrangers son teint basané... elle n'avait pas osé demander... mais elle était très sûre que la bonne, la chère miss Jackson lui pardonnerait, etc., etc. Miss Jackson, qui craignait d'abord que Lisa n'eût cherché à la tourner en ridicule, se calma, l'embrassa et, en gage de réconciliation, lui fit cadeau d'un petit pot de blanc anglais, que Lisa accepta avec les marques de la plus vive reconnaissance.

Le lecteur aura deviné que Lisa n'eut garde, le lendemain matin, de manquer au rendez-vous du bosquet.

« Eh bien! barine, tu as été hier chez nos maîtres? dit-elle aussitôt à Alexeï. Comment as-tu trouvé la demoiselle? »

Alexeï répondit qu'il l'avait à peine regardée.

« C'est dommage, reprit Lisa.

— Et pourquoi donc? demanda Alexeï.

— Parce que je voulais te demander si ce qu'on dit est vrai.

— Et que dit-on?

— Que je ressemble à la demoiselle.

— Quelle absurdité! c'est un monstre auprès de toi!

— Ah! barine, quel péché de parler ainsi! Une demoiselle si blanche, si élégante! Tandis que moi... »

Alexeï protesta qu'elle l'emportait sur les plus blanches demoiselles, et pour achever de la rassurer, commença de décrire l'autre avec une verve si comique que Lisa se mit à rire de tout cœur. Puis, avec un soupir :

« Pourtant, dit-elle, si peut-être notre demoiselle est un peu ridicule, je ne suis, à côté d'elle, qu'une petite sotte : je ne sais ni lire ni écrire.

— Bah! fit Alexeï, il n'y a pas là de quoi se désoler : si tu veux, je t'apprendrai vite tout cela.

— Eh bien! dit Lisa, on pourrait peut-être essayer.

— Bien volontiers, ma charmante; mettons-nous-y tout de suite. »

Ils s'assirent. Alexeï tira de sa poche un crayon et un petit carnet. Akoulina apprit ses lettres avec une surprenante facilité. Alexeï admirait son intelligence. Le lendemain matin, elle voulut apprendre à écrire; le crayon tombait d'abord de ses doigts gauches, mais, au bout de quelques minutes, elle parvint à former les lettres assez convenablement.

« Quel prodige! disait Alexeï; elle avance plus rapidement encore que par la méthode Lancastre [1]. »

Et dès la troisième leçon, Akoulina épelait *Nathalie, fille de boïar* [2]. Elle interrompait sa lecture par des réflexions qui ne cessaient de plonger Alexeï dans le ravissement, et, de plus, elle avait couvert une feuille de papier d'aphorismes tirés de ce conte.

Bientôt une correspondance s'établit entre eux. La boîte aux lettres fut installée dans le creux d'un vieux chêne. La discrète Nastia jouait le rôle de facteur... Alexeï confiait au chêne des missives en larges caractères; il trouvait dans la cachette les feuilles de gros papier bleu couvert des griffonnages de sa bien-aimée. Le style d'Akoulina allait s'améliorant; son intelligence se développait; elle faisait des progrès sensibles.

D'autre part les nouvelles relations entre Ivan Pétrovitch Bérestov et Grigori Ivanovitch Mouromski devenaient de plus en plus cordiales; c'était déjà presque de l'amitié; et voici comment cela s'explique : Alexeï, à la mort d'Ivan Pétrovitch, devait hériter tous ses biens et, par conséquent, devenir le plus riche propriétaire foncier de la province; c'est ce que savait Mouromski et souvent il se redisait qu'Alexeï n'aurait aucune raison de ne pas épouser Lisa. Le vieux Bérestov, de son côté, reconnaissait à son voisin, en dépit de ses extravagances (ce qu'il appelait ses folies anglaises), de nombreuses et remarquables qualités, à commencer par l'*avisance*. Grigori Ivanovitch était proche parent du comte Pronski, personnage bien né et puissant. Le comte pouvait être utile à Alexeï, et Mouromski (ainsi pensait Ivan Pétrovitch) ne laisserait pas de se féliciter si sa fille faisait un avantageux mariage. Les deux vieux y pensaient tant et si bien qu'un jour vint où ils s'en expliquèrent. Ils s'embrassèrent et se promirent de mener à bien ce projet; chacun de son côté se mit à l'œuvre. La difficulté pour Mouromski était de décider Betsy à faire plus ample connaissance avec Alexeï, qu'elle n'avait pas revu depuis le mémorable dîner. Nos deux jeunes gens, semblait-il, ne se plaisaient guère; Alexeï n'était plus retourné à Priloutchino, et Lisa se retirait dans sa chambre chaque fois qu'Ivan Pétrovitch les honorait de sa visite. « Mais, pensait Grigori Ivanovitch, il suffirait qu'Alexeï vienne ici chaque jour pour que Betsy, nécessairement, tombe amoureuse. Cela n'est-il pas dans l'ordre des choses? Le temps arrange tout. »

Quant à Ivan Pétrovitch, il ne doutait pas de la réussite. Le soir même il fit venir son fils dans son cabinet, alluma une pipe, et, après un court silence, lui dit :

« Depuis longtemps, Aliocha, tu ne parles plus d'entrer dans l'armée. Pourquoi? L'uniforme de hussard ne te séduit donc plus?

— Mais, mon père, répondit respectueusement Alexeï, je sais qu'il ne vous plaît pas que je devienne hussard; mon devoir est de vous obéir.

— Parfait, répondit Ivan Pétrovitch; j'ai plaisir à te savoir docile; cela me rassure. Mais je ne veux pourtant pas te contraindre : je ne t'oblige pas à te... à accepter tout de suite... un poste dans l'administration. Mais en attendant j'ai l'intention de te marier.

— Avec qui donc, mon père? demanda Alexeï, étonné.

— Avec Lisavéta Grigorievna Mouromski, répondit Ivan Pétrovitch; une fiancée qui n'a pas sa pareille; n'est-il pas vrai,

— Mais, mon père, je ne songe pas encore au mariage!

— Tu peux bien ne pas y songer, mais moi, j'y ai pensé et repensé pour toi.

— Tout à votre aise, mon père; mais Lisa Mouromski ne me plaît pas.

— Elle te plaira plus tard. L'amour vient avec le temps.

— Je ne me sens pas capable de faire son bonheur.

— Qui parle ici de son bonheur? Ainsi tu refuses d'obéir à ton père?

— Je ne veux pas me marier et je ne me marierai pas!

— Tu te marieras, ou je te maudirai! Quant aux terres, je jure Dieu que je les vendrai, que je mangerai tout et que tu n'auras pas un liard! Je te laisse trois jours pour réfléchir. D'ici là, ne t'avise pas de reparaître devant moi. »

Alexeï ne savait que trop, si son père se mettait une idée en tête, qu'on ne l'en pourrait « arracher même avec une tenaille », suivant l'expression de Tarass Skotinine [1]; mais Alexeï avait hérité cela de son père : il était tout aussi difficile de le faire changer d'avis.

Il se retira dans sa chambre pour se livrer à des réflexions sur le pouvoir paternel; puis il songea à Lisavéta Grigorievna, à la menace de son père de le réduire à la mendicité, puis enfin à Akoulina. Et pour la première fois il dut convenir qu'il était passionnément épris. La romanesque idée d'épouser une paysanne et de devoir travailler pour vivre lui vint à l'esprit, et plus il y pensait, plus cela lui paraissait raisonnable.

Depuis quelque temps, leurs rendez-vous étaient empêchés par les pluies. Alexeï, de sa plus lisible écriture et du style le plus passionné, écrivit à Akoulina une lettre où il lui annonçait la catastrophe qui les menaçait; il terminait en lui offrant sa main. Il courut porter la lettre dans le creux de l'arbre, puis rentra se coucher, fort satisfait de lui-même.

Le lendemain, bien assuré dans sa résolution, il se rendit de bon matin chez Mouromski pour avoir avec lui une explication bien franche. Il espérait le toucher, le convaincre; il ferait appel à sa générosité pour s'assurer de son appui.

« Grigori Ivanovitch est-il chez lui? demanda-t-il, en arrêtant son cheval devant le perron du château de Priloutchino.

— Non, monsieur, répondit le domestique. Grigori Ivanovitch est sorti ce matin de bonne heure. »

« Quel dommage! » pensa Alexeï.

« Lisavéta Grigorievna, du moins, est-elle à la maison?

— Oui, monsieur. »

Alexeï sauta à terre, jeta la bride aux mains du valet et entra sans se faire annoncer.

« Le sort en est jeté, pensa-t-il en s'approchant du salon; c'est avec elle-même que je m'expliquerai. »

Il entra donc... et s'arrêta stupéfait. Lisa... non : Akoulina, la chère, la brune Akoulina, non plus en sarafane, mais en blanc déshabillé du matin, assise auprès de la fenêtre, lisait sa lettre. Elle était si absorbée dans sa lecture qu'elle ne l'entendit pas entrer. Alexeï ne put retenir une exclamation joyeuse. Lisa tressaillit, poussa un cri; elle allait s'enfuir, mais s'élançant vers elle, Alexeï la retint :

« Akoulina! Akoulina!...

— **Mais laissez-moi donc, monsieur; mais êtes-vous fou?* disait-elle en se détournant de lui.

— Akoulina! mon Akoulina bien-aimée! » disait-il, en lui baisant les mains.

Miss Jackson, témoin de cette scène, ne savait que penser.

A cet instant la porte s'ouvrit, laissant entrer Grigori Ivanovitch.

« Eh! eh! fit Mouromski. L'affaire me paraît en bonne voie... »

Le lecteur, ici, me fera grâce; je le laisse imaginer le dénouement.

Doubrovski [1]

Traduction par Gustave Aucouturier

PREMIÈRE PARTIE

CHAPITRE I

Il y a quelques années vivait sur une de ses terres un seigneur russe de vieille famille, Cyrille Pètrovitch Troïèkourov. Sa richesse, sa haute naissance et ses relations lui donnaient un grand poids dans les provinces où se trouvaient ses biens. Les voisins étaient heureux de contenter ses moindres fantaisies; son seul nom faisait trembler les fonctionnaires du chef-lieu. Cyrille Pètrovitch recevait les marques d'obséquiosité comme un tribut qui lui était dû; sa maison était toujours pleine d'hôtes disposés à distraire sa seigneuriale oisiveté en partageant ses bruyants et parfois tumultueux divertissements. Nul ne se permettait de décliner une invitation venant de lui ou de ne pas paraître à certaines dates au village de Pokrovskoïè avec les hommages requis. Dans sa vie domestique Cyrille Pètrovitch étalait tous les vices d'un homme inculte. Choyé par tout ce qui l'entourait, il avait accoutumé de donner pleine liberté à toutes les foucades de son bouillant caractère et à toutes les lubies de son esprit assez borné. Malgré une vigueur physique peu commune, il souffrait une ou deux fois par semaine d'indigestion, et tous les soirs il était un peu ivre. Dans une des ailes de sa demeure vivaient seize filles de chambre, occupées aux ouvrages manuels propres à leur sexe. Les fenêtres de cette aile étaient masquées d'un treillage de bois; les portes étaient closes de serrures dont les clés étaient gardées par Cyrille Pètrovitch. Les jeunes recluses, à heures fixes, descendaient au jardin faire un tour sous la surveillance de deux vieilles femmes. De temps en temps Cyrille Pètrovitch en mariait quelques-unes, et de nouvelles prenaient leur place. Avec ses paysans et ses domestiques il se montrait implacable et capricieux; néanmoins ils lui étaient dévoués; ils tiraient vanité de la richesse et du renom de leur seigneur, et à leur tour se permettaient beaucoup dans leurs rapports avec leurs voisins, assurés qu'ils étaient de sa puissante protection.

Les occupations de tous les jours de Troïèkourov consistaient en tournées à travers ses vastes propriétés, en festins prolongés et en facéties chaque jour inventées à cette occasion, et dont la victime était habituellement quelque nouvelle connaissance; encore de vieux amis même n'y échappaient-ils pas toujours, à l'exception d'un seul, André Gavrilovitch Doubrovski. Ce Doubrovski, lieutenant de la Garde en retraite, était son plus proche voisin, propriétaire de soixante-dix âmes. Troïèkourov, plein de superbe jusque dans ses rapports avec des gens du plus haut rang, respectait Doubrovski malgré la modestie de sa position sociale. Il avait été autrefois son camarade au service, et Troïèkourov connaissait d'expérience l'impatience et la roideur de son caractère. Les circonstances les avaient longtemps séparés. Doubrovski, sa fortune gravement entamée, avait été contraint de quitter le service et de se retirer au village qui lui restait. Cyrille Pètrovitch, apprenant la chose, lui avait offert sa protection, mais Doubrovski l'avait remercié et il était resté pauvre et indépendant. Quelques années plus tard, Troïèkourov, prenant sa retraite comme général-en-chef [1], était revenu dans ses terres, ils s'étaient revus avec un plaisir réciproque. Depuis lors ils étaient chaque jour ensemble, et Cyrille Pètrovitch, qui de sa vie n'avait daigné faire visite à personne, passait sans façon un moment dans la modeste maison de son ancien camarade. Tous deux du même âge, de naissance égale, élevés de la même façon, ils ne laissaient pas d'avoir aussi des affinités de caractère et d'inclinations. A certains égards leurs destinées même étaient analogues : tous deux avaient fait des mariages d'amour, tous deux étaient précocement devenus veufs, tous deux étaient restés avec un enfant. Le fils de Doubrovski faisait son éducation à Pétersbourg, la fille de Cyrille Pètrovitch avait grandi sous les yeux de son père, et Troïèkourov disait souvent à Doubrovski : « Dis-moi, André Gavrilovitch, mon vieux : si ton Volodka est quelqu'un de bien, je lui donnerai Macha; n'importe qu'il soit sans le sou. » André Gavrilovitch hochait la tête et répondait habituellement : « Non, Cyrille Pètrovitch; mon Volodka n'est pas un mari pour Marie Kirilovna. Un gentilhomme pauvre comme lui, il vaut mieux qu'il épouse une fille de famille pauvre et qu'il soit maître chez lui, plutôt que de devenir l'intendant d'une donzelle dorlotée. »

Tous enviaient la bonne entente qui régnait entre l'arrogant Troïèkourov et son indigent voisin, et admiraient l'audace de ce dernier quand, à la table de Cyrille Pètrovitch, il donnait carrément son avis sans se soucier de contredire ou non celui du maître de maison. Certains avaient tenté de l'imiter et de franchir les limites de la soumission requise, mais Cyrille Pètrovitch les avait si bien remis à leur place qu'il leur avait à jamais ôté l'envie de ce genre de tentatives, et Doubrovski échappait seul à la loi commune. Un incident imprévu vint tout détruire et tout remettre en cause.

Un jour, sur la fin de l'automne, Cyrille Pètrovitch préparait une partie de chasse à courre. L'ordre fut donné la veille aux valets de chiens et aux piqueurs d'être prêts à cinq heures du matin. La tente et la cuisine avaient été expédiées d'avance à l'endroit où Cyrille Pètrovitch projetait de déjeuner. L'hôte et ses invités se rendirent au chenil, où plus de cinq cents chiens courants et lévriers menaient une vie douce et tiède et célébraient en leur langage canin la munificence de Cyrille Pètrovitch. Il y avait là aussi une infirmerie pour chiens malades, dirigée par le médecin en chef Timochka [1], et une maternité canine où de nobles lices mettaient bas et allaitaient leurs chiots. Cyrille Pètrovitch s'enorgueillissait de ce magnifique établissement et ne manquait jamais une occasion d'en faire les honneurs à ses invités, dont chacun le visitait au moins pour la vingtième fois. Il allait par le chenil, entouré de ses hôtes et accompagné de Timochka et des principaux piqueurs; il faisait halte devant certaines stalles, soit pour s'enquérir de la santé d'un malade, soit pour faire des observations plus ou moins sévères et justes, soit pour appeler une bête favorite et la flatter de la voix et de la main. Les invités tenaient à obligation de manifester leur admiration pour le chenil de Cyrille Pètrovitch. Seul Doubrovski se taisait et fronçait les sourcils. Il était ardent chasseur. Ses moyens ne lui permettaient d'entretenir que deux chiens courants et un couple de lévriers; il ne pouvait se retenir de quelque envie à la vue de cette magnifique meute. « Qu'est-ce que tu as à faire la tête, vieux frère, lui dit Cyrille Pètrovitch, est-ce que mon chenil ne te plaît pas? — Si, répondit-il rudement, merveilleux, ce chenil, je doute que vos gens aient la vie aussi douce que vos chiens. » L'un des piqueurs se sentit vexé. « Notre vie, dit-il, on ne s'en plaint pas, grâce à Dieu et au barine, mais ce qui est vrai est vrai, il y a plus d'un gentilhomme qui ne ferait pas mal de changer sa maison pour n'importe quelle niche d'ici; il aurait meilleure pitance et plus chaud. » Cyrille Pètrovitch éclata de rire à l'insolente repartie de son serf, et les invités s'esclaffèrent comme lui, bien qu'il ne leur échappât point que la saillie du piqueur pouvait aussi bien les viser eux-mêmes. Doubrovski pâlit et ne dit mot. On apporta à cet instant à Cyrille Pètrovitch, dans une corbeille, des chiots nouveau-nés; il les examina, en choisit deux, donna ordre de noyer les autres. Pendant ce temps André Gavrilovitch s'était retiré sans que personne le remarquât.

Revenu du chenil avec ses invités, Cyrille Pètrovitch prit place pour le souper, et c'est alors seulement que, ne voyant pas Doubrovski, il s'enquit à son sujet. Ses gens lui répondirent qu'André Gavrilovitch était reparti chez lui. Troïèkourov donna ordre de le rattraper immédiatement et de le ramener sans faute. Il n'allait jamais à la chasse sans Doubrovski, connaisseur expérimenté et raffiné des qualités des chiens et arbitre infaillible dans toutes controverses cynégétiques possibles. Le domestique, parti au galop pour le ramener, revint alors qu'on était encore à table, et fit rapport à son maître qu'André Gavrilovitch avait refusé de l'entendre et de revenir. Cyrille Pètrovitch, échauffé comme d'habitude par la boisson, se mit en colère et renvoya derechef le même serviteur faire savoir à André Gavrilovitch que s'il ne revenait pas immédiatement passer la nuit à Pokrovskoïè, lui, Troïèkourov, se brouillerait avec lui à jamais. Le domestique repartit au galop. Cyrille Pètrovitch se leva de table, prit congé de ses invités et s'en alla dormir.

Le lendemain matin sa première question fut pour savoir si André Gavrilovitch était là. En guise de réponse on lui remit un billet plié en triangle.

Cyrille Pètrovitch commanda à son secrétaire de le lui lire à haute voix, et il entendit ce qui suit :

Mon très cher monsieur,

Je n'ai pas l'intention de revenir à Pokrovskoïè tant que vous n'enverrez pas votre valet de chiens Paramochka me faire amende honorable, et j'entends à mon gré le châtier ou lui faire grâce; je n'ai pas dessein de tolérer les bouffonneries de vos goujats, non plus même que les vôtres, vu que je ne suis pas bouffon, mais gentilhomme de naissance. Sur quoi je reste humblement à vos ordres.

André Doubrovski.

Ce billet serait, selon les conceptions présentes de l'étiquette, fort inconvenant; mais il courrouça Cyrille Pètrovitch non par l'incongruité de son style et de son humeur, mais par sa seule teneur : « Comment! tonna Troïèkourov en bondissant pieds nus de son lit. Envoyer mes gens lui faire amende honorable, et qu'il leur fasse grâce ou les châtie à son gré! Qu'est-ce qu'il s'imagine? Est-ce qu'il sait à qui il a affaire? Je vais lui faire voir, moi... Il me le paiera, il va apprendre ce qu'il en coûte de s'en prendre à Troïèkourov! »

Cyrille Pètrovitch s'habilla et la chasse se déroula avec son faste habituel, mais elle fut manquée. De toute la journée on ne leva qu'un lièvre, encore en perdit-on la trace. Le repas champêtre sous la tente fut également raté, ou tout au moins ne fut pas du goût de Cyrille Pètrovitch, qui brutalisa le cuisinier, malmena les invités et, au retour, traversa à dessein, avec toute la chasse, les terres de Doubrovski.

Plusieurs jours passèrent, et les hostilités ne s'apaisèrent pas entre les deux voisins. André Gavrilovitch ne revenait pas à Pokrovskoïè, Cyrille Pètrovitch s'ennuyait sans lui, et son dépit s'épanchait à grand bruit en expressions des plus outrageantes qui, le zèle des gentilshommes du cru aidant, parvenaient aux oreilles de Doubrovski dûment corrigées et complétées. Un nouvel incident vint anéantir jusqu'au dernier espoir d'une réconciliation.

Doubrovski faisait un jour le tour de son petit domaine; à l'approche d'un bois de bouleaux, il entendit des coups de hache et, au bout d'une minute, le craquement d'un arbre abattu. Il pénétra rapidement dans la futaie et surprit des moujiks de Pokrovskoïè en train de lui voler tranquillement du bois. En le voyant ils tentèrent de prendre la fuite. Doubrovski et son cocher en rattrapèrent deux et les ramenèrent chez lui les poings liés. Trois chevaux de l'ennemi restèrent aussi aux mains du vainqueur. Doubrovski avait de quoi être particulièrement irrité : jusqu'alors les gens de Troïèkourov, pillards notoires, n'avaient jamais osé se donner carrière sur son territoire, sachant l'amitié qui le liait à leur maître. Voyant qu'ils tiraient maintenant profit de la rupture survenue entre son voisin et lui, Doubrovski résolut, à l'encontre de toutes idées admises sur le droit de la guerre, de donner une leçon à ses prisonniers avec les verges dont ils avaient fait provision dans son propre bois, et de mettre les chevaux au travail en les annexant à son cheptel seigneurial.

Le bruit de cette aventure parvint le jour même à Cyrille Pètrovitch. Il ne se connut pas de rage et faillit, dans le premier transport, lancer avec toute sa domesticité une expédition punitive contre Kisténiovka (ainsi s'appelait le village de son voisin [1]) pour la mettre à sac et assiéger le châtelain lui-même dans sa demeure. Des exploits de ce genre n'étaient pas pour le faire reculer. Mais ses pensées prirent bientôt un autre tour.

Tandis qu'il arpentait à pas pesants la pièce où

il se trouvait, ses yeux se tournèrent par hasard vers la fenêtre et il vit une troïka s'arrêter à son portail; un petit homme en casquette de cuir et manteau de frise descendit de la télègue et se rendit vers le pavillon de l'intendant; Troïèkourov reconnut l'assesseur Chabachkine et le fit appeler. Une minute plus tard Chabachkine était debout devant Cyrille Pètrovitch, abattant courbette sur courbette et attendant respectueusement des ordres.

« Salut, euh... chose, je ne sais plus ton nom, lui dit Troïèkourov, qu'est-ce qui t'amène?

— J'allais à la ville, Votre Excellence, répondit Chabachkine, et je suis passé voir Ivan Démianov pour le cas où il y aurait quelque ordre de Votre Excellence.

— Tu tombes tout à fait à pic, euh... chose, je ne sais plus comment; j'ai besoin de toi. Prends une vodka et écoute-moi. »

Un accueil aussi aimable surprit agréablement l'assesseur. Il refusa la vodka et attendit avec toute l'attention dont il était capable ce qu'allait dire Cyrille Pètrovitch.

« J'ai un voisin, dit Troïèkourov, qui a une toute petite propriété et qui est un grossier personnage; je veux lui prendre son bien, qu'est-ce que tu en penses?

— Votre Excellence, s'il y a des documents, ou bien...

— Tu dis des bêtises, mon vieux, qui parle ici de documents? C'est les oukazes qui sont faits pour ça. C'est ça qui est fort, lui enlever son bien sans aucun droit. Mais au fait, attends. Ce bien-là, autrefois il nous a appartenu, il avait été acheté à un certain Spitsyne, et vendu ensuite au père de Doubrovski. Est-ce qu'il n'y a pas là quelque moyen de chicaner?

— Pas commode, Votre Excellence, la vente a été faite légalement.

— Réfléchis, mon vieux, cherche bien.

— Si par exemple Votre Excellence pouvait, de quelque manière, se procurer chez votre voisin le récépissé ou l'acte de vente en vertu duquel il possède son bien, alors, bien sûr...

— Je comprends, mais voilà le malheur : tous ses papiers ont brûlé dans un incendie.

— Comment, Votre Excellence, ses papiers ont brûlé? Mais c'est tout ce qu'il faut! Dans ce cas vous n'avez qu'à recourir à la loi, et sans aucun doute vous aurez entière satisfaction.

— Tu crois? Bon, eh bien! vois ça. Je compte sur ton zèle, et tu peux être assuré de ma reconnaissance. »

Chabachkine s'inclina presque jusqu'à terre et partit. Le jour même il prit l'affaire en main, et, son agilité aidant, deux semaines exactement plus tard Doubrovski reçut de la ville une invitation à présenter dans les plus brefs délais toutes explications que de droit au sujet de ses titres à posséder le village de Kisténiovka.

André Gavrilovitch, surpris de cette sommation inattendue, répondit par retour, dans une déclaration assez vertement rédigée, que le village de Kisténiovka lui était échu à la mort de son père, qu'il en était possesseur par droit d'héritage, que Troïèkourov n'avait qu'y faire et que toute prétention d'un tiers sur cette sienne propriété n'était que chicane et filouterie.

Cette lettre produisit la plus agréable impression dans l'âme de l'assesseur Chabachkine. Il y vit la preuve que, premièrement, Doubrovski s'y connaissait peu en affaires, et que deuxièmement un homme aussi prompt à s'échauffer et aussi peu circonspect serait facile à placer dans la position la plus désavantageuse.

Quand André Gavrilovitch examina de sang-froid la sommation de l'assesseur, il se rendit compte de la nécessité d'une réponse plus circonstanciée. Il écrivit un rapport assez substantiel, mais qui par la suite devait se révéler insuffisant.

L'affaire traîna. André Gavrilovitch convaincu de son bon droit s'en souciait assez peu, n'ayant ni l'envie ni la possibilité de prodiguer l'argent autour de lui; et bien qu'il eût coutume d'être toujours le premier à dauber sur la conscience vénale de la gent paperassière, l'idée qu'il pût être victime de la chicane ne lui venait point en tête. De son côté, Troïèkourov se mettait tout aussi peu en peine de l'emporter dans l'affaire qu'il avait engagée : Chabachkine s'en occupait pour lui, agissant en son nom, intimidant ou subornant les juges et interprétant à tort et à travers tous les oukazes possibles. Quoi qu'il en soit, le 9 février 18.., Doubrovski reçut par l'intermédiaire de la police de ville une invitation à comparaître au tribunal territorial de N... pour y entendre jugement dudit tribunal concernant la propriété en litige entre lui, lieutenant Doubrovski, et le général-en-chef Troïèkourov, et pour y donner sous signature son assentiment ou son opposition. Ce même jour Doubrovski partit pour la ville; il fut dépassé en route par Troïèkourov. Ils échangèrent au passage un regard hautain, et Doubrovski remarqua sur le visage de son adversaire un sourire méchant.

CHAPITRE II

Arrivé à la ville, André Gavrilovitch descendit chez un négociant qu'il y connaissait, passa la nuit chez lui, et le lendemain matin se présenta au bureau du tribunal d'arrondissement. Nul ne fit attention à lui. Peu après lui arriva Cyrille Pètrovitch. Les scribes se levèrent et mirent la plume à l'oreille. Le tribunal l'accueillit avec les marques d'une profonde vénération, on lui avança un fauteuil en considération de son grade, de ses ans et de sa haute naissance; il prit place près de la porte ouverte, tandis qu'André Gavrilovitch restait debout appuyé au mur; un profond silence se fit et le greffier se mit à lire d'une voix sonore la sentence du tribunal.

Nous la reproduisons ici intégralement, supposant qu'il sera agréable à chacun de voir un des moyens par lesquels on peut en terre russe être dépouillé des biens à la possession desquels on a un droit incontestable [1].

Ce 27 octobre 18.., le tribunal d'arrondissement de ... a évoqué la cause de la possession irrégulière, par le lieutenant de la Garde André, fils de Gabriel, Doubrovski, d'un bien appartenant au général-en-chef Cyrille, fils de Pierre, Troïèkourov, lequel bien, sis en la province de ..., consiste en le village de Kisténiovka, *n* âmes du sexe masculin et *n* dessiatines de terres, prairies et dépendances. De laquelle affaire il appert :

Ledit général-en-chef Troïèkourov a déposé audit tribunal, le 9 juin de l'année écoulée 18.., une requête portant que son défunt père, l'assesseur de collège et chevalier Pierre, fils d'Euthyme, Troïèkourov, le 14 août 17.., servant alors comme secrétaire provincial à la lieutenance impériale de ..., acheta en tenure noble au clerc de chancellerie Thaddée, fils de Yègor, Spitsyne, une propriété englobant *n* finages au village mentionné de Kisténiovka (laquelle localité était alors désignée, selon le ...e recensement, « écart de Kisténiov »), comprenant d'après le quatrième recensement *n* âmes de sexe masculin avec tout leur avoir servile, un domaine seigneurial avec terres labourées et friches, prairies, prés à foin, pêcheries en la rivière dite Kisténiovka, toutes dépendances afférentes à ladite propriété et maison de maître construite en bois, et généralement et sans reliquat tout ce qui après la mort du père dudit, le sous-officier de police et gentilhomme Yègor, fils de Térence, Spitsyne, lui était échu en héritage et propriété, sans excepter ni une âme ni un pouce de terre, pour le prix de deux mille roubles, en foi de quoi acte de vente fut dressé le même jour à la ...ᵉ chambre de jugement et d'expédition, et le père dudit Troïèkourov fut incontinent, le 26 août, mis en possession par le tribunal territorial de N... et transfert effectué à son nom.

Qu'enfin le 6 septembre 17.., son père décéda par la volonté de Dieu, cependant que lui, demandeur, général-en-chef Troïèkourov, se trouvait depuis l'an 17.. et presque depuis l'enfance au service armé et la plupart du temps en campagne hors des frontières, en raison de quoi il ne pouvait avoir connaissance tant de la mort de son père que des biens qui restaient après lui. Mais que présentement, s'étant retiré définitivement dudit service et étant revenu dans les propriétés de son père, sises dans les provinces de ... et de ..., arrondissements de ... et de ..., en diverses localités comptant au total environ trois mille âmes, il constate que parmi l'ensemble desdites propriétés les *n* âmes ci-dessus mentionnées (lesquelles, après le récent ...ᵉ recensement sont devenues en tout *n* âmes en ce village), ainsi que la terre et toutes dépendances, se trouvent, sans aucun titre de propriété, en la possession du susdit lieutenant de la Garde André, fils de Gabriel, Doubrovski. A raison de quoi, présentant avec ladite requête l'authentique acte de vente remis à son père par le vendeur Spitsyne, il requiert que le bien susmentionné soit retiré à la possession illégitime de Doubrovski et remis à qui de droit, c'est-à-dire à lui, Troïèkourov, en pleine et entière disposition. Et que soit Doubrovski, pour appropriation illégitime dudit bien et jouissance injustifiée des revenus d'icelui, après estimation dûment établie desdits revenus, poursuivi aux fins de leur recouvrement, et en soit donné satisfaction à lui, Troïèkourov.

Après information ouverte sur ladite requête par le tribunal territorial de N..., il est apparu : que le susdit détenteur actuel du bien en litige, le lieutenant de la Garde Doubrovski, a donné sur place pour explication, à l'assesseur de la noblesse, que le bien qu'il détient présentement, consistant en le village susdit de Kisténiovka et *n* âmes avec terre et dépendances, lui est échu par héritage à la mort de son père, le sous-lieutenant d'artillerie Gabriel, fils d'Eugraphe, Doubrovski, lequel le tenait par achat du père du demandeur, l'ex-secrétaire provincial et plus tard assesseur de collège Troïèkourov, comme il appert d'une procuration, enregistrée au tribunal d'arrondissement de ..., donnée par lui le 30 août 17.., au conseiller titulaire Grégoire, fils de Basile, Sobolev, en laquelle il était dit qu'il devait être établi acte de vente de ce bien au père dudit, puisqu'il y est précisément dit que lui, Troïèkourov, a cédé au père dudit Doubrovski tout le bien acquis par lui par acte de vente du clerc de chancellerie Spitsyne, soit *n* âmes avec la terre, et que la somme convenue y afférente, soit trois mille deux cents roubles, a été entièrement et sans retour reçue par lui dudit père, et qu'il prie ledit fondé de pouvoir Sobolev de remettre audit père le titre de propriété officiel; et qu'entre-temps ledit père, cette procuration faisant foi du paiement intégral de la somme, soit possesseur du bien acquis par lui et en dispose jusqu'à expédition du titre de propriété, et que lui, Troïèkourov, vendeur, ni nul autre ne prétendra plus à la possession de ce bien. Que, toutefois, quand exactement et devant quelle instance l'acte de vente en cause a été remis effectivement par le fondé de pouvoir Sobolev à son père, lui, André Doubrovski, l'ignore, car il était en ce temps en bas âge, et après la mort de son père il n'a pu retrouver ledit titre de propriété, et suppose qu'il a peut-être été détruit avec d'autres actes et effets lors de l'incendie qui éclata en l'année 17.. dans la maison, et dont furent témoins les habitants de cette localité. Et que de ce bien, depuis le jour de la vente par le père de Troïèkourov ou de la remise par icelui d'une procuration à Sobolev, c'est-à-dire depuis l'an 17.., et depuis la mort dudit père en 17.. et jusqu'à ce jour, les sieurs Doubrovski ont été possesseurs sans conteste, dont il est attesté par les habitants du voisinage, lesquels, au nombre de cinquante-deux interrogés sous serment, ont déclaré qu'effectivement et autant qu'ils peuvent se souvenir, les sieurs Doubrovski ont commencé à posséder le bien litigieux susdésigné quelque soixante-dix années en çà sans aucune contestation de quiconque, mais qu'ils ignorent en vertu de quel acte ou titre de propriété; que quant au précédent acheteur, ci-dessus nommé, dudit bien, le secrétaire provincial Pierre Troïèkourov, ils n'ont pas souvenir s'il fut en possession de ce bien; que la maison des sieurs Doubrovski fut détruite il y a environ trente ans par suite d'un incendie qui éclata dans leur localité, et qu'alors il fut admis par des tiers que le bien litigieux susmentionné pouvait rapporter bon an mal an un revenu non inférieur à deux mille roubles.

A l'encontre de quoi le général-en-chef Cyrille, fils de Pierre, Troïèkourov, a esté le 3 janvier de cette année devant ledit tribunal, disant que, bien que le susdit lieutenant de la Garde André Doubrovski ait présenté, lors de l'information ouverte sur cette affaire, une procuration confiée par son feu père Gabriel Doubrovski au conseiller titulaire Sobolev et afférente au bien à lui vendu, non seulement il n'a pas fourni d'acte de vente authentique, mais il n'a même administré de l'établissement effectif dudit acte aucune preuve manifeste selon les termes du chapitre 19 du Règlement général et de l'oukaze du 29 novembre 1818. Qu'en conséquence la procuration elle-même, vu le décès de son auteur le père dudit, et en vertu de l'oukaze du .. mai 1818, est actuellement totalement annulée. Qu'en outre

IL EST ORDONNÉ que les propriétés litigieuses doivent être attribuées, si elles sont sur titres, d'après les titres, et, à défaut de titres, par décision de justice.

Que dudit bien, ayant appartenu à son père, a déjà été présenté par lui comme preuve le titre de propriété, en vertu duquel il convient donc, sur la base des textes légaux susinvoqués, de le retirer à la possession illégitime du susdit Doubrovski et de le donner à lui par droit d'hoirie. Et vu que les gentilshommes susnommés, détenant un bien qui ne leur appartenait pas et en l'absence de tout titre, ont joui illégitimement des revenus d'icelui, d'en faire estimation et requérir restitution contre le gentilhomme Doubrovski et en donner satisfaction à lui, Troïèkourov.

Après examen de ladite cause, des faits d'icelle et des extraits des lois le tribunal d'arrondissement de... *a jugé :*

Il appert que le général-en-chef Cyrille, fils de Pierre, Troïèkourov, a fait valoir sur le bien litigieux susmentionné, présentement en possession du lieutenant de la Garde André, fils de Gabriel, Doubrovski, comprenant au village de Kisténiovka, selon le dernier ...[e] recensement, *n* âmes de sexe masculin avec la terre et les dépendances, un acte authentique de la vente dudit à son feu père, secrétaire provincial et plus tard assesseur de collège, en l'an 17.., par le gentilhomme clerc de chancellerie Thadée Spitsyne; et qu'en outre ledit acheteur Troïèkourov, comme il ressort de cet acte de vente, fut en cette même année 17.. mis par le tribunal territorial en possession de ce bien, duquel bien fut aussi fait transfert en son nom; et que bien qu'à l'encontre de ces faits le lieutenant de la Garde André Doubrovski excipe d'une procuration donnée par ledit acheteur défunt Troïèkourov au conseiller titulaire Sobolev en vue de l'établissement d'un acte de vente à son père à lui, Doubrovski, il demeure qu'il est interdit par oukaze non seulement d'approprier par de telles transactions des biens immeubles nobles, mais même de les posséder temporairement, et qu'au surplus la procuration elle-même est totalement annulée par la mort de son auteur; mais qu'en outre, de la date et du lieu où en vertu de ladite procuration aurait été effectivement dressé acte de vente dudit bien litigieux, il n'a été fourni par Doubrovski aucune preuve manifeste depuis le début de la procédure, c'est-à-dire en 18.., et jusqu'à ce jour.

Pour ces motifs ce tribunal décide : le bien en cause, de *n* âmes, avec terre et dépendances, en l'état où il se trouve présentement, est confirmé, selon l'acte de vente présenté par lui, propriété du général-en-chef Troïèkourov; la charge d'évincer de la disposition dudit le lieutenant de la Garde Doubrovski, et de mettre dûment en possession dudit le sieur Troïèkourov, ainsi que d'en faire transfert en son nom à titre d'hoirie, sera donnée au tribunal territorial de N... Mais bien qu'en outre le général-en-chef Troïèkourov requière d'exiger contre le lieutenant de la Garde Doubrovski, pour détention illicite de son bien d'hoirie, restitution des revenus produits par icelui, et vu que ledit bien, au témoignage d'habitants de longue date, a été en la possession non contestée des sieurs Doubrovski, et qu'il n'appert pas des faits de la cause qu'il y ait eu jusqu'à présent de la part du sieur Troïèkourov aucune plainte en possession illégitime dudit bien par les sieurs Doubrovski; qu'en outre, aux termes de l'*Oulojénié*,

IL EST ORDONNÉ, si quelqu'un ensemence la terre ou enclôt la résidence d'autrui, et que supplique est adressée contre lui pour appropriation illégitime, et que restitution est requise, — que cette terre soit rendue au légitime propriétaire, y compris le blé semé, et la clôture et le bâtiment,

pour ces raisons le général-en-chef Troïèkourov est débouté de sa poursuite en recouvrement contre le lieutenant de la Garde Doubrovski, vu que le bien lui appartenant est remis en sa possession sans que rien en soit excepté ni distrait de ce qui lui revient; laissant toutefois au général-en-chef Troïèkourov, au cas où il aurait à l'appui de cette revendication des preuves manifestes et légales, possibilité d'en appeler spécialement à qui de droit.

Lequel jugement sera signifié par voie légale, sous réserve d'appel, tant au demandeur qu'au défendeur, lesquels seront convoqués en ce tribunal, à la diligence de la police, pour entendre ce jugement et y donner sous signature leur assentiment ou opposition.

Lequel jugement a été signé de tous les membres séants de ce tribunal.

Le secrétaire ayant achevé la lecture, l'assesseur se leva et, avec une profonde révérence, se tourna vers Troïèkourov, l'invitant à signer l'acte qu'il lui présentait, et Troïèkourov triomphant, lui prenant la plume, marqua de sa signature sous le *jugement* du tribunal son entière satisfaction.

C'était au tour de Doubrovski. Le secrétaire lui

présenta l'acte. Mais Doubrovski restait immobile, la tête baissée.

Le secrétaire lui répéta son invitation à marquer de sa signature sa pleine et entière satisfaction, ou son opposition déclarée si, contre toute attente, il éprouvait en conscience que sa cause était juste et s'il avait l'intention d'en appeler à qui de droit dans les délais fixés par la loi. Doubrovski restait silencieux... Soudain il releva la tête, ses yeux jetèrent des flammes, il frappa du pied, repoussa le secrétaire avec une telle force que celui-ci tomba et, saisissant l'encrier, il le jeta sur l'assesseur. L'effroi fut général. « Quoi! Oser profaner l'église de Dieu! Arrière, race de Cham! » Puis, se tournant vers Cyrille Pètrovitch : « C'est bon, Votre Excellence, poursuivit-il, les valets de chiens font entrer leur meute dans l'église de Dieu! Les chiens courent par l'église. Mais je vais vous apprendre... » Des gardes étaient accourus au bruit et parvinrent à grand-peine à le maîtriser. Ils l'entraînèrent dehors et le jetèrent dans son traîneau. Troïèkourov les suivit, escorté de tout le tribunal. La soudaine folie de Doubrovski l'avait fortement impressionné et empoisonnait son triomphe.

Les juges avaient compté sur sa reconnaissance : il ne daigna pas leur adresser un mot d'amabilité. Le jour même il repartit pour Pokrovskoïè. Doubrovski cependant était alité : le médecin d'arrondissement, qui par chance n'était pas tout à fait un ignorant, put lui faire une saignée, lui poser des sangsues et des mouches espagnoles. Vers le soir son état s'améliora, il reprit ses esprits. Le lendemain on le conduisit à Kisténiovka, qui déjà ne lui appartenait presque plus.

CHAPITRE III

Du temps passa, et la santé de l'infortuné Doubrovski demeurait précaire; les accès de folie, il est vrai, ne s'étaient pas renouvelés, mais ses forces déclinaient visiblement. Il oubliait ses occupations antérieures, sortait rarement de sa chambre et demeurait plongé dans ses pensées des heures entières. Yègorovna [1], la bonne vieille qui avait autrefois pris soin de son fils, lui servait à son tour de nourrice. Elle veillait sur lui comme sur un enfant, lui rappelait le moment du repas et du sommeil, le faisait manger, le menait au lit. André Gavrilovitch lui obéissait en silence et, sauf elle, ne voyait personne. Il n'était pas en état de penser à ses affaires ni aux dispositions à prendre, et Yègorovna jugea indispensable d'avertir de ce qui se passait le jeune Doubrovski, qui servait dans un régiment d'infanterie de la Garde et se trouvait alors à Pétersbourg. Elle arracha donc une feuille au livre de comptes et elle dicta au cuisinier Kharitone, le seul qui sût écrire à Kisténiovka, une lettre qu'elle fit partir le jour même pour la poste de la ville.

Mais il est temps de faire connaître au lecteur le véritable héros de notre récit.

Vladimir Doubrovski avait fait son éducation au Corps des cadets; il en était sorti cornette dans la Garde; son père n'avait rien ménagé pour qu'il fût convenablement entretenu, et le jeune homme recevait de chez lui plus qu'il n'eût dû attendre. Prodigue et ambitieux, il se permettait de coûteuses fantaisies; il jouait aux cartes et faisait des dettes, sans se soucier de l'avenir et se promettant tôt ou tard un riche mariage, rêve de la jeunesse pauvre.

Un soir, alors qu'il avait chez lui un certain nombre de jeunes officiers affalés sur ses divans et fumant ses pipes d'ambre, son valet de chambre Gricha lui tendit une lettre dont l'écriture et le cachet émurent tout de suite le jeune homme. Il la décacheta en hâte et lut ce qui suit :

Notre monsieur, Vladimir Andréiévitch, moi, ta vieille nourrice, je me suis décidée à te faire savoir la mauvaise santé de ton papa! Il est très mal, quelquefois il ne sait pas ce qu'il dit et toute la journée il est comme un enfant bêta, et la vie et la mort sont à la volonté de Dieu. Viens nous voir, mon clair petit faucon, on t'enverra des chevaux à Pièssotchnoïè. Il paraît que le tribunal territorial va venir nous mettre au pouvoir de Cyrille Pètrovitch Troïèkourov, parce qu'il dit que nous sommes à lui, et nous sommes depuis toujours à Vous, et nous n'avons jamais entendu parler de ça. Tu pourrais, toi qui es à Pétersbourg, parler de cela au Tsar notre père, et il ne nous laisserait pas faire tort. Je reste ta fidèle esclave, ta nourrice.

Orina Yègorovna Bouzyriova.

J'envoie ma bénédiction maternelle à Gricha, est-ce qu'il te sert bien? Chez nous il pleut sans arrêter depuis deux semaines et le berger Rodia est mort à la Saint-Nicolas.

Vladimir Doubrovski relut plusieurs fois ces lignes maladroites et fut profondément ému. Il avait perdu sa mère étant tout enfant et il connaissait à peine son père quand il avait été amené à Pétersbourg à l'âge de huit ans : et cela ne l'empêchait pas d'avoir pour lui une affection romanesque et d'aimer d'autant plus la vie familiale qu'il avait moins eu l'occasion d'en goûter les paisibles joies.

La pensée de perdre son père lui déchirait le cœur, et la situation du malheureux malade, telle qu'il la devinait à travers la lettre de sa nourrice, l'emplissait d'effroi. Il imaginait son père abandonné dans un morne village, aux mains d'une vieille femme simplette et de domestiques, menacé d'il ne savait quelle calamité et s'éteignant sans secours en souffrant dans son corps et dans son âme. Vladimir se reprochait une criminelle négligence. Il y avait longtemps qu'il n'avait pas reçu de lettres de son père et qu'il n'avait pas songé à prendre de ses nouvelles, le supposant en déplacement ou occupé à ses affaires.

Il décida d'aller le voir, et même de donner sa démission si l'état de santé de son père exigeait sa présence. Ses camarades, remarquant son air préoccupé, le quittèrent. Resté seul, Vladimir écrivit sa demande de congé, alluma une pipe et se plongea dans de profondes réflexions. Dès le lendemain il s'occupa d'obtenir un congé et trois jours plus tard il était déjà sur la grande route avec son valet Gricha.

Vladimir Andréiévitch approchait du relais à partir duquel il devait obliquer sur Kisténiovka. Il avait le cœur plein de sombres pressentiments, il craignait de ne plus trouver son père vivant, il se représentait le triste genre de vie qui l'attendait au village, la morte solitude, la pauvreté et les soucis d'affaires auxquelles il n'entendait rien. Arrivé au relais, il alla trouver le maître de poste et lui demanda un attelage à prix débattu. L'homme s'enquit du lieu où il voulait aller et lui fit savoir que des chevaux envoyés de Kisténiovka l'attendaient déjà depuis quatre jours. Bientôt se présenta à lui le vieux cocher Antone, qui dans son enfance le menait dans les écuries et veillait sur son petit cheval. Antone fondit en larmes en le voyant, se prosterna devant lui jusqu'à terre, lui dit que le vieux monsieur était encore en vie et courut atteler les chevaux. Vladimir Andréiévitch refusa la collation qu'on lui offrait et se mit sans tarder en route. Antone le conduisit par des chemins de traverse, et ils lièrent conversation.

« Dis-moi, s'il te plaît, Antone, quelle affaire y a-t-il entre mon père et Troïèkourov?

— Eh, Dieu sait ce qu'ils font, mon bon monsieur Vladimir Andréiévitch. Le barine, qu'on dit, s'est brouillé avec Cyrille Pètrovitch, et l'autre a été devant le juge, quoique c'est bien souvent lui qui fait lui-même son juge. C'est pas à nous autres esclaves de comprendre ce que veulent les seigneurs, mais vrai, il a eu tort, votre papa, d'aller contre Cyrille Pètrovitch, la baguette peut rien contre la hache.

— Alors, à ce que je vois, il fait ce qu'il veut chez nous, ce Cyrille Pètrovitch?

— Forcément, monsieur : les juges, c'est sûr, il s'en fiche; le chef de police, il est à ses ordres. Tous les messieurs lui font la révérence à qui mieux mieux, on peut bien le dire, du moment qu'il y a une auge on trouve toujours des cochons.

— Est-ce vrai qu'il nous prend notre bien?

— Hélas, monsieur, c'est ce qu'on a entendu dire, nous autres. L'autre jour le sacristain de Pokrovskoïè a dit comme ça, à un baptême chez notre staroste : Fini le bon temps pour vous, c'est Cyrille Pètrovitch qui va vous prendre en main. Mikita le forgeron lui a dit alors : " Ça va, voyons, Saviélitch, fais pas de peine au parrain et chagrine pas les invités, Cyrille Pètrovitch est ce qu'il est et André Gavrilovitch est ce qu'il est, et on est tous à Dieu et au souverain ", et puis quoi, on peut pas coudre la bouche aux gens pour les faire taire.

— Donc vous n'avez pas envie de passer au pouvoir de Troïèkourov?

— Au pouvoir de Cyrille Pètrovitch! Dieu nous sauve et nous protège! Il ne fait pas bon quelquefois être de ceux qui sont à lui, alors s'il reçoit ceux d'autrui, il leur écorchera la viande avec la peau. Ah non, que Dieu donne longue vie et santé à André Gavrilovitch, et si Dieu doit le rappeler à lui, alors il ne nous faut personne d'autre que toi, notre bienfaiteur. » Sur ces mots Antone fit claquer son fouet et secoua les rênes et les chevaux se mirent au grand trot.

Emu par le dévouement du vieux cocher, Doubrovski se tut et se livra à ses réflexions. Plus d'une heure passa, et soudain Gricha le tira de ses pensées en s'exclamant : « Voilà Pokrovskoïè! » Doubrovski releva la tête. L'attelage suivait le bord d'un large lac, d'où s'échappait une petite rivière qui serpentait au loin entre les collines; sur l'une de celles-ci, au-dessus de l'épaisse verdure d'un bosquet, s'élevaient le toit vert et le belvédère d'une importante maison de pierre, sur une autre, une église à cinq coupoles et un antique clocher; tout autour étaient disséminées des izbas de bois avec leurs potagers et leurs puits. Doubrovski connaissait bien ces lieux; il se souvint du temps où sur cette même colline il jouait avec la petite Macha Troïèkourov, qui était de deux ans sa cadette [1] et promettait déjà d'être jolie fille. Il fut tenté de questionner sur elle Antone, mais on ne sait quelle timidité le retint.

A l'approche de la demeure seigneuriale, il vit une robe blanche passer entre les arbres du jardin. A ce moment, Antone fouetta ses chevaux et, cédant à la vanité qui est le propre des cochers de campagne aussi bien que de ceux de la ville, il se lança à toute allure sur le pont et à travers le bourg. Sortis du village, ils gravirent une côte, et Vladimir vit une forêt de bouleaux et à sa gauche, dans une échappée, une maisonnette grisâtre au toit rouge; son cœur se mit à battre; il avait devant lui Kisténiovka et la pauvre demeure de son père.

Au bout de dix minutes il pénétrait dans la cour

seigneuriale. Il regardait autour de lui avec une indicible émotion. Il y avait douze ans qu'il n'avait pas vu le lieu de sa naissance. Les petits bouleaux qu'il avait vu planter, comme si c'était hier, le long de la clôture, avaient grandi et c'étaient maintenant de grands arbres à l'épais feuillage. La cour, ornée autrefois de trois massifs de fleurs régulièrement dessinés entre lesquels courait un large chemin soigneusement entretenu, était devenue une prairie non fauchée, où paissait un cheval entravé. Les chiens poussèrent quelques aboiements mais, ayant reconnu Antone, ils firent silence et agitèrent leurs queues touffues. Les domestiques sortirent de toutes parts de leurs izbas et entourèrent le jeune barine avec de bruyantes manifestations de joie. Il se fraya avec peine un passage à travers leur fervente mêlée et courut au vétuste perron; il fut accueilli dans l'entrée par Yègorovna, qui embrassa en pleurant son pupille. « Bonjour, niania, bonjour, répétait-il en serrant sur son cœur la bonne vieille, que fait papa, où est-il, comment va-t-il? »

A cet instant entra dans la pièce, mettant avec peine un pied devant l'autre, un vieillard de haute taille, pâle et amaigri, en robe de chambre et bonnet d'intérieur.

« Bonjour, Volodka! » fit-il d'une voix faible, et Vladimir embrassa son père avec effusion. La joie fut trop forte pour le malade, il chancela, les jambes lui manquèrent, et il serait tombé si son fils ne l'avait soutenu.

« Pourquoi t'es-tu levé? lui dit Yègorovna. Tu ne tiens pas sur tes jambes et te voilà parmi les gens! »

On porta le vieillard dans sa chambre. Il essayait de parler à son fils, mais ses pensées se mêlaient dans sa tête et ses paroles étaient sans suite. Il se tut et tomba dans un assoupissement. Vladimir était consterné de l'état de son père. Il s'installa dans sa chambre et pria qu'on les laissât seuls. Les domestiques se retirèrent. Ils entourèrent aussitôt Gricha et l'emmenèrent à l'office où ils le régalèrent à la manière villageoise, l'accablant d'amabilités et de questions.

CHAPITRE IV

Où fut la table du festin
Est un cercueil[1]...

Quelques jours après son arrivée, le jeune Doubrovski voulut mettre ordre aux affaires, mais son père n'était pas en état de lui donner les explications nécessaires, et n'avait pas de fondé de pouvoir. En examinant ses papiers, il trouva seulement la première lettre de l'assesseur et le brouillon de la réponse; il ne pouvait tirer de là une idée claire du procès et il décida d'attendre les suites, confiant en la justice de sa cause.

Cependant la santé d'André Gavrilovitch empirait d'heure en heure. Vladimir prévoyait sa fin prochaine et ne quittait plus le vieillard, tombé tout à fait en enfance.

Entre-temps le délai légal s'écoula sans qu'il fût fait appel. Kisténiovka devenait propriété de Troïèkourov. Chabachkine alla le voir pour le féliciter avec force révérences et le prier de faire savoir quand il plairait à Son Excellence d'être mis en possession du bien nouvellement acquis, soit en personne, soit par procuration selon son bon vouloir. Cyrille Pètrovitch fut troublé. Il n'était pas cupide de nature, le désir de vengeance l'avait entraîné trop loin, sa conscience murmurait. Il savait quel était l'état de son adversaire, son vieux camarade de jeunesse, et la victoire ne réjouissait pas son cœur. Il jeta un regard menaçant à Chabachkine, cherchant à quoi s'en prendre pour l'injurier et le jeter dehors, mais, ne trouvant pas de prétexte suffisant, il lui dit d'un ton acerbe : « Fiche-moi le camp, tu m'embêtes. »

Chabachkine, voyant sa mauvaise humeur, s'inclina et se hâta de battre en retraite. Quant à Cyrille Pètrovitch, resté seul, il se mit à aller de long en large en sifflotant *Retentis, tonnerre de la victoire* [1], ce qui était toujours chez lui le signe d'un bouillonnement mental inaccoutumé.

Enfin il donna l'ordre d'atteler son drojki de trot, s'habilla chaudement (on était déjà à la fin de septembre) et, prenant lui-même les guides, se mit en route.

Il aperçut bientôt la maisonnette d'André Gavrilovitch, et des sentiments contraires emplirent son âme. La satisfaction d'être vengé et de dominer étouffait en quelque mesure des sentiments plus nobles, mais ceux-ci finirent par l'emporter. Il décida de se réconcilier avec son vieux voisin, d'effacer jusqu'aux traces de la brouille en lui restituant son bien. L'âme soulagée par cette généreuse intention, Cyrille Pètrovitch se lança au trot vers la demeure de son voisin et entra tout droit dans la cour.

A cet instant le malade était assis à la fenêtre de sa chambre. Il reconnut Cyrille Pètrovitch, et une effroyable colère bouleversa ses traits : une rougeur de pourpre remplaça son habituelle pâleur, ses yeux lancèrent des éclairs, il prononçait des sons inarticulés. Son fils, occupé tout auprès à ses livres de raison, leva la tête et fut effrayé de son état. Le malade montrait du doigt la cour d'un air de courroux et d'horreur; il ramenait fébrilement à lui les pans de sa robe de chambre pour quitter son fauteuil, il se souleva... et tomba d'une masse. Son fils s'élança vers lui; le vieillard était privé de connaissance et de souffle, frappé de paralysie. « Vite, vite à la ville, un médecin! » criait Vladimir. « Cyrille Pètrovitch vous fait demander », lui dit un domestique entré à ce moment. Vladimir lui jeta un regard furieux.

« Va dire à Cyrille Pètrovitch qu'il fiche le camp au plus vite avant que je ne le fasse mettre à la porte... Ouste! »

Le domestique courut avec joie exécuter l'ordre de son maître. Yègorovna terrifiée joignit les mains : « Malheureux petit père! cria-t-elle plaintivement, tu vas faire ton malheur! Cyrille Pètrovitch va nous dévorer! — Silence, nourrice, dit Vladimir avec colère, dépêche-toi d'envoyer Antone à la ville chercher un médecin. » Yègorovna sortit.

Il n'y avait personne dans l'antichambre, tous les domestiques étaient accourus dans la cour regarder Cyrille Pètrovitch. Elle sortit sur le perron et entendit la réponse que le serviteur apportait de la part du jeune barine. Cyrille Pètrovitch la reçut assis sur son drojki. Son visage se fit plus sombre que la nuit, il sourit d'un air de mépris, promena un regard menaçant sur les gens et fit au pas le tour de la cour. Il jeta un coup d'œil par la fenêtre où, une minute auparavant, était assis André Gavrilovitch, mais où il n'y avait plus personne. La nourrice était sur le perron, oubliant l'ordre de son maître. Les gens commentaient bruyamment ce qui venait de se passer. Soudain Vladimir apparut parmi eux et dit d'une voix brève : « Inutile d'appeler un médecin. Mon père est mort. »

Ce fut un moment d'affolement. Les gens se précipitèrent dans la chambre du vieux barine. Il était effondré sur le fauteuil où Vladimir l'avait porté; sa main droite pendait jusqu'au plancher, sa tête était tombée sur sa poitrine, il n'y avait plus signe de vie dans ce corps encore chaud mais déjà déjeté par la mort. Yègorovna éclata en lamentations, les domestiques entourèrent la dépouille laissée à leurs soins; ils lavèrent le corps, le vêtirent de son uniforme, celui que le défunt avait fait faire en 1797 [1], et ils l'étendirent sur cette même table [2] où pendant tant d'années ils avaient servi leur maître.

CHAPITRE V

Les funérailles furent célébrées le surlendemain. La dépouille du malheureux vieillard gisait sur la table, recouverte d'un linceul et entourée de cierges. La salle à manger était pleine de domestiques. On préparait la levée du corps. Vladimir et trois domestiques hissèrent le cercueil sur leurs épaules. Le prêtre prit la tête du cortège, un diacre l'accompagnait, chantant les prières funèbres. Le maître de Kisténiovka passa pour la dernière fois le seuil de sa maison. Le cortège traversa le bois. L'église se trouvait derrière ce bois. La journée était claire et froide. Les feuilles d'automne tombaient des arbres.

A la sortie du bois apparut l'église de bois de Kisténiovka avec son cimetière, ombragé de vieux tilleuls. Là reposait le corps de la mère de Vladimir : auprès de sa tombe avait été creusée la veille une fosse fraîche.

L'église était pleine de paysans de Kisténiovka, venus faire une dernière révérence à leur seigneur. Le jeune Doubrovski était debout dans le chœur, il ne pleurait pas et ne priait pas, mais son visage était effrayant. La cérémonie funèbre prit fin. Vladimir alla le premier s'incliner devant la dépouille, suivi de tous les domestiques, puis on apporta le couvercle et on cloua le cercueil. Les femmes lamentaient à haute voix, les hommes de temps en temps écrasaient du poing une larme. Vladimir et les trois mêmes serviteurs portèrent le cercueil au cimetière, tout le village suivant en cortège. Le cercueil fut descendu dans la fosse, tous les assistants y jetèrent une poignée de sable, on combla la tombe, on s'inclina devant elle et on se sépara. Vladimir s'éloigna à grands pas, devançant tout le monde, et disparut dans le bois de Kisténiovka.

Yègorovna invita en son nom le pope et tout le clergé au repas funéraire, en faisant savoir que le jeune barine n'avait pas l'intention d'y assister, et c'est ainsi que le père Antoine, sa femme Fièdotovna et son diacre se rendirent à la maison seigneuriale en devisant avec Yègorovna des vertus du défunt et de ce qui, apparemment, attendait son successeur. (La venue de Troïèkourov et l'accueil qui lui avait été fait étaient déjà connus de tout l'alentour, et les politiques du cru auguraient de graves conséquences.)

« Advienne que pourra, dit la femme du pope, mais ça sera dommage si Vladimir Andréiévitch ne reste pas notre maître. Un beau garçon, y a pas à dire.

— Et qui donc serait maître chez nous si c'est pas lui? coupa Yègorovna. Il a tort de s'emballer, Cyrille Pètrovitch. Il est pas tombé sur un timide; il saura se défendre, mon jeune maître, et puis, avec l'aide de Dieu, ses protecteurs ne l'abandonneront pas. Il est rudement orgueilleux, Cyrille Pètrovitch : n'empêche qu'il a filé doux quand mon Grichka lui a crié : “ Hors d'ici, vieux chien! Fiche-moi le camp! ”

— Oh là là, Yègorovna, fit le diacre, comment a-t-il fait, Grégoire, pour oser parler comme ça! Moi, je crois que je pourrais plutôt aboyer contre l'évêque que de regarder de travers Cyrille Pètrovitch. Rien que de le voir, ça vous fait trembler et transpirer, et votre échine se courbe malgré elle...

— Vanité des vanités, dit le prêtre, Cyrille Pètrovitch sera lui aussi porté en terre comme vient de l'être André Gavrilovitch, sauf qu'il aura des funérailles plus riches et qu'il y aura davantage d'invités, mais pour Dieu n'est-ce pas tout égal!

— Ah, mon père, nous aussi nous voulions convier tout le monde alentour, mais Vladimir Andréiévitch n'a pas voulu. On a pourtant tout ce qu'il faut pour bien recevoir, mais que voulez-vous qu'on fasse! Du moins, s'il n'y a pas de monde, je vais au moins vous faire honneur à vous, nos chers visiteurs. »

Cette aimable promesse et la perspective d'un friand gâteau accélérèrent les pas des interlocuteurs, et ils parvinrent heureusement à la maison seigneuriale, où la table était déjà mise et la vodka servie.

Cependant Vladimir s'enfonçait dans le sous-bois, s'efforçant d'apaiser sa peine par le mouvement et la fatigue. Il allait sans regarder où il passait; les branchages l'accrochaient et le griffaient, ses pieds glissaient à chaque instant dans la boue, il ne remarquait rien. Il atteignit enfin un petit vallon entouré de toutes parts de taillis; un ruisseau serpentait silencieusement parmi les arbres à demi dénudés par l'automne. Vladimir s'arrêta, s'assit sur l'herbe froide, et les pensées les plus sombres se pressèrent dans son âme... Il éprouvait avec force sa solitude. L'avenir lui apparaissait couvert de nuages menaçants. L'inimitié de Troïèkourov lui présageait de nouveaux malheurs. Sa pauvre fortune pouvait passer en des mains étrangères, et c'est alors la misère qui l'attendait. Il demeura longtemps assis à la même place, contemplant le calme courant du ruisseau qui emportait quelques feuilles desséchées, et qui lui représentait vivement la vraie image de la vie, une image tellement ordinaire. Enfin il s'aperçut que le jour baissait; il se leva et s'en alla chercher le chemin du retour, mais il erra longuement encore dans la forêt mal connue avant de trouver un sentier qui menait directement au portail de sa maison.

Il vit venir à sa rencontre le pope et sa suite. L'idée d'un présage funeste traversa sa pensée. Il se jeta involontairement de côté et se cacha derrière un arbre. Ils ne l'avaient pas remarqué et parlaient avec animation en passant près de lui.

« Eloigne-toi du mal et fais le bien, disait le pope à sa femme. Nous n'avons que faire de rester ici. Cela ne nous touche pas, de quelque façon que cela tourne. »

La femme du pope répondit quelque chose, mais Vladimir ne pouvait l'entendre.

En approchant de chez lui, il vit une foule de gens : paysans et domestiques se pressaient dans la cour seigneuriale. Il entendit de loin un brouhaha inaccoutumé. Il y avait deux troïkas arrêtées devant le hangar. Sur le perron plusieurs inconnus en capotes d'uniforme paraissaient discuter quelque chose.

« Qu'est-ce que cela signifie? demanda-t-il d'un ton courroucé à Antone qui accourait à sa rencontre. Qui sont ces gens, et que veulent-ils?

— Ah, mon bon monsieur, Vladimir Andréiévitch, répondit le vieil homme essoufflé, c'est le tribunal qui est là. On nous livre à Troïèkourov, on nous enlève à tes bontés!... »

Vladimir baissa la tête, ses gens entourèrent leur malheureux maître. « Tu es notre père, criaient-ils en lui baisant les mains, nous ne voulons pas d'autre seigneur, un ordre de toi, barine, et nous ferons leur affaire aux gens de justice. Nous mourrons et ne te livrerons pas. » Vladimir les regardait, et d'étranges sentiments l'agitaient. « Tenez-vous tranquilles, leur dit-il, je vais parler aux officiels. — Parle-leur, petit père, lui cria-t-on de la foule, fais-leur honte, les maudits! »

Vladimir s'avança vers les fonctionnaires. Chabachkine, la casquette sur la tête, était debout les mains aux hanches et regardait fièrement autour de lui. Le chef de police, grand et gros personnage de cinquante ans au visage rougeaud et moustachu, voyant approcher Doubrovski, toussa et prononça d'une voix enrouée : « Donc, je vous répète ce que j'ai déjà dit : par jugement du tribunal d'arrondissement vous appartenez désormais à Cyrille Pètrovitch Troïèkourov, ici représenté par M. Chabachkine. Vous lui obéirez en tout ce qu'il vous ordonnera, et vous, les femmes, aimez-le bien, il a du goût pour vous. » Le chef de police ponctua d'un gros rire cette fine saillie, et Chabachkine et leur suite l'imitèrent. Vladimir bouillait d'indignation. « Veuillez me dire ce que cela signifie », demanda-t-il avec un feint sang-froid au facétieux chef de police.

« Cela signifie, répondit le spirituel fonctionnaire, que nous sommes venus mettre en possession de tout ceci Cyrille Pètrovitch Troïèkourov et prier *tous autres* de déguerpir de bonne grâce.

— Mais vous auriez pu, ce me semble, vous adresser à moi avant mes paysans, et signifier au propriétaire la décision de l'autorité...

— Et qui es-tu, toi? fit Chabachkine avec un regard insolent. L'ancien possesseur André, fils de Gabriel, Doubrovski est décédé par la volonté de Dieu; vous, nous ne vous connaissons pas ni ne désirons vous connaître.

— Vladimir Andréiévitch est notre jeune seigneur, dit une voix dans la foule.

— Qui ose là-bas ouvrir la bouche? dit d'un ton menaçant le chef de police, qui parle de seigneur et de Vladimir Andréiévitch? Votre seigneur est Cyrille Pètrovitch Troïèkourov, vous entendez, lourdauds?

— C'est ce qu'on va voir, fit la même voix.

— Hein, mais c'est une révolte! cria le chef de police. Hé là, le staroste, viens ici! »

Le staroste sortit de la foule.

« Trouve-moi tout de suite celui qui s'est permis de m'adresser la parole, il va avoir affaire à moi! »

Le staroste se tourna vers la foule et demanda qui avait parlé. Mais nul ne dit mot; bientôt un murmure s'éleva dans les derniers rangs, puis s'enfla et en une minute se transforma en violentes clameurs. Le chef de police baissa le ton et tenta de parlementer. « On va pas rester là à le regarder, crièrent des voix. Allez-y, les gars! A bas! » et toute la foule se mit en mouvement. Chabachkine et toute sa suite se précipitèrent dans l'entrée et verrouillèrent la porte derrière eux.

« Ligotons-les, les gars! » cria la même voix, et la foule s'élançait déjà à l'assaut...

« Arrière! cria Doubrovski. Imbéciles! Qu'est-ce que vous faites? Vous allez vous perdre, et moi avec vous. Allez-vous-en chez vous et laissez-moi tranquille. Ne craignez rien. Le souverain est charitable, je m'adresserai à lui, il ne nous laissera pas faire tort. Nous sommes tous ses enfants. Mais comment prendre votre défense si vous faites les révoltés et les brigands! »

Les paroles du jeune Doubrovski, sa voix sonore et la majesté de son attitude produisirent l'effet souhaité. La foule se calma et se dispersa, la cour resta vide. Les officiels étaient toujours enfermés dans l'entrée. Enfin Chabachkine ouvrit tout doucement la porte, sortit sur le perron et se mit, avec d'humbles courbettes, à remercier Doubrovski de sa miséricordieuse intervention. Vladimir l'écoutait avec mépris et ne répondait rien.

« Nous avons décidé, poursuivait l'assesseur, avec votre permission, de rester passer la nuit ici. Autrement il fait déjà sombre, et vos moujiks pourraient nous attaquer sur la route. Faites-nous cette grâce, donnez ordre qu'on nous mette seulement du foin dans le salon; dès l'aube nous nous retirerons.

— Faites ce que vous voulez, répondit sèchement Doubrovski, je ne suis plus le maître ici. »

Sur ces mots il s'en alla dans la chambre de son père et ferma la porte derrière lui.

CHAPITRE VI

« Ainsi tout est fini, se disait-il à lui-même, ce matin encore j'avais un coin à moi et un morceau de pain. Demain il va falloir quitter la maison où je suis né et où mon père est mort, et la laisser à l'auteur de sa mort et de ma misère. » Son regard se porta et s'immobilisa sur le portrait de sa mère. Le peintre l'avait représentée appuyée à une balustrade, en robe blanche du matin, une rose écarlate dans les cheveux. « Ce portrait aussi va tomber aux mains de l'ennemi de ma famille, pensa Doubrovski; il sera jeté au débarras avec les chaises brisées, ou bien pendu dans l'antichambre, exposé aux plaisanteries et aux grossièretés de ses valets de chiens; dans la chambre de ma mère, dans la pièce où est mort mon père, va s'installer le commis de cet homme, à moins que ce ne soit son harem... Non! non! Qu'il ne soit pas dit qu'elle sera à lui, cette triste maison dont il me chasse. » Vladimir serra les dents, de terribles pensées naissaient dans son esprit. Les voix des gens de justice lui parvenaient, ils s'installaient en maîtres, réclamaient tantôt une chose, tantôt l'autre, et le détournaient odieusement de ses mornes réflexions. Enfin tout se tut.

Vladimir ouvrit commodes et tiroirs, se mit à trier les papiers du défunt. C'étaient pour la plupart des comptes d'exploitation et des lettres d'affaires. Il les déchirait sans les lire. Il trouva parmi eux un paquet marqué : *lettres de ma femme.* Il l'ouvrit avec une intense émotion : c'étaient des lettres écrites pendant la campagne de Turquie [1] et envoyées de Kisténiovka à l'armée. Elle lui décrivait sa vie solitaire, ses occupations domestiques, se plaignait tendrement de la séparation et souhaitait qu'il revînt bientôt dans les bras de sa compagne. Il y avait une lettre où elle lui faisait part de ses inquiétudes au sujet de la santé du petit Vladimir, une autre où elle vantait sa précoce intelligence et imaginait pour lui un avenir heureux et brillant. Vladimir, pris par sa lecture, oublia tout au monde, plongé de toute son âme dans un univers de bonheur familial; il s'aperçut seulement du temps écoulé lorsque la pendule murale sonna onze heures. Il mit les lettres dans sa poche, prit une chandelle et sortit du cabinet. Dans la grande salle les représentants de la loi dormaient sur le plancher. La table était encombrée des verres qu'ils avaient vidés, et une forte odeur de rhum régnait dans la pièce. Vladimir enjamba les corps avec dégoût et passa dans l'antichambre : la porte d'entrée était fermée. Ne trouvant pas la clé, il revint dans la grande pièce : la clé était sur la table. Vladimir ouvrit la porte et faillit heurter un homme collé dans un angle; le fer d'une hache brillait dans sa main et, tournant sa chandelle vers lui, Vladimir reconnut Archippe le forgeron. « Qu'est-ce que tu fais là? lui demanda-t-il. — Ah, Vladimir Andréiévitch, c'est vous, chuchota Archippe, Dieu fasse miséricorde, heureusement que vous aviez une chandelle! » Vladimir l'examina avec surprise.

« Que faisais-tu, caché ici? demanda-t-il au forgeron.

— Je voulais... j'étais venu... pour voir si tout le monde était là... fit tout bas Archippe embarrassé.

— Et cette hache, pour quoi faire?

— La hache, pour quoi?... Ben, faut bien avoir

sa hache avec soi, maintenant. Ces gens de justice, tu sais, c'est des lascars, on ne sait jamais...

— Tu es ivre, laisse cette hache et va dormir.

— Moi, ivre? Mon bon monsieur, Vladimir Andréiévitch, Dieu m'est témoin, pas une goutte que j'ai bu... et puis, est-ce qu'on a idée de boire, c'est-il le moment... ces gens de loi qui prétendent nous commander, qui chassent nos maîtres de leur maison... Ecoutez-les ronfler, les maudits; tous d'un bon coup, on n'y verrait que du feu... »

Doubrovski se rembrunit. « Ecoute, Archippe, dit-il après un silence, ce n'est pas cela qu'il faut faire. Ils n'y sont pour rien, eux. Allume une lanterne, suis-moi. »

Archippe prit la chandelle des mains de son maître, trouva une lanterne derrière le poêle et l'alluma, et tous deux descendirent le perron et traversèrent la cour. La garde frappa sa plaque de fonte, les chiens aboyèrent. « Qui monte la garde? demanda Doubrovski. — C'est nous, petit père, répondit une voix féminine, Vassilissa et Loukéria. — Allez-vous-en chez vous, leur dit Doubrovski, on n'a pas besoin de vous. — Repos, fit Archippe. — Merci, notre maître », répondirent les deux femmes et elles s'en allèrent aussitôt chez elles.

Doubrovski poursuivit son chemin. Deux hommes s'approchèrent et l'appelèrent. Il reconnut les voix d'Antone et de Gricha. « Pourquoi ne dormez-vous pas? leur demanda-t-il.

— Est-ce qu'on a envie de dormir, répondit Antone. Ce qu'il faut voir, quand même, qui aurait cru ça...

— Plus bas, coupa Doubrovski. Où est Yègorovna?

— Dans la maison de maître, dans sa chambre, répondit Gricha.

— Bon, va la chercher et fais sortir tous nos gens de la maison, que pas une âme n'y reste, sauf les officiels, et toi, Antone, attelle la télègue. »

Gricha partit et revint au bout d'une minute avec sa mère. La vieille femme ne s'était pas déshabillée; sauf les gens de justice, nul dans la maison n'avait fermé l'œil.

« Tout le monde est là? demanda Doubrovski. Il ne reste personne dans la maison?

— Personne, sauf les gens de loi, répondit Gricha.

— Apportez du foin ou de la paille », dit Doubrovski.

Les hommes coururent à l'écurie et revinrent avec des brassées de foin.

« Mettez ça sous le perron. Là. Maintenant, les gars, du feu! »

Archippe ouvrit la lanterne. Doubrovski alluma un copeau.

« Attends, dit-il à Archippe, je crois qu'en me dépêchant j'ai fermé à clé la porte de l'antichambre, va vite l'ouvrir. »

Archippe bondit dans l'entrée : la porte était ouverte. Archippe la ferma à clé en disant à mi-voix : « Plus souvent que je vais l'ouvrir! » et il revint auprès de Doubrovski.

Celui-ci avança le copeau, le foin prit feu, la flamme monta d'un coup et illumina toute la cour.

« Seigneur! s'écria plaintivement Yègorovna. Vladimir Andréiévitch, qu'est-ce que tu fais?

— Tais-toi, fit Doubrovski. Allons, mes enfants, adieu, allez où Dieu vous mènera; soyez heureux avec votre nouveau maître.

— Tu es notre père, notre bienfaiteur, répondirent les hommes; on mourra s'il faut, on ne t'abandonne pas, on va avec toi. »

L'attelage avança; Doubrovski prit place avec Gricha dans la télègue et donna aux autres rendez-vous dans le bois de Kisténiovka. Antone fouetta les chevaux et ils partirent.

Le vent se leva. En une minute la flamme enveloppa la maison tout entière. Une fumée rougeoyante tourbillonnait au-dessus du toit. Les vitres éclataient, des poutres en feu commencèrent à tomber, des hurlements, des cris lamentables retentirent : « Au feu, au secours, au secours! — Tu peux y compter », dit Archippe qui contemplait avec un sourire mauvais l'incendie

« Arkhipouchka, lui dit Yègorovna, sauve-les, les maudits, Dieu te récompensera

— Tu peux y compter », répondit le forgeron.

A ce moment les hommes de loi apparurent à une fenêtre, s'efforçant de briser les doubles châssis. Mais au même instant le toit s'écroula avec fracas et les hurlements cessèrent.

Bientôt toute la domesticité sortit en courant. Les femmes criaient et se hâtaient de sauver leurs hardes, les enfants sautaient joyeusement autour de l'incendie. Les flammèches tourbillonnaient en tempête, les izbas prenaient feu.

« Tout va bien maintenant, dit Archippe, un beau feu, hein? Ça doit être fameux à voir de Pokrovskoïè. »

Autre chose attira à cet instant son attention : un chat courait sur le toit du hangar en flammes, ne sachant où sauter, le feu l'entourait de toutes parts. La pauvre bête miaulait lamentablement au secours. Les enfants se tordaient de rire devant sa détresse. « De quoi riez-vous, galopins? leur dit le forgeron en colère. Vous n'avez pas honte, une créature du bon Dieu périt et ça vous amuse, sots que vous êtes! » et, dressant une échelle contre le toit en flammes, il grimpa vers le chat; celui-ci comprit son intention et se hâta de s'agripper avec gratitude à sa manche. Le forgeron tout roussi redescendit avec sa prise. « Allons, les gars, adieu, dit-il à la foule ébahie, je n'ai plus rien à faire ici. Bonne chance et ne me gardez pas mauvais souvenir. »

Le forgeron s'éloigna. L'incendie fit rage encore

un certain temps. Il finit par s'apaiser, et des amas de bois calciné rougeoyèrent encore sans flammes dans les ténèbres nocturnes, tandis que tout autour rôdaient les habitants sinistrés de Kisténiovka.

CHAPITRE VII

Le lendemain la nouvelle de l'incendie se répandit dans tout le pays. Tout le monde en parlait et avançait les affirmations et suppositions les plus variées. Les uns assuraient que les gens de Doubrovski, ayant trop bu après les funérailles, avaient mis le feu par imprudence, les autres accusaient les gens de justice qui avaient trop bien célébré le changement de propriétaire; beaucoup affirmaient que Doubrovski avait lui-même péri dans les flammes avec les gens du tribunal et tous les domestiques. Certains se doutaient de la vérité et soutenaient que l'auteur de cette affreuse calamité était Doubrovski lui-même, mû par la colère et le désespoir. Troïèkourov vint le surlendemain sur le lieu du sinistre et fit lui-même l'enquête. Il apparut que le chef de police, l'assesseur du tribunal territorial, son greffier et son secrétaire, ainsi que Vladimir Doubrovski, sa nourrice Yègorovna, son valet Grégoire, le cocher Antone et le forgeron Archippe, avaient disparu. Tous les serfs domestiques témoignèrent que les gens de justice avaient péri dans les flammes au moment où le toit s'était effondré; on découvrit leurs restes calcinés. Deux femmes, Vassilissa et Loukéria, déclarèrent qu'elles avaient vu Doubrovski et le forgeron Archippe quelques minutes avant l'incendie. Le forgeron Archippe, de l'avis général, était en vie, et il était probablement le principal, sinon même le seul auteur de l'incendie. Sur Doubrovski pesaient de forts soupçons. Cyrille Pètrovitch envoya au gouverneur une description détaillée de l'événement, et une nouvelle information fut ouverte.

Bientôt d'autres bruits défrayèrent la curiosité et les commentaires. Une bande de brigands fut signalée à N... et répandit la terreur dans toute la contrée. Les mesures prises contre eux par le gouvernement se révélèrent insuffisantes. Les actes de pillage se succédaient plus hardis l'un que l'autre. Il n'y avait de sécurité ni sur les routes, ni dans les villages. Plusieurs troïkas montées par des bandits sillonnaient en plein jour toute la province, arrêtaient les voyageurs et la poste, débouchaient dans les villages, pillaient les demeures seigneuriales et les livraient aux flammes. Le chef de la bande avait un renom d'intelligence, de courage et d'une sorte de magnanimité. On racontait sur lui des prodiges; le nom de Doubrovski était sur toutes les lèvres, tout le monde était persuadé que c'était lui et nul autre qui était à la tête des audacieux malfaiteurs. Une chose étonnait : les propriétés de Troïèkourov étaient épargnées; les bandits ne lui pillèrent pas un hangar, ne lui arrêtèrent pas une voiture. Avec sa présomption habituelle, Troïèkourov attribuait ce privilège à la peur qu'il avait su inspirer à toute la province, ainsi qu'à l'excellence de la police qu'il avait su instaurer dans ses domaines. Les voisins commencèrent par se gausser entre eux des airs de supériorité de Troïèkourov, et par s'attendre que d'un jour à l'autre les hôtes non invités feraient une visite à Pokrovskoïè, où il y avait largement sur quoi faire main basse; mais il leur fallut bien finalement convenir et avouer que même les brigands lui manifestaient un incompréhensible respect... Troïèkourov triomphait, et à chaque annonce d'un nouvel exploit de Doubrovski il se répandait en railleries aux dépens des gouverneurs, des chefs de police et des détachements de répression, auxquels Doubrovski échappait toujours sain et sauf.

Cependant vint le 1er octobre, jour de la fête patronale au village de Troïèkourov. Mais avant de passer à la description de cette solennité et de ce qui s'ensuivit, il nous faut présenter au lecteur des personnages nouveaux pour lui, ou que nous n'avons mentionnés qu'au passage au début de notre récit.

CHAPITRE VIII

Le lecteur a vraisemblablement deviné déjà que la fille de Cyrille Pètrovitch, de qui nous n'avons encore dit que quelques mots, est l'héroïne de notre histoire. A l'époque que nous évoquons elle avait dix-sept ans et sa beauté était dans sa pleine fleur. Son père l'aimait à la folie, mais la traitait de la manière fantasque qui lui était propre, tantôt s'ingéniant à satisfaire ses plus minces caprices, tantôt l'épouvantant de ses éclats de sévérité, parfois même de brutalité. Assuré de son attachement, il n'avait jamais pu obtenir sa confiance. Elle avait pris l'habitude de lui dissimuler ses sentiments et ses pensées, ne pouvant jamais savoir avec certitude comment il les accueillerait. Elle n'avait pas de compagnes et elle avait grandi dans la solitude. Les femmes et filles des voisins venaient rarement chez Cyrille Pètrovitch, dont les entretiens et divertissements coutumiers appelaient la compagnie d'hommes et non la présence de femmes. Il était rare qu'une belle personne figurât parmi les convives qui festoyaient chez Cyrille Pètrovitch. Une énorme bibliothèque, composée pour la plus grande part des œuvres des écrivains français du XVIIIe siècle, était laissée à la disposition de la jeune fille. Son père, qui n'avait jamais rien lu d'autre que *La Cuisinière moderne,* était bien incapable de la guider dans le choix de ses livres, et naturellement

Macha, ayant tâté d'ouvrages de toutes sortes, s'était arrêtée aux romans. C'est ainsi qu'elle avait complété son instruction, commencée autrefois sous la direction d'une *mamzelle Mimi* à qui Cyrille Pètrovitch avait manifesté beaucoup de confiance et de bienveillance et qu'il avait dû finalement faire partir sans bruit pour une autre de ses propriétés quand les suites de sa faveur étaient devenues trop visibles. Mamzelle Mimi avait laissé après elle un souvenir assez agréable. Elle était bonne fille et n'avait jamais usé en mal de l'influence qu'elle avait notoirement sur Cyrille Pètrovitch, en quoi elle se distinguait des autres favorites qui se succédaient continuellement auprès de lui. Cyrille Pètrovitch, semblait-il, l'avait aimée plus que les autres, et un bambin aux yeux noirs, polisson de neuf ans, qui rappelait fort les traits méridionaux de Mlle Mimi, était élevé près de lui et appelé son fils, bien qu'une quantité de gamins aux pieds nus, ressemblant comme deux gouttes d'eau à Cyrille Pètrovitch, et qui gambadaient sous ses fenêtres, fussent qualifiés domestiques. Cyrille Pètrovitch fit venir de Moscou, pour son petit Sacha, un précepteur français, lequel arriva à Pokrovskoïè précisément à l'époque des événements que nous rapportons. Ce précepteur plut à Cyrille Pètrovitch par l'agrément de sa mine et la simplicité de ses manières. Il présenta ses certificats et une lettre d'un parent de Troïèkourov chez qui il avait vécu quatre ans comme gouverneur de ses enfants. Cyrille Pètrovitch examina le tout et regretta seulement la jeunesse de son Français : non qu'il considérât cet aimable défaut comme incompatible avec la patience et l'expérience si nécessaires à l'infortuné métier de précepteur, mais il avait ses arrière-pensées, qu'il décida de lui faire comprendre sur-le-champ. A cette fin il fit appeler Macha, car il ne parlait pas français et elle lui servait d'interprète.

« Viens ici, Macha, dis à ce *moussiè* que d'accord, je le prends; seulement qu'il n'aille pas se permettre de courir après mes servantes, ou bien le fils de chienne, je lui... traduis-lui ça, Macha. »

Macha rougit et, se tournant vers le précepteur, lui dit en français que son père comptait sur sa discrétion et sa bonne conduite.

Le Français s'inclina et répondit qu'il espérait mériter l'estime, même si on lui refusait la bienveillance.

Macha traduisit sa réponse mot pour mot.

« C'est bon, c'est bon, répliqua Cyrille Pètrovitch, il n'a besoin ni de bienveillance ni d'estime. Tout ce qu'il a à faire, c'est de s'occuper de Sacha et de lui apprendre la grammaire et la géographie. Traduis-lui ça. »

Macha atténua dans sa traduction la grossièreté des expressions de son père, et Cyrille Pètrovitch renvoya son Français au pavillon où une chambre lui était réservée.

Macha n'accorda aucune attention au jeune Français; élevée dans les préjugés aristocratiques, un précepteur était pour elle une sorte de domestique ou d'artisan, et un domestique ou un artisan ne lui paraissait pas un homme. Elle ne remarqua pas non plus l'impression qu'elle avait produite sur **M. Deforges,* ni son trouble, ni le tremblement de sa voix. Pendant plusieurs jours, par la suite, elle le croisa assez fréquemment sans daigner lui marquer davantage d'intérêt. C'est de manière inattendue qu'elle vint à se faire de lui une idée entièrement nouvelle.

Cyrille Pètrovitch avait accoutumé d'élever dans sa cour plusieurs oursons qui constituaient une des principales distractions du maître de Pokrovskoïè. Dans leur premier âge les oursons étaient quotidiennement amenés au salon, où Cyrille Pètrovitch passait des heures à s'amuser d'eux, à exciter contre eux des chatons et des chiots. Quand ils avaient grandi, ils étaient mis à la chaîne en attendant que fût organisée une vraie chasse. De temps en temps on les amenait devant la fenêtre de la maison du maître et on faisait rouler devant eux un tonneau vide garni de clous; l'ours le flairait, puis le touchait tout doucement, s'y piquait les pattes, se mettait en fureur, poussait le tonneau plus fort et augmentait d'autant le mal qu'il se faisait. Il entrait dans une véritable rage, se jetait en grondant sur le tonneau, jusqu'à ce qu'on retirât au malheureux animal l'objet de son vain acharnement. Il arrivait aussi qu'on attelât à une télègue une paire d'ours, qu'on y assît bon gré mal gré des invités et qu'on lançât cet équipage au galop à la grâce de Dieu. Mais la facétie que Cyrille Pètrovitch prisait par-dessus tout était la suivante.

On enfermait un ours affamé dans une pièce vide, après l'avoir attaché par une corde à un anneau fixé au mur. La corde était à peu près de la longueur des murs de la pièce, si bien que seul l'angle opposé à celui où était la bête offrait quelque sécurité contre ses assauts. On amenait ordinairement un nouveau venu à la porte de cette pièce, on l'y poussait à l'improviste, on tirait la porte et on laissait l'infortunée victime en tête à tête avec le redoutable ermite velu. Le malheureux invité, les basques déchirées et griffé jusqu'au sang, ne tardait pas à trouver l'angle de refuge, mais il était contraint parfois de rester deux ou trois heures collé contre le mur, à regarder l'animal furibond gronder à deux pas de lui, bondir, se cabrer, se débattre et tâcher de l'atteindre. Tels étaient les nobles divertissements d'un gentilhomme russe! Quelques jours après l'arrivée du nouveau précepteur, Troïèkourov pensa à lui et se mit en tête de lui offrir l'hospitalité de la chambre à l'ours; à cette fin il le fit appeler un matin et le conduisit à sa suite par un corridor sombre; soudain une porte de côté s'ouvrit, deux valets y poussèrent le Français et fermèrent la porte à clé. Revenu de sa surprise, le précepteur vit l'ours enchaîné, la bête se mit à renifler, flairant de loin son hôte, et soudain, se dressant debout, marcha sur lui... Le Français ne se troubla pas, ne chercha pas à fuir, mais attendit l'assaut. L'ours s'avança. Deforges sortit de sa poche un petit pistolet, l'enfonça dans l'oreille du fauve affamé et tira. L'ours s'abattit à terre. Tout le monde accourut, la porte fut ouverte. Cyrille Pètrovitch entra, stupéfait du dénouement de sa farce. Il exigea une explication immédiate : qui avait prévenu Deforges de la plaisanterie préparée contre lui, et pourquoi avait-il en poche un pistolet chargé? Il envoya chercher Macha. Celle-ci accourut et traduisit au Français les questions de son père.

« Je n'avais jamais entendu parler d'ours, répondit Deforges, mais je porte toujours un pistolet sur moi, parce que je n'ai pas dessein de supporter une offense pour laquelle mon emploi m'interdit de demander satisfaction. »

Macha le regarda avec étonnement et traduisit ses paroles à Cyrille Pètrovitch. Celui-ci ne répondit rien, donna ordre d'emporter l'ours et de le dépecer; puis, se tournant vers ses gens, il dit : « Ça, c'est un gaillard! Il n'a pas eu peur, parole, il n'a pas eu peur! » Dès lors il estima Deforges et ne songea plus à l'éprouver.

Mais l'affaire avait davantage encore impressionné Marie Kirilovna. Son imagination en fut frappée : elle avait vu l'ours abattu et Deforges devant sa dépouille répondant calmement aux questions qu'elle lui posait. Elle s'était aperçue que la bravoure et le fier amour-propre ne sont pas le lot exclusif d'une classe sociale, et depuis lors elle marqua au jeune précepteur un respect qui de jour en jour se faisait plus attentif. Quelques relations se nouèrent entre eux. Macha avait une très jolie voix et de grandes capacités musicales. Deforges s'offrit à lui donner des leçons... Dès lors il n'est pas difficile au lecteur de deviner que Macha s'éprit du jeune homme, sans s'en rendre compte encore elle-même.

DEUXIÈME PARTIE

CHAPITRE IX

La veille de la fête les invités commencèrent à arriver; les uns étaient hébergés dans la maison seigneuriale ou ses dépendances, les autres chez le régisseur, d'autres chez le prêtre ou chez des paysans aisés. Les écuries étaient pleines de chevaux, les cours et hangars encombrés d'équipages variés. A neuf heures du matin les cloches appelèrent à l'office et tout ce monde se rendit à la nouvelle église de pierre, construite par Cyrille Pètrovitch et chaque année enrichie de ses offrandes. Il y eut une telle affluence de fidèles de qualité que les simples paysans ne purent trouver place dans l'église et durent rester debout sur le parvis et dans l'enceinte. La messe ne commençait pas, on attendait Cyrille Pètrovitch. Il arriva en calèche à six chevaux et alla solennellement occuper sa place, accompagné de Marie Kirilovna. Les regards des hommes et des femmes la suivaient; les premiers admiraient sa beauté, les secondes détaillaient attentivement sa toilette. Le service commença, les chantres de la paroisse chantaient dans le chœur, Cyrille Pètrovitch lui-même donnait de la voix, priait sans regarder ni à droite ni à gauche, et se prosterna jusqu'à terre avec une orgueilleuse humilité quand le diacre mentionna d'une voix tonnante *le bâtisseur du temple que voici.*

L'office s'acheva. Cyrille Pètrovitch alla le premier baiser la croix. Tous y allèrent après lui, puis les voisins vinrent lui présenter leurs respects. Les dames entourèrent Macha. Cyrille Pètrovitch, à la sortie de l'église, convia tout le monde à venir déjeuner chez lui, monta en calèche et partit. Toute l'assistance le suivit. Les pièces s'emplirent d'invités. De nouveaux visages entraient constamment et se frayaient difficilement passage vers le maître de céans. Les dames s'asseyaient en demi-cercle cérémonieux, accoutrées avec quelque retard sur la mode de toilettes fanées et coûteuses, toutes parées de bijoux et de brillants; les hommes se pressaient autour du caviar et de la vodka, dans un brouhaha discordant de conversations. Dans la grande salle on achevait de dresser une table de quatre-vingts couverts. Les serviteurs s'affairaient, disposant des bouteilles, des carafes, des serviettes. Enfin le majordome annonça : « Le repas est servi ! » et Cyrille Pètrovitch alla le premier s'asseoir à table, les dames se mirent en mouvement après lui et prirent gravement leur place en observant un certain ordre d'ancienneté, les demoiselles se pressèrent toutes ensemble comme un timide troupeau de chevrettes et choisirent leurs chaises l'une près de l'autre. Les hommes prirent place en face d'elles. En bout de table était assis le précepteur près du petit Sacha.

Les serviteurs commencèrent à distribuer les assiettes par ordre d'importance des convives, se laissant guider en cas d'incertitude par des présomptions à la Lavater, et presque toujours sans erreur. Le bruit des assiettes et des cuillers se mêla à celui des conversations. Cyrille Pètrovitch promenait autour de sa tablée un regard satisfait et jouissait pleinement des joies de l'amphitryon. A ce moment on entendit entrer dans la cour une calèche attelée de six chevaux. « Qui est-ce? demanda le maître de maison. — Antoine Pafnoutyitch », répondirent plusieurs voix. La porte s'ouvrit, et Antoine Pafnoutyitch Spitsyne, un gros quinquagénaire au visage rond et grêlé agrémenté d'un triple menton, fit son entrée dans la salle à manger, s'inclinant, souriant et préparant ses excuses...

« Un couvert! cria Cyrille Pètrovitch, veuille prendre place, Antoine Pafnoutyitch, et puis dis-nous ce que ça signifie : tu n'étais pas à ma messe et tu arrives en retard au déjeuner. Ça ne te ressemble pas, tu es un homme pieux et porté sur la gueule.

— Pardon, répondit Antoine Pafnoutyitch tout en fixant sa serviette à une boutonnière de son caftan vert pois, excusez, mon bon Cyrille Pètrovitch, je m'étais mis en route de bonne heure, mais je n'avais pas fait dix verstes que le bandage d'une roue avant s'est cassé en deux : que voulez-vous faire? Heureusement ce n'était pas trop loin d'un village, mais le temps que mon homme y arrive, et qu'il trouve un charron, et qu'on bricole une réparation, il s'est passé trois bonnes heures, rien à faire. Couper au plus court par la forêt de Kisténiovka, je n'ai pas osé, je l'ai contournée...

— Hé hé, interrompit Cyrille Pètrovitch, on dirait que tu n'es pas ce qui s'appelle un brave, hein? De quoi donc as-tu peur?

— Comment de quoi j'ai peur? mon bon Cyrille Pètrovitch, mais de Doubrovski, pardi. On n'est jamais sûr de ne pas tomber entre ses pattes. Il n'a pas les yeux dans sa poche, et il ne fait grâce à personne; et moi, si ça se trouve, il m'écorchera double.

— Et pourquoi donc cet honneur, mon vieux?

— Comment pourquoi? mon bon Cyrille Pètrovitch! A cause du procès de feu André Gavrilovitch, parbleu! Est-ce que ce n'est pas moi qui pour vous faire plaisir, je veux dire en conscience et en bonne justice, ai témoigné que les Doubrovski détenaient Kisténiovka sans y avoir aucun droit, et uniquement du fait de votre indulgence? Et le défunt (paix à ses cendres) avait bien promis de régler son compte avec moi à sa manière, alors il se pourrait bien que le fiston tienne la promesse du papa. Jusqu'à présent Dieu m'a protégé. Je n'ai eu en tout et pour tout qu'un hangar de pillé, mais qui sait si la maison n'y passera pas à son tour.

— Et dans la maison ils pourront faire la vie, nota Cyrille Pètrovitch. Je parie qu'il y a là un beau petit coffret plein à ras bord!

— Pensez-vous, Cyrille Pètrovitch. Plein, il l'a été, mais à présent il est tout à fait vide!

— Pas d'histoires, Antoine Pafnoutyitch. On les connaît, les gars comme toi. Tu n'es pas homme à dépenser, tu vis chez toi comme un cochon dans sa bauge, tu ne reçois personne, tu écorches tes moujiks, tu mets de côté, oui, et c'est tout.

— Vous êtes toujours là pour plaisanter, mon bon Cyrille Pètrovitch, bredouilla Antoine Pafnoutyitch avec un pâle sourire; mais croyez-moi, on est ruiné. »

Et Antoine Pafnoutyitch entama, pour faire passer les quolibets seigneuriaux de son hôte, un appétissant morceau de *koulébiaka.* Cyrille Pètrovitch le laissa et se tourna vers le nouveau chef de police, pour la première fois invité chez lui et assis au bas bout de la table auprès du précepteur.

« Alors, est-ce vous au moins qui attraperez Doubrovski, monsieur le chef de police? »

Le chef de police rougit, s'inclina, tenta un sourire, avala de travers et prononça enfin :

« On tâchera, Votre Excellence.

— Hum, on tâchera. Il y a longtemps, longtemps qu'on tâche, et on n'aboutit à rien de bon. D'ailleurs, pas vrai, pourquoi s'échiner à essayer de le prendre? Les brigandages de Doubrovski, c'est une bénédiction pour les chefs de police : les patrouilles, les enquêtes, les rapports astucieux, tout ça permet de faire son beurre. Qui donc gâcherait pareille aubaine? Pas vrai, monsieur le chef de police?

— Pure vérité, Votre Excellence », répondit le chef de police totalement déconcerté.

Les convives s'esclaffèrent.

« Le gaillard me plaît pour sa sincérité, dit Cyrille Pètrovitch. Mais je regrette notre défunt chef de police Taras Alexiéiévitch, s'ils ne l'avaient pas fait rôtir on serait plus tranquille dans le pays. Et que dit-on de Doubrovski? Où l'a-t-on vu la dernière fois?

— Chez moi, Cyrille Pètrovitch, piailla une forte voix de femme, mardi dernier il a déjeuné chez moi... »

Tous les regards se portèrent sur Anna Savvichna Globov, une veuve assez simple que tout le monde aimait pour son caractère bon et gai. Tout le monde attendit avec curiosité son récit.

« Il faut vous dire qu'il y a trois semaines j'avais envoyé mon intendant porter à la poste de l'argent pour mon Vanioucha. Je ne gâte pas mon fils, et mes moyens ne me le permettent pas même si je le voulais, mais vous savez bien vous-mêmes : un officier de la Garde, il faut qu'il ait un train de vie convenable, et je partage autant que je peux mon revenu avec mon Vanioucha. Je lui envoyais donc deux mille roubles; j'avais bien pensé plus d'une fois à Doubrovski, mais je me disais : La ville est proche, sept verstes seulement, Dieu aidant ça arrivera peut-être. Qu'est-ce que je vois? Le soir, mon intendant revient, pâle, déchiré, à pied... J'en ai levé les bras au ciel. “ Qu'est-ce qu'il y a? Que t'est-il arrivé? ” Et lui : “ Petite mère Anna Savvichna, les brigands m'ont détroussé; c'est tout juste s'ils ne m'ont pas tué, c'était Doubrovski lui-même, il voulait me pendre, mais il m'a fait grâce et il m'a relâché, seulement il m'a tout pris, même le cheval et la télègue. " J'ai failli m'évanouir. Seigneur mon Dieu, que va devenir mon Vanioucha? Que pouvais-je faire? J'ai écrit à mon fils, je lui ai raconté tout et je lui ai envoyé ma bénédiction sans un sou.

« Une semaine passe, une autre, tout d'un coup voilà une calèche qui entre dans ma cour. Un général qui demande à me voir. Je lui fais dire qu'il est le bienvenu. Je vois entrer un homme d'à peu près trente-cinq ans, brun, basané, avec barbe et moustache, tout le portrait de Koulniov [1], il se présente comme ami et collègue de feu mon mari Ivan Andréiévitch; il me dit qu'étant de passage et sachant que j'habite ici il ne pouvait pas faire autrement que de passer voir sa veuve. Je lui ai offert ce que je pouvais, on s'est mis à causer de choses et d'autres, et finalement de Doubrovski. Je lui ai raconté mon malheur. Et mon général de froncer les sourcils. " C'est étrange, dit-il, j'ai entendu dire que Doubrovski n'attaque pas n'importe qui, mais seulement certains richards, et que, même ceux-là, il ne les dépouille pas entièrement, il partage avec eux; et personne ne l'accuse d'assassinats; n'y aurait-il pas là quelque friponnerie? Faites donc appeler votre intendant. " On envoie chercher l'intendant, il arrive, et à peine voit-il le général qu'il reste comme médusé. " Raconte-moi donc, mon garçon, comment Doubrovski t'a dépouillé et comment il voulait te pendre. " Mon intendant se met à trembler et tombe à genoux devant le général. " Petit père, pardon, j'ai perdu la tête, j'ai menti. — Alors, répond le général, aie la bonté de raconter à Madame comment tout cela s'est passé, je t'écoute. " L'intendant n'arrivait pas à se remettre. " Allons, reprend le général, raconte : où as-tu rencontré Doubrovski? — Aux deux pins, monseigneur, aux deux pins. — Que t'a-t-il dit? — Il m'a demandé qui j'étais, où j'allais et pourquoi. — Bon, et après? — Après il m'a demandé la lettre et l'argent. — Bon. — Je lui ai donné la lettre et l'argent. — Et lui?... Allons, et lui? — Petit père, pardon. — Allons, qu'est-ce qu'il t'a dit? — Il m'a rendu l'argent et la lettre et il a dit : Va en paix, porte ça à la poste. — Et qu'est-ce que tu as fait? — Petit père, pardon... — Je vais régler ça avec toi, mon garçon, a fait d'une voix terrible le général; vous, madame, faites fouiller le coffre de ce filou et lui, remettez-le-moi, je lui donnerai une leçon. Sachez que Doubrovski a été lui-même officier de la Garde, il n'aura pas voulu faire tort à un camarade. "

« Moi, je commençais à deviner qui était Son Excellence, je n'avais pas envie de discuter avec lui. Les cochers ont ligoté l'intendant sur le siège de la calèche. On a trouvé l'argent; le général a déjeuné chez moi, après quoi il est tout de suite reparti en emmenant l'intendant. On a retrouvé mon intendant le lendemain dans la forêt, attaché à un chêne et dénudé comme un tilleul. »

Tout le monde avait écouté en silence le récit d'Anna Savvichna, surtout les demoiselles. Plus d'une parmi elles avait un faible pour Doubrovski et le considérait comme un héros de roman, en particulier Marie Kirilovna, ardente rêveuse nourrie des terrifiants mystères de Mme Radcliffe.

« Et tu t'imagines, Anna Savvichna, que c'est Doubrovski en personne qui a été chez toi, demanda Cyrille Pètrovitch. Eh bien, tu t'es bien trompée. Je ne sais pas qui était ton visiteur, mais sûrement pas Doubrovski.

— Comment, pas Doubrovski, mon bon? mais qui donc d'autre que lui court les routes et arrête les passants pour les fouiller?

— Je ne sais pas, mais ce n'était sûrement pas Doubrovski. Je me le rappelle quand il était enfant : je ne sais pas si ses cheveux ont bruni, mais c'était alors un garçon blond et frisé, et ce que je sais avec certitude, c'est qu'il a cinq ans de plus que ma Macha, et que par conséquent il n'a pas trente-cinq ans, mais à peu près vingt-trois.

— Exactement, Votre Excellence, déclara le chef de police, j'ai en poche le signalement de Vladimir Doubrovski. Il y est précisément dit que son âge est de vingt-trois ans.

— Vous voyez! dit Cyrille Pètrovitch. Mais au fait, lis donc, et nous écouterons; ça ne nous fera pas de mal de connaître son signalement, s'il vient à tomber sous nos yeux il ne nous échappera pas. »

Le chef de police sortit de sa poche une feuille de papier assez fripée, la déplia d'un air important et lut en ânonnant :

« " Signalement de Vladimir Doubrovski, établi selon les dires de son ancien personnel domestique : *Age :* vingt-trois ans; *taille* moyenne; *visage* net; *barbe* rasée; *yeux* marron; *cheveux* châtains; *nez* droit; *signes particuliers :* néant. "

— Et c'est tout, fit Cyrille Pètrovitch.

— C'est tout, dit le chef de police en repliant son papier.

— Félicitations, monsieur le chef de police. Ça, c'est un document! Avec un signalement comme celui-là, pas malin de retrouver Doubrovski. Dites un peu, qui n'est pas de taille moyenne, cheveux châtains, nez droit et yeux marron! Je veux bien parier qu'avec ça vous pouvez causer trois heures avec Doubrovski lui-même sans vous douter en présence de qui le bon Dieu vous a mis. Pas à dire, des cerveaux, nos bureaucrates! »

Le chef de police empocha avec résignation son papier et se remit sans mot dire à l'oie aux choux. Entre-temps les serviteurs avaient déjà plusieurs fois fait le tour de la table en remplissant le verre de chacun. Un bon nombre de bouteilles de *gorski* et de *tsymlianski*[1] avaient déjà été débouchées et bénévolement accueillies sous le nom de champagne, les visages commençaient à s'enluminer, les conversations se faisaient plus bruyantes, plus décousues et plus joyeuses.

« Non, continuait Cyrille Pètrovitch, un chef de police tel que le défunt Taras Alexiéiévitch, on n'en reverra plus! Celui-là n'était pas un nigaud ni un gobe-mouches. Dommage qu'ils l'aient fait griller, ce gars-là, pas un seul de toute la bande ne lui aurait échappé. Il les aurait tous épinglés les uns après les autres, et Doubrovski même ne s'en serait pas tiré, même en payant. Taras Alexiéiévitch aurait pris son argent, ça oui, mais il ne l'aurait pas lâché pour autant; c'était sa manière d'agir, notre défunt. Rien à faire, je vois qu'il va falloir que je m'en mêle moi-même et que j'aille avec mes gens contre la bande. Je vais commencer par détacher une vingtaine d'hommes, et ils nettoieront le bois de ces brigands; mes gens sont des gars qui n'ont pas froid aux yeux, chacun est capable de s'attaquer tout seul à un ours, ce n'est pas les malandrins qui les feront reculer.

— Comment va-t-il, votre ours, mon bon Cyrille Pètrovitch? dit Antoine Pafnoutyitch à qui ces derniers mots venaient de rappeler le compagnon velu qu'il connaissait bien, et quelques bons tours dont il avait été plusieurs fois la victime.

— Micha est parti pour un monde meilleur, répondit Cyrille Pètrovitch. Il est mort en brave, de la main de l'ennemi. Voilà son vainqueur là-bas — il désignait Deforges —, chapeau bas devant mon Français. Il a vengé ta... oui, passons... tu te rappelles?

— Si je me rappelle! fit Antoine Pafnoutyitch en se grattant la nuque. Pour sûr que je me rappelle.

Ainsi Micha est mort. Dommage, pauvre Micha, dommage, ma parole! Il était rudement amusant! Et intelligent! Un ours comme ça, on n'en trouvera plus. Mais pourquoi le *moussiè* l'a-t-il tué? »

Cyrille Pètrovitch se mit avec un grand plaisir à raconter l'exploit de son Français, car il avait l'heureuse capacité de tirer vanité de tout ce qui se rapportait à lui. Les convives écoutaient avec un vif intérêt son récit de la mort de Micha et regardaient avec admiration Deforges, qui, sans soupçonner qu'on était en train de vanter sa bravoure, mangeait tranquillement et faisait à son jeune et pétulant élève quelques observations sur sa tenue.

Le repas, qui avait duré quelque trois heures, s'acheva; le maître de céans posa sa serviette sur la table; les convives se levèrent et passèrent au salon, où les attendaient le café, des cartes et la continuation de la beuverie si bien commencée à la salle à manger.

CHAPITRE X

Vers sept heures du soir il y eut des invités qui voulurent partir, mais l'amphitryon, mis en bonne humeur par le punch, fit fermer le portail et déclara qu'il ne laisserait partir personne avant le lendemain matin. Bientôt retentit un orchestre, les portes de la grande salle s'ouvrirent et le bal commença. Le maître de maison et ses familiers étaient assis dans un angle, buvant verre sur verre et prenant plaisir à la gaieté de la jeunesse. Les dames âgées jouaient aux cartes. Les cavaliers, comme il en va partout où ne cantonne pas quelque brigade de hussards, étaient moins nombreux que les danseuses, et tous les hommes aptes furent enrôlés. Le précepteur se distinguait entre tous, toutes les dames cherchaient à l'avoir et trouvaient très agréable de valser avec lui. Il fit plusieurs tours de valse avec Marie Kirilovna, et les demoiselles en firent de malignes remarques. Enfin vers minuit le maître de maison se déclara fatigué, interrompit les danses, fit servir à souper et se retira quant à lui dans sa chambre.

L'absence de Cyrille Pètrovitch donna à la société plus de liberté et d'animation. Les cavaliers osèrent prendre place auprès des dames. Les jeunes filles riaient et chuchotaient avec leurs voisins; les dames échangeaient à haute voix leurs propos d'un côté à l'autre de la table. Les hommes buvaient, discutaient et riaient très fort. Bref, le souper fut extraordinairement gai et laissa beaucoup de souvenirs agréables.

Un seul homme ne participait pas à l'allégresse générale : Antoine Pafnoutyitch était assis sombre et taciturne à sa place, mangeait distraitement et semblait soucieux à l'extrême. Les propos sur les brigands avaient bouleversé son imagination. Nous verrons bientôt qu'il avait quelque raison de les redouter.

Quand Antoine Pafnoutyitch avait pris à témoin l'assistance que son précieux coffret était vide, il n'avait pas menti ni feint : le précieux coffret, pour l'heure, était effectivement vide, l'argent qui s'y trouvait naguère à l'abri avait passé dans une bourse de cuir qu'il portait à même la poitrine, sous sa chemise. Il avait fallu cette précaution pour tranquilliser son universelle méfiance et sa perpétuelle terreur. Contraint de rester passer la nuit sous un toit étranger, il avait peur qu'on ne lui assignât quelque chambre isolée où pourraient facilement s'introduire des voleurs, il cherchait des yeux un compagnon de nuit sûr et il finit par choisir Deforges. L'aspect physique du jeune homme, qui révélait la force, et par-dessus tout la bravoure dont il avait fait preuve face à l'ours — auquel le pauvre Antoine Pafnoutyitch ne pouvait penser sans un frisson de terreur rétrospective — déterminèrent son choix. Quand on se leva de table, Antoine Pafnoutyitch commença à tourner autour du jeune Français, toussotant et hésitant à parler, et enfin se décida.

« Hum... hum... ne pourrais-je pas, *moussiè,* trouver place pour la nuit dans votre galetas, parce que, voyez-vous...

— * *Que désire monsieur?* demanda Deforges en s'inclinant poliment.

— Ah, c'est vrai, *moussiè,* tu n'as pas encore appris le russe. *Jè vè moua chè vou couchè,* tu comprends?

—* *Monsieur, très volontiers,* répondit Deforges, * *veuillez donner des ordres en conséquence.* »

Antoine Pafnoutyitch, très content de ses notions de français, alla aussitôt donner des ordres.

Les invités prirent congé les uns des autres, et chacun se retira dans la chambre mise à sa disposition. Et Antoine Pafnoutyitch se rendit avec le précepteur dans l'aile où celui-ci logeait. La nuit était sombre. Deforges marchait devant avec une lanterne, Antoine Pafnoutyitch le suivait assez alertement, non sans tâter de temps en temps la bourse serrée sur sa poitrine pour s'assurer que l'argent était toujours là.

Entré dans le pavillon, le précepteur alluma une chandelle et tous deux commencèrent à se dévêtir; cependant Antoine Pafnoutyitch faisait le tour de la chambre, examinant les serrures et les fenêtres et hochant la tête à cette peu rassurante revue. La porte était fermée par un simple loquet, les fenêtres n'avaient pas encore de double châssis[1]. Il tenta de s'en plaindre à Deforges, mais son vocabulaire français était trop limité pour une explication aussi compliquée, le Français ne le comprit pas, et Antoine Pafnoutyitch dut renoncer à ses récriminations. Leurs lits se faisaient face, tous deux se couchèrent et le précepteur éteignit la chandelle.

« *Pourquoua vou touchè, pourquoua vou touchè,* s'écria Antoine Pafnoutyitch, qui conjuguait tant bien que mal à la française le verbe russe " éteindre [1] ". Je ne peux pas* *dormir* dans le noir. » Mais Deforges ne comprit pas ce qu'il voulait dire et lui souhaita bonne nuit.

« Maudit mécréant, grommela Spitsyne en s'enroulant dans sa couverture. Il avait bien besoin d'éteindre la chandelle! Tant pis pour lui. Moi, je ne peux pas dormir sans lumière. *Moussiè, moussiè,* poursuivit-il, *jè vouloir avec vou parlè...* » Mais le Français ne répondit pas et bientôt commença de ronfler.

« Il ronfle, lui, cet animal de Français, se dit Antoine Pafnoutyitch, et moi, pas question de dormir. D'un moment à l'autre des voleurs peuvent entrer par la porte ouverte ou grimper par la fenêtre, et lui, la canaille, un coup de canon ne le réveillerait pas.

« *Moussiè!* Eh, *moussiè!* Que le diable t'emporte... »

Antoine Pafnoutyitch renonça, la fatigue et les vapeurs de l'alcool eurent peu à peu raison de ses terreurs, il s'assoupit et bientôt tomba dans un profond sommeil.

Un étrange réveil lui était réservé. Il sentit comme en rêve quelqu'un le tirer doucement par le col de sa chemise. Antoine Pafnoutyitch ouvrit les yeux et, à la lumière lunaire du matin d'automne, il vit devant lui Deforges; le Français tenait d'une main un pistolet de poche, et de l'autre détachait la précieuse bourse. Antoine Pafnoutyitch sentit son cœur se glacer.

« *Keskécè, moussiè, keskécè,* prononça-t-il d'une voix tremblante.

— Silence, répondit le précepteur dans le plus pur russe. Pas un mot ou vous êtes perdu. Je suis Doubrovski. »

CHAPITRE XI

Nous demandons maintenant au lecteur la permission d'expliquer les derniers faits de notre récit par des circonstances antérieures que nous n'avons pas encore eu le temps de rapporter.

Au relais de N..., chez le maître de poste dont nous avons déjà parlé, un voyageur était assis dans un angle, un homme dont l'air résigné et patient dénonçait un roturier ou un étranger, nous voulons dire une personne dépourvue d'influence à un relais de poste. Sa carriole stationnait dans la cour, attendant qu'on la graissât. Elle ne contenait qu'une petite valise, maigre témoignage d'une situation de fortune point très brillante. Le voyageur n'avait demandé ni thé ni café, il regardait par la fenêtre et sifflotait, au grand mécontentement de la maîtresse de relais derrière sa cloison.

« Voilà un drôle de siffleur que le bon Dieu nous a envoyé, disait-elle à mi-voix; écoutez-le siffler, qu'il en crève, le maudit mécréant.

— Ben quoi, dit le maître de poste, c'est pas un grand malheur, qu'il siffle si ça lui chante.

— Pas un grand malheur? répliqua l'épouse en colère. Tu ne sais pas de quoi c'est signe?

— Quel signe? Que le sifflet déloge l'argent? Ah, ma pauvre Pakhomovna, chez nous, sifflet ou pas, c'est tout comme : pas plus d'argent après qu'avant.

— Mais fais-le donc partir, Sidorytch. Drôle d'idée de le retenir. Donne-lui des chevaux, et qu'il aille au diable.

— Il attendra, Pakhomovna, il n'y a que trois

troïkas à l'écurie, la quatrième se repose. Il peut à chaque instant arriver des voyageurs de marque : je n'ai pas envie de payer de ma tête pour ce Français. Tiens, tout juste! voilà quelqu'un qui arrive. Hé hé, et à quelle allure! Ça ne serait-il pas un général? »

Une calèche s'arrêta au perron. Un valet sauta du siège, ouvrit la portière, et une minute plus tard un jeune homme en capote militaire et képi blanc entra chez le maître de poste, suivi d'un serviteur qui portait un coffret et le posa sur l'appui de la fenêtre.

« Des chevaux! dit l'officier d'un ton impérieux.

— Tout de suite, répondit le maître de poste. Votre ordre de route, s'il vous plaît.

— Je n'ai pas d'ordre de route. Je voyage à mon compte... Est-ce que tu ne me reconnais pas? »

Le maître de poste pris d'un subit empressement courut activer les postillons. Le jeune homme se mit à marcher de long en large dans la pièce, passa derrière la cloison et demanda tout bas à la femme qui était l'autre voyageur.

« Dieu le sait, répondit la femme du maître de poste, un Français ou quoi. Voilà déjà cinq heures qu'il attend des chevaux et qu'il siffle. Il nous casse les oreilles, le maudit. »

Le jeune homme s'adressa en français au voyageur.

« Où désirez-vous vous rendre? lui demanda-t-il.

— A la ville proche, répondit le Français, et de là j'irai chez un gentilhomme qui m'a engagé par correspondance comme précepteur. Je pensais arriver aujourd'hui à destination, mais monsieur le maître de poste, à ce qu'il paraît, en a décidé autrement. Ce n'est pas facile, dans ce pays, d'obtenir des chevaux, monsieur l'officier.

— Et chez lequel des gentilshommes d'ici êtes-vous engagé?

— Chez M. Troïèkourov.

— Troïèkourov? Qui est-il, ce Troïèkourov?

— * *Ma foi, mon officier...* je n'ai pas entendu dire de lui grand-chose de bien. Il paraît que c'est un seigneur orgueilleux et capricieux, dur dans ses rapports avec ses gens, que personne ne peut vivre en bonne intelligence avec lui, que tout le monde tremble à son nom, qu'avec les précepteurs (* *avec les outchitels* [1]) il ne fait pas de cérémonie et qu'il y en a déjà deux qu'il a fait fouetter à mort.

— A la bonne heure! Et c'est chez un pareil monstre que vous vous êtes décidé à vous engager!

— Que voulez-vous, monsieur l'officier! Il m'offre un bon traitement, trois mille roubles par an, nourri et logé. Peut-être que j'aurai plus de chance que les autres. J'ai une vieille maman, je lui enverrai la moitié de mon traitement, avec le reste je peux en cinq ans amasser un petit capital suffisant pour être ensuite indépendant, et alors * *bonsoir,* je rentre à Paris et je me mets dans le commerce.

— Y a-t-il quelqu'un qui vous connaisse chez Troïèkourov?

— Personne, il m'a fait venir de Moscou par l'intermédiaire d'un de ses amis à qui j'avais été recommandé par son cuisinier, mon compatriote. Il faut vous dire que je ne comptais pas être précepteur, mais pâtissier, mais on m'a dit que dans votre pays le métier de précepteur est beaucoup plus lucratif [2]... »

L'officier réfléchissait.

« Ecoutez, interrompit-il, que diriez-vous si au lieu de cet avenir-là on vous offrait dix mille roubles comptant pour que vous repartiez immédiatement pour Paris? »

Le Français regarda l'officier d'un air de profonde stupéfaction, sourit et hocha la tête.

« Les chevaux sont prêts », dit le maître de poste qui entrait. Un serviteur vint le confirmer.

« Tout de suite, répondit l'officier, laissez-nous seuls une minute. » Le maître de poste et le serviteur sortirent. « Je ne plaisante pas, reprit-il en français, je peux vous donner dix mille roubles, je n'ai besoin que de votre absence et de vos papiers. » En disant ces mots il ouvrit son coffret et en tira plusieurs liasses d'assignats.

Le Français écarquillait les yeux. Il ne savait que penser.

« Mon absence... mes papiers..., répétait-il avec surprise. Voici mes papiers... Mais vous plaisantez : pour quoi faire, mes papiers?

— C'est mon affaire. Je vous demande : Etes-vous d'accord, oui ou non? »

Le Français, qui n'en croyait toujours pas ses oreilles, tendit ses papiers au jeune officier, qui les examina rapidement.

« Votre passeport... bon. Une lettre de recommandation, on verra. Acte de naissance, parfait. Eh bien, voici votre argent, retournez d'où vous venez. Bonne route... »

Le Français restait comme médusé.

L'officier revint;

« J'allais oublier le plus important. Donnez-moi votre parole d'honneur que tout cela restera entre nous, votre parole d'honneur.

— Je vous donne ma parole d'honneur, répondit le Français. Mais mes papiers, qu'est-ce que je vais faire sans papiers...

— A la première ville où vous arriverez, déclarez que vous avez été détroussé par Doubrovski. On vous croira et on vous donnera les certificats nécessaires. Adieu, que Dieu vous donne d'arriver au plus vite à Paris et de trouver votre mère en bonne santé. »

Doubrovski sortit, monta en calèche et partit au galop.

Le maître de poste regardait par la fenêtre, et quand la calèche fut éloignée il s'exclama, s'adressant à sa femme : « Pakhomovna, tu ne sais pas? Eh bien, c'était Doubrovski. »

La femme se précipita à la fenêtre, mais il était déjà trop tard : Doubrovski était déjà loin. Elle s'en prit à son mari :

« Tu n'as pas honte, Sidorytch, tu n'aurais pas pu me le dire plus tôt, j'aurais au moins pu regarder Doubrovski, maintenant on peut toujours attendre qu'il repasse par ici. C'est pas honnête, vrai, c'est pas honnête! »

Le Français restait pétrifié. Ce marché avec l'officier, cet argent, tout cela lui semblait un rêve. Mais les liasses d'assignats étaient là, dans sa poche, et lui confirmaient éloquemment la réalité de l'étonnante aventure.

Il décida de louer des chevaux à l'heure pour repartir. Le postillon le conduisit au pas, et à la nuit il parvint à la ville.

Avant d'arriver à la barrière, où il y avait en fait de gardien une guérite déjetée, le Français fit arrêter, descendit de la carriole et s'en alla à pied, expliquant par signes au postillon qu'il lui laissait le véhicule et la valise en pourboire. Le cocher fut tout aussi stupéfait de cette générosité que l'avait été le Français de l'offre de Doubrovski. Mais après en avoir conclu que l' « Allemand » était devenu fou, il le remercia d'une courbette empressée, et, ne jugeant pas opportun d'entrer dans la ville, il se dirigea vers un certain établissement de loisirs dont il connaissait bien le patron. Il y passa toute la nuit, et le lendemain matin il repartait avec ses trois chevaux, sans carriole ni valise, le visage bouffi et les yeux rouges.

Doubrovski, en possession des papiers du Français, se présenta hardiment, comme nous l'avons vu, chez Troïèkourov et s'installa dans sa maison. Quelles que fussent ses intentions secrètes (nous ne tarderons pas à les connaître), son comportement ne révéla rien de suspect. Il est vrai qu'il ne s'occupait pas beaucoup de l'éducation du petit Sacha, il lui laissait toute liberté de folâtrer et n'exigeait pas trop de ses devoirs, qu'il ne lui donnait que pour la forme; en revanche il veillait avec grande application aux progrès musicaux de sa jeune élève, et passait souvent des heures entières avec elle au piano. Tous aimaient le jeune précepteur, Cyrille Pètrovitch pour son audacieuse agilité à la chasse, Marie Kirilovna pour son zèle sans bornes et ses timides attentions, Sacha pour son indulgence à ses espiègleries, les gens de la maison pour sa bonté et sa générosité, visiblement au-dessus de sa condition. Lui-même paraissait attaché à toute la maisonnée dont il était considéré comme faisant désormais partie.

Un mois environ avait passé entre son entrée en fonction comme précepteur et la mémorable fête patronale, et nul ne soupçonnait que le modeste jeune Français dissimulait le bandit redouté dont le nom faisait l'effroi de tous les possédants de la contrée. Durant tout ce temps Doubrovski n'avait pas quitté Pokrovskoïè, mais le bruit de ses exploits retentissait toujours, grâce à l'inventive imagination des habitants des villages, et peut-être aussi parce que sa bande continuait d'agir en l'absence du chef.

Passant la nuit dans la même chambre que l'homme qu'il était en droit de considérer comme son ennemi personnel et comme l'un des principaux auteurs de ses malheurs, Doubrovski ne put résister à la tentation. Il connaissait l'existence de la bourse de cuir et décida de s'en emparer. Nous avons vu comment il surprit le pauvre Antoine

Pafnoutyitch par sa métamorphose inattendue de précepteur en détrousseur.

A neuf heures du matin les invités qui avaient couché à Pokrovskoïè arrivèrent l'un après l'autre à la salle à manger où bouillait déjà le samovar; Marie Kirilovna y était assise en toilette du matin, et Cyrille Pètrovitch en robe de chambre de bayette et en pantoufles buvait sa vaste tasse pareille à une cuvette. Le dernier à paraître fut Antoine Pafnoutyitch; il était si pâle et semblait si défait que son aspect frappa tout le monde et que Cyrille Pètrovitch s'enquit de sa santé. Spitsyne répondait à tort et à travers et jetait des coups d'œil épouvantés sur le précepteur, assis lui aussi à table comme si de rien n'était. Au bout de quelques minutes un serviteur entra et dit à Spitsyne que sa calèche était avancée; Antoine Pafnoutyitch se hâta de prendre congé, et malgré les protestations du maître de maison, quitta précipitamment la pièce et partit aussitôt. On ne comprit pas ce qui lui arrivait, et Cyrille Pètrovitch décida qu'il avait dû avoir une indigestion. Après le thé et un déjeuner d'adieu les autres invités commencèrent à s'en aller, bientôt Pokrovskoïè fut déserté et tout rentra dans l'ordre habituel.

CHAPITRE XII

Quelques jours passèrent sans que rien de notable se produisît. La vie des habitants de Pokrovskoïè était monotone. Cyrille Pètrovitch partait tous les jours à la chasse; la lecture, les promenades et les leçons de musique occupaient Marie Kirilovna; surtout les leçons de musique. Elle commençait à comprendre son propre cœur et s'avouait, non sans un involontaire dépit, qu'il n'était pas indifférent aux qualités du jeune Français. Lui, pour sa part, ne franchissait pas les limites du respect et de la stricte décence, et tranquillisait par là l'orgueil et les craintives incertitudes de la jeune fille. Elle s'abandonnait avec une confiance sans cesse croissante à une séduisante accoutumance. Elle s'ennuyait sans Deforges, elle ne cessait de s'intéresser à lui quand il était là, voulait sur toutes choses savoir son avis et tombait toujours d'accord avec lui. Peut-être n'était-elle pas encore éprise, mais au premier obstacle fortuit, à la première atteinte imprévue du sort, la flamme de la passion devait nécessairement jaillir dans son cœur.

Un jour, arrivant au salon où l'attendait le précepteur, Marie Kirilovna remarqua avec étonnement du trouble sur son visage pâle. Elle ouvrit le piano, chanta quelques notes, mais Doubrovski prétextant un mal de tête s'excusa, interrompit la leçon et, en refermant la partition, lui remit à la dérobée un billet. Marie Kirilovna le prit sans avoir eu le temps de réfléchir, et s'en repentit à la minute même, mais Doubrovski n'était déjà plus là. Marie Kirilovna alla dans sa chambre, déplia le billet et lut :

« Soyez ce soir à sept heures à la gloriette près du ruisseau. Il faut que je vous parle. »

Sa curiosité fut fortement éveillée. Elle s'attendait depuis longtemps à une déclaration, la souhaitant et la craignant à la fois. Il lui eût été agréable d'entendre la confirmation de ce qu'elle devinait, mais elle avait le sentiment qu'il serait inconvenant d'écouter cet aveu d'un homme à qui sa condition interdisait d'espérer obtenir jamais sa main. Elle décida d'aller au rendez-vous, mais elle hésitait sur un point : de quel air allait-elle accueillir les aveux du précepteur, avec une aristocratique indignation, avec des assurances de pure amitié, avec de légères moqueries ou avec une muette sympathie? En attendant elle ne cessait de regarder l'heure. Le soir tomba, on alluma les chandelles, Cyrille Pètrovitch entama un boston avec des visiteurs du voisinage. L'horloge sonna six heures trois quarts, et Marie Kirilovna sortit sans bruit sur le perron, regarda autour d'elle et courut au jardin.

La nuit était noire, le ciel couvert de nuages, on n'y voyait pas à deux pas, mais Marie Kirilovna allait dans l'ombre par des chemins bien connus et elle ne tarda pas à se trouver près de la gloriette; elle s'arrêta pour reprendre haleine et paraître devant Deforges l'air indifférent et sans hâte. Mais Deforges était déjà devant elle.

« Je vous remercie, lui dit-il d'une voix basse et triste, de n'avoir pas repoussé ma prière. J'aurais été au désespoir si vous aviez refusé de venir. »

Marie Kirilovna répondit par la phrase qu'elle avait préparée :

« J'espère que vous ne me ferez pas regretter mon indulgence. »

Il se taisait et semblait rassembler ses esprits.

« Les circonstances m'obligent... il faut que je vous quitte, dit-il enfin, peut-être entendrez-vous bientôt parler... Mais avant de nous séparer il faut que je vous explique moi-même... »

Marie Kirilovna ne répondait pas. Elle ne voyait dans ces paroles que le prélude à la déclaration attendue.

« Je ne suis pas celui que vous croyez, reprit-il en baissant la tête. Je ne suis pas le Français Deforges, mais Doubrovski. »

Marie Kirilovna poussa un cri.

« N'ayez pas peur, je vous en supplie, il ne faut pas que vous ayez peur de mon nom. Oui, je suis cet infortuné que votre père a dépouillé, chassé de la maison paternelle et envoyé brigander sur les grandes routes. Mais vous, vous n'avez rien à craindre de moi, ni pour vous, ni pour lui. Tout est fini. Je lui ai pardonné. Sachez que c'est vous qui l'avez sauvé. Mon premier exploit sanglant, c'est lui qui devait en être la victime. Je suis venu faire le tour de sa maison, reconnaître où serait mis le feu, par où entrer dans sa chambre et comment lui interdire tout moyen de fuite... à ce moment vous êtes passée près de moi comme une vision céleste, et mon cœur s'est apaisé. J'ai compris que la maison que vous habitez est sacrée, que pas un être lié à vous par les liens du sang ne peut tomber sous ma malédiction. J'ai renoncé à la vengeance comme à une folie. Des jours entiers, j'ai rôdé autour des jardins de Pokrovskoïè dans l'espoir de voir de loin votre robe blanche. Dans vos imprudentes promenades je veillais sur vous, me cachant de buisson en buisson, heureux à la pensée que je vous protégeais, qu'il n'y avait pas de danger pour vous là où j'étais secrètement présent. Enfin une occasion s'est présentée. Je suis entré dans votre foyer. Ces trois semaines ont été pour moi des jours de bonheur. Leur souvenir sera la consolation de ma triste vie... Aujourd'hui j'ai reçu un avis après lequel il m'est impossible de rester plus longtemps ici. Je vais vous quitter aujourd'hui, à cet instant même. Mais il fallait d'abord que je me découvrisse à vous, pour que vous ne me maudissiez pas, ne me méprisiez pas. Pensez parfois à Doubrovski. Sachez qu'il était né pour une autre destinée, que son âme savait vous aimer, que jamais... »

A ce moment retentit un léger coup de sifflet, et Doubrovski se tut. Il lui saisit la main et la serra contre ses lèvres brûlantes. Un second coup de sifflet se fit entendre.

« Adieu, dit Doubrovski, on m'appelle, une minute peut me perdre. »

Il s'éloigna. Marie Kirilovna demeurait immobile. Doubrovski revint et reprit sa main.

« Si jamais, lui dit-il d'une voix tendre et pénétrante, si jamais un malheur vous frappe et que vous ne puissiez attendre de personne ni secours, ni protection, alors me promettez-vous de recourir à moi, d'exiger de moi tout pour votre salut? Me promettez-vous de ne pas repousser mon dévouement? »

Marie Kirilovna pleurait en silence. Il y eut un troisième coup de sifflet.

« Vous me perdez! s'écria Doubrovski. Je ne vous laisserai pas avant d'avoir votre réponse. Me promettez-vous, oui ou non?

— Je vous promets », murmura la malheureuse jeune fille.

Bouleversée par cette entrevue avec Doubrovski, Marie Kirilovna revenait du jardin à la maison. Il lui sembla que des gens couraient en tous sens, toute la maisonnée était en mouvement, il y avait foule dans la cour, une troïka était arrêtée devant le perron; elle entendit de loin la voix de son père et se hâta de rentrer, craignant que son absence ne fût remarquée. Elle fut accueillie dans la grande pièce par Cyrille Pètrovitch, les visiteurs entouraient le chef de police que nous connaissons déjà et le harcelaient de questions. Le chef de police en tenue de campagne, armé de pied en cap, répondait d'un air de mystère et d'affairement.

« Où étais-tu, Macha? demanda Cyrille Pètrovitch, tu n'as pas rencontré M. Deforges? » Macha se força à répondre négativement. « Imagine, poursuivit Cyrille Pètrovitch, que le chef de police est venu pour l'arrêter, il prétend que c'est lui Doubrovski.

— Tous les indices sont là, Votre Excellence, dit respectueusement le chef de la police.

— Eh, mon garçon, l'interrompit Cyrille Pètrovitch, fiche-moi le camp où je pense, avec tes indices. Je ne te livrerai pas mon Français tant que je n'aurai pas éclairci l'affaire moi-même.

Comment veux-tu qu'on croie sur parole ce froussard et menteur d'Antoine Pafnoutyitch : il a vu ça en rêve, que le précepteur voulait le dévaliser. Pourquoi ne m'en a-t-il pas dit un mot ce matin-là ?

— Le Français lui avait fait peur, Votre Excellence, répondit le chef de police, il lui avait fait jurer de se taire...

— Balivernes, trancha Cyrille Pètrovitch, je vais tout de suite tirer tout ça au clair. Où est le précepteur ? demanda-t-il à un serviteur qui entrait.

— On ne le trouve nulle part, monsieur.

— Alors qu'on le cherche ! cria Troïèkourov qui commençait à avoir des doutes. Montre-le-moi, ton fameux signalement, dit-il au chef de police qui s'empressa de lui tendre un papier. — Hum, hum, vingt-trois ans... C'est bien ça, mais ça ne prouve encore rien. Où est le précepteur ?

— Introuvable, monsieur », répondit-on de nouveau. Cyrille Pètrovitch commençait à être inquiet, Marie Kirilovna était plus morte que vive.

« Tu es toute pâle, Macha, remarqua son père, on t'a fait peur.

— Non, papa, répondit Macha, j'ai mal à la tête.

— Va dans ta chambre, Macha, ne t'inquiète pas. »

Macha lui baisa la main et s'en fut au plus vite dans sa chambre, où elle se jeta sur son lit et fondit en sanglots hystériques. Les servantes accoururent, la déshabillèrent, parvinrent à grand-peine à la calmer avec des compresses froides et tous les sels possibles, la mirent au lit, et elle s'assoupit.

Pendant ce temps le Français restait introuvable. Cyrille Pètrovitch arpentait la grande salle, sifflant d'un air terrible *Retentis, tonnerre de la victoire*. Les invités chuchotaient entre eux, le chef de police était tout penaud, on n'avait pas découvert le Français. Il avait probablement trouvé moyen de se cacher, d'être prévenu. Mais par qui et comment? Cela restait un mystère.

Onze heures sonnèrent, et personne ne songeait au sommeil. Enfin Cyrille Pètrovitch dit d'un ton de colère au chef de police :

« Alors quoi? Tu ne vas pas rester ici jusqu'au jour? Ma maison n'est pas un bistrot. Il en faut un plus fort que toi, mon garçon, pour prendre Doubrovski, si c'est bien Doubrovski. Fiche-moi le camp chez toi, et une autre fois tâche d'être plus malin. Et vous aussi, il est temps de rentrer chez vous, poursuivit-il en s'adressant aux visiteurs. Faites atteler vos voitures, moi, j'ai envie de dormir. »

Tel fut le gracieux congé donné par Troïèkourov à ses hôtes!

CHAPITRE XIII

Quelque temps passa sans rien de notable. Mais au début de l'été suivant il y eut beaucoup de changement dans la vie familiale de Cyrille Pètrovitch.

A trente verstes de chez lui se trouvait le riche domaine du prince Viéréïski. Le prince avait longuement séjourné en pays étrangers, tous ses biens étant gérés par un commandant en retraite, et il n'y avait pas eu de relations entre Pokrovskoïè et Arbatovo. Mais à la fin de mai le prince était rentré de l'étranger et arrivé dans son village, qu'il n'avait encore vu de sa vie. Habitué aux distractions, il n'avait pu supporter la solitude, et dès le surlendemain de son arrivée il s'invita à déjeuner chez Troïèkourov qu'il avait autrefois connu.

Le prince avait une cinquantaine d'années, mais il paraissait bien plus âgé. Les excès de toutes sortes avaient miné sa santé et mis sur lui leur empreinte ineffaçable. Néanmoins son extérieur était agréable, distingué, et l'habitude d'être toujours en société lui avait donné une certaine amabilité, surtout avec les femmes. Il avait un incessant besoin de distraction et souffrait d'un incessant ennui. Cyrille Pètrovitch fut extrêmement content de sa visite, qu'il accueillit comme un signe de respect d'un homme qui connaissait le monde; selon sa coutume, il le régala de la tournée de ses établissements et le mena au chenil. Mais le prince pensa être asphyxié par l'odeur qui y régnait et se hâta d'en sortir, pressant sur son nez son mouchoir parfumé. L'antique jardin avec ses tilleuls taillés, son étang rectangulaire et ses allées régulières ne lui plut pas : il aimait les jardins anglais et la prétendue nature; mais il n'eut que paroles de louanges et de ravissement. On alla déjeuner. Le prince traînait la jambe, fatigué de sa promenade, et déjà se repentait de cette visite.

Mais Marie Kirilovna les accueillit au salon, et le vieux galant fut frappé de sa beauté. Troïèkourov plaça l'invité auprès d'elle. Le prince, mis en verve par la présence de la jeune fille, fut gai et réussit plusieurs fois à l'intéresser à ses curieux récits. Après le repas, Cyrille Pètrovitch proposa une promenade à cheval, mais le prince s'excusa plaisamment sur sa goutte, en montrant ses bottes de velours; il préféra une sortie en break, pour ne pas être séparé de sa gentille voisine. On attela le break, les deux vieillards y montèrent avec la jeune fille et ils partirent. La conversation était ininterrompue. Marie Kirilovna écoutait non sans plaisir les compliments flatteurs et amusants du vieil homme du monde, quand tout à coup Viéréïski, se tournant vers Cyrille Pètrovitch, lui demanda ce que c'était que ces décombres calcinés et si cela lui appartenait... Cyrille Pètrovitch se rembrunit : les souvenirs qu'évoquaient pour lui les restes de la maison incendiée lui étaient désagréables. Il répondit que la terre était maintenant à lui et qu'elle avait précédemment appartenu à Doubrovski.

« A Doubrovski, répéta Viéréïski. Comment, à ce célèbre bandit?

— A son père, répondit Troïèkourov, mais le père aussi était un bandit de la belle sorte.

— Qu'est-il devenu, notre Rinaldo? Est-il toujours vivant, a-t-on fini par l'attraper?

— Vivant et en liberté, et tant que nos chefs de police seront de mèche avec les voleurs, il ne sera pas pris; mais à propos, prince, tu as bien eu toi aussi quelques visites de Doubrovski à Arbatovo?

— Oui, il me semble que l'an dernier il a pillé ou incendié quelque chose... Vous ne trouvez pas, Marie Kirilovna, que ce serait curieux de faire connaissance de plus près avec ce héros romantique?

— Curieux, ah bien oui! fit Troïèkourov. Elle le connaît déjà : il a été pendant trois semaines son maître de musique, mais, Dieu merci, il n'a rien pris pour ses leçons. » Et Cyrille Pètrovitch raconta l'histoire de son précepteur français. Marie Kirilovna était comme sur des épingles. Viéréïski écouta avec une profonde attention, trouva tout cela très étrange et changea de conversation. Au retour, il fit atteler son coupé, et bien que Cyrille Pètrovitch insistât pour le faire rester pour la nuit, il repartit aussitôt après le thé. Mais il pria d'abord Cyrille Pètrovitch de venir lui faire visite avec Marie Kirilovna, et l'orgueilleux Troïèkourov promit, car, prenant en considération le titre princier, les deux étoiles et les trois mille âmes de bien patrimonial, il considérait jusqu'à un certain point Viéréïski comme son égal.

Deux jours après cette visite, Cyrille Pètrovitch se rendit avec sa fille chez le prince Viéréïski. Arrivant à Arbatovo, il ne put s'empêcher d'admirer les izbas propres et gaies des paysans et la maison seigneuriale en pierre, construite dans le goût des manoirs anglais. Devant la maison s'étendait une prairie d'un vert intense où paissaient des vaches suisses dont on entendait tinter les clochettes. Un vaste parc entourait la demeure de toutes parts. Le propriétaire accueillit ses hôtes au perron et offrit son bras à la jeune fille. Ils entrèrent dans une salle magnifique, où la table était mise pour trois personnes. Le prince mena ses visiteurs à la fenêtre où une vue splendide s'offrit à eux. La Volga coulait devant leurs yeux, sillonnée de chalands aux voiles tendues et de ces barques de pêcheurs si expressivement appelées « périssoires [1] ». Au-delà du fleuve s'étendaient des champs et des collines, quelques villages animaient le paysage. On procéda ensuite à la visite de la galerie de peintures achetées par le prince à l'étranger. Le prince expliquait à Marie Kirilovna le sujet des tableaux, l'histoire des peintres, les beautés et les défauts des toiles. Il en parlait non pas avec le langage conventionnel du connaisseur pédant, mais avec du sentiment et de l'imagination. Marie Kirilovna l'écoutait avec plaisir. On passa à table. Troïèkourov rendit pleine justice aux vins de son amphitryon et à l'art de son chef, et Marie Kirilovna n'éprouvait pas la moindre gêne ou contrainte à causer avec cet homme qu'elle ne voyait que pour la deuxième fois de sa vie. Après le repas l'hôte offrit à ses invités d'aller au jardin. Ils prirent le café dans un kiosque au bord d'un vaste lac parsemé d'îles. Soudain retentit une musique d'instruments à vent, et une barque à six rameurs accosta juste devant le kiosque. Ils firent une promenade sur le lac, autour des îles, en visitèrent plusieurs, découvrirent dans l'une une statue de marbre, dans l'autre une grotte isolée, dans une troisième un monument portant une mystérieuse inscription qui éveilla la curiosité féminine de Marie Kirilovna, non entièrement satisfaite par les réticences polies du prince. Le temps passa sans qu'on s'en aperçût, le jour commença de baisser. Le prince, invoquant la fraîcheur et la rosée, hâta le retour à la maison; le samovar les y attendait. Le prince pria Marie Kirilovna de faire la maîtresse de sa maison de vieux célibataire. Elle versa le thé, tout en écoutant les inépuisables récits de l'agréable causeur. Soudain une détonation retentit et une fusée éclaira le ciel. Le prince tendit un châle à Marie Kirilovna et les invita à passer au balcon. Un feu d'artifice se déploya devant eux dans l'ombre, des feux multicolores éclataient, tournoyaient, jaillissaient en épis, en palmes, en fontaines, se répandaient en pluie, en étoiles, s'éteignaient et s'élançaient de nouveau. Marie Kirilovna s'amusait comme un enfant. Le prince Viéréïski jouissait de son ravissement, et Troïèkourov était extraordinairement satisfait, car il prenait * *tous les frais* que faisait le prince pour signes de déférence et de désir de lui complaire.

Le dîner ne le céda en rien au déjeuner. Les visiteurs se retirèrent dans les chambres qui leur étaient réservées, et le lendemain matin ils prirent congé de l'aimable maître de maison sur la promesse mutuelle de se revoir bientôt.

CHAPITRE XIV

Marie Kirilovna était assise dans sa chambre devant son métier à broder, près de la fenêtre ouverte. Elle ne confondait pas les soies à la manière de l'amante de Conrad[1], qui dans sa distraction amoureuse brodait une rose de soie verte. Sous son aiguille le canevas répétait sans erreur les modèles de l'original, et pourtant ses pensées n'étaient pas à son travail, mais loin de lui.

Soudain un bras passa doucement par la fenêtre, quelqu'un déposa sur le métier à broder un billet, puis disparut avant que Marie Kirilovna fût revenue de sa surprise. Juste à ce moment un serviteur entra et lui dit que Cyrille Pètrovitch voulait la voir. Elle cacha en tremblant le billet dans son fichu et courut au cabinet de son père.

Cyrille Pètrovitch n'était pas seul. Le prince Viéréïski était assis près de lui. Quand Marie Kirilovna entra, le prince se leva et s'inclina en silence, avec un embarras inhabituel de sa part.

« Viens ici, Macha, dit Cyrille Pètrovitch, j'ai pour toi une nouvelle qui, j'espère, te fera plaisir. Te voici un fiancé, le prince demande ta main. »

Macha demeura interdite, une pâleur mortelle couvrit son visage; elle restait muette. Le prince s'avança vers elle, lui prit la main et lui demanda avec émotion si elle consentait à faire son bonheur. Macha se taisait.

« Elle consent, bien sûr qu'elle consent, dit Cyrille Pètrovitch, mais tu sais bien, prince : c'est un mot difficile à dire pour une fille. Allons, mes enfants, embrassez-vous et soyez heureux. »

Macha ne bougeait pas, le vieux prince lui baisa la main, soudain des larmes coururent sur les joues pâles de la jeune fille. Le prince fronça légèrement les sourcils.

« Va, va, dit Cyrille Pètrovitch, va sécher tes larmes et reviens-nous avec le sourire. Elles pleurent toutes aux accordailles, poursuivit-il tourné vers Viéréïski, c'est la règle chez elles... Maintenant, prince, parlons affaires, c'est-à-dire de la dot. »

Marie Kirilovna profita avidement de la permission de se retirer. Elle courut dans sa chambre, s'enferma et donna libre cours à ses pleurs en s'imaginant mariée au vieux prince; il lui parut soudain répugnant et haïssable... Ce mariage lui faisait peur comme l'échafaud, comme la tombe... « Non, non, se répétait-elle désespérée, plutôt mourir, plutôt prendre le voile, plutôt rejoindre Doubrovski. » Elle se souvint alors du billet et le tira avidement de son sein, pressentant qu'il était de lui. L'écriture était en effet la sienne, et il contenait ces simples mots :

« Ce soir à dix heures au même endroit. »

CHAPITRE XV

La lune brillait, la nuit de juillet était calme, une légère brise se levait par moments et un frémissement courait sur tout le jardin.

Comme une ombre légère, la jeune fille approcha du lieu du rendez-vous. On n'y voyait encore personne, soudain, de derrière la gloriette, Doubrovski apparut devant elle.

« Je sais tout, lui dit-il d'une voix basse et triste. Rappelez-vous votre promesse.

— Vous m'offrez votre protection, répondit Macha, mais ne soyez pas fâché : elle me fait peur. Comment allez-vous m'aider?

— Je pourrais vous débarrasser de l'homme qui vous est odieux.

— Au nom du ciel, ne le touchez pas, je vous le défends si vous m'aimez, je ne veux pas être la cause de quelque horreur...

— Je ne le toucherai pas, votre volonté est pour moi sacrée. Il vous doit la vie. Jamais un méfait ne sera commis en votre nom. Vous devez être pure même dans mes crimes. Mais comment vous sauver d'un père cruel?

— Il y a encore de l'espoir. J'espère le toucher

par mes larmes et ma détresse. Il est obstiné, mais il m'aime tellement...

— Ne vous flattez pas d'une vaine espérance : il ne verra dans ces larmes que l'ordinaire timidité et la répulsion qu'éprouvent toutes les jeunes filles à se marier par calcul et non par amour. Et s'il se met en tête de faire votre bonheur malgré vous, si l'on vous mène de force à l'autel pour mettre à jamais votre sort au pouvoir d'un vieux mari...?

— Alors... alors tant pis, venez me chercher, je serai votre femme. »

Doubrovski frémit, son pâle visage se couvrit d'une violente rougeur et tout aussitôt redevint plus pâle que jamais. Il resta longuement silencieux, la tête baissée.

« Rassemblez toutes les forces de votre âme, suppliez votre père, jetez-vous à ses pieds, représentez-lui toute l'horreur de l'avenir, votre jeunesse condamnée à se faner près d'un vieillard débile et pervers, décidez-vous à une explication sans ménagements : dites que s'il reste inflexible, vous... vous trouverez une terrible protection... dites que la richesse ne vous apportera pas une seule minute de bonheur, que le luxe ne charme que la pauvreté, par ignorance et pour peu de temps; ne lui laissez pas de répit, ne vous effrayez ni de sa colère ni de ses menaces, tant qu'il restera une lueur d'espérance, au nom du Ciel, ne renoncez pas. Et s'il n'y a pas d'autre moyen... »

Doubrovski se couvrit le visage de ses mains, on aurait dit qu'il étouffait. Macha pleurait...

« Misérable, misérable destin, dit-il avec un amer soupir. J'aurais donné pour vous ma vie, effleurer votre main était pour moi une ivresse. Et quand s'ouvre pour moi la possibilité de vous serrer sur mon cœur bouleversé et de dire enfin : Mon ange, mourons ensemble!... malheureux que je suis, il me faut l'éloigner de toutes mes forces... Je n'ai pas le droit de tomber à vos pieds, de remercier le Ciel pour ce bienfait inconcevable, immérité. Oh, comme je devrais haïr cet homme... mais je sens qu'il n'y a plus maintenant de place pour la haine dans mon cœur. »

Il la prit doucement dans ses bras et doucement l'attira sur sa poitrine. Elle posa avec confiance sa tête sur l'épaule du jeune hors-la-loi. Tous deux se taisaient.

L'heure fuyait. « Il est temps », dit enfin Macha. Doubrovski fut comme s'il sortait d'un songe. Il lui prit la main et y passa un anneau.

« Si vous décidez d'avoir recours à moi, dit-il, apportez cet anneau ici, mettez-le dans le creux de ce chêne, je saurai ce qu'il faut faire. »

Il lui baisa la main et disparut parmi les arbres.

CHAPITRE XVI

Les fiançailles du prince Viéréïski n'étaient plus un secret pour le voisinage, Cyrille Pètrovitch recevait des félicitations, la noce se préparait. Macha remettait de jour en jour l'explication décisive. Cependant ses rapports avec son vieux fiancé étaient froids et contraints. Le prince ne s'en embarrassait pas. Il ne se souciait guère d'être aimé, satisfait de son muet consentement.

Mais le temps passait. Macha se décida enfin à agir... et elle écrivit au prince Viéréïski; elle s'efforçait d'éveiller dans son cœur un mouvement de générosité, elle lui avouait franchement qu'elle n'avait pas le moindre attachement pour lui, elle le suppliait de renoncer à sa main et de prendre même sa défense contre le pouvoir de son père. Elle remit à la dérobée cette lettre au prince Viéréïski, celui-ci la lut en particulier et ne fut pas le moins du monde ému de la confiance de sa promise. Au contraire, il en conclut à la nécessité de hâter le mariage, et pour ce faire il jugea utile de montrer la lettre à son futur beau-père.

Cyrille Pètrovitch entra en fureur : le prince put à grand-peine le persuader de ne pas laisser voir à Macha qu'il avait connaissance de sa lettre. Cyrille Pètrovitch consentit à ne pas en parler à la jeune fille, mais il décida de ne pas perdre de temps et fixa au lendemain même la date des épousailles. Le prince trouva la décision fort raisonnable, alla trouver sa fiancée, lui dit que sa lettre l'avait beaucoup chagriné, mais qu'il espérait mériter avec le temps son affection, que la pensée d'être privé d'elle lui était trop pénible et qu'il n'avait pas la force de consentir à sa condamnation à mort. Sur quoi il lui baisa respectueusement la main et s'en alla sans lui dire un mot de la décision de Cyrille Pètrovitch.

Mais à peine était-il parti que le père entra et, sans autres formes, intima à sa fille d'avoir à se préparer pour le lendemain. Marie Kirilovna, déjà bouleversée par la déclaration du prince Viéréïski, fondit en larmes et se jeta aux pieds de son père.

« Papa, s'écria-t-elle d'une voix déchirante, papa, ne me faites pas mourir, je n'aime pas le prince, je ne veux pas être sa femme...

— Qu'est-ce que cela signifie? dit d'une voix terrible Cyrille Pètrovitch, tu ne disais rien jusqu'à présent et tu étais d'accord, et maintenant que tout est décidé, tu t'avises de faire des caprices et de refuser! Pas de sottises, s'il te plaît, tu n'y gagneras rien avec moi!

— Ne me faites pas mourir, répétait la pauvre Macha, pourquoi voulez-vous me chasser d'auprès de vous et me livrer à un homme que je n'aime pas? En avez-vous assez de moi? Je veux rester avec vous comme jusqu'à présent. Papa, la vie vous sera triste sans moi, et encore plus triste quand vous vous direz que je suis malheureuse, papa. Ne me forcez pas, je ne veux pas me marier... »

Cyrille Pètrovitch fut touché mais dissimula son trouble, et, la repoussant, il lui dit durement :

« Tout cela, c'est des bêtises, tu m'entends? Je sais mieux que toi ce qu'il faut pour ton bonheur. Pleurer ne t'avance à rien, après-demain tu seras mariée.

— Après-demain! s'écria Macha. Seigneur! Non, non, impossible, cela ne sera pas. Papa, écoutez-moi, si vous êtes résolu à ma perte, je trouverai un défenseur auquel vous ne pensez pas, vous verrez, vous serez épouvanté de voir à quoi vous m'aurez poussée.

— Quoi, quoi? fit Troïèkourov, des menaces! Des menaces à moi, insolente gamine! Sais-tu que je ferai de toi ce dont tu n'as pas idée! Tu oses me menacer d'un défenseur! Voyons un peu qui il est, ce défenseur!

— Vladimir Doubrovski », répondit Macha au désespoir.

Cyrille Pètrovitch pensa qu'elle était devenue folle, et la regarda avec stupéfaction.

« C'est bon, dit-il après un silence, attends qui tu voudras pour te tirer d'affaire, mais en attendant tu vas rester dans cette chambre, tu n'en sortiras que pour aller à l'autel. » Sur ces mots Cyrille Pètrovitch quitta la pièce et ferma la porte à clé.

La malheureuse jeune fille pleura longuement à la pensée de ce qui l'attendait, mais cette orageuse explication lui avait soulagé le cœur, et elle put mieux réfléchir à sa situation et à ce qu'il convenait de faire. Avant tout il lui fallait échapper à un mariage odieux; devenir l'épouse d'un brigand lui paraissait le paradis au prix du sort qu'on lui préparait. Elle regarda l'anneau que lui avait donné Doubrovski. Elle souhaita ardemment le revoir en tête à tête et le consulter longuement une fois encore avant la minute fatale. Un pressentiment lui disait qu'elle trouverait Doubrovski ce soir-là au jardin près de la gloriette; elle décida d'aller l'y attendre dès que la nuit tomberait. Le jour baissa. Macha se prépara, mais sa porte était fermée à clé. Sa femme de chambre lui répondit derrière la porte que Cyrille Pètrovitch avait interdit de la laisser sortir. Elle était détenue. Profondément offensée, elle s'assit à sa fenêtre et y resta jusque tard dans la nuit sans se dévêtir, contemplant immobile le ciel ténébreux. A l'aube elle s'assoupit, mais son léger sommeil était traversé de tristes visions, et bientôt les rayons du soleil levant l'éveillèrent.

CHAPITRE XVII

Elle ouvrit les yeux, et sa première pensée lui présenta toute l'horreur de sa situation. Elle sonna, une servante entra et répondit à ses questions que Cyrille Pètrovitch était parti la veille au soir pour Arbatovo, qu'il était revenu tard, qu'il avait donné des ordres sévères pour qu'on ne la laissât pas sortir de sa chambre et qu'on veillât à ce que personne ne lui parlât, que d'ailleurs on ne remarquait point de préparatifs spéciaux pour le mariage, sauf que le pope avait été invité à ne quitter le village sous aucun prétexte. Sur ces nouvelles, la servante quitta Marie Kirilovna et referma la porte à clé.

Ses paroles exaspérèrent la jeune recluse, elle avait la tête en feu, son sang bouillait, elle décida d'avertir Doubrovski et se mit à chercher un moyen de faire parvenir l'anneau dans le creux du chêne complice. A ce moment un caillou frappa sa fenêtre, la vitre tinta et Marie Kirilovna vit dans la cour le petit Sacha qui lui faisait des signes furtifs. Elle connaissait son attachement et se réjouit. Elle ouvrit la fenêtre.

« Bonjour, Sacha, dit-elle, pourquoi m'appelles-tu?

— Je suis venu, petite sœur, pour savoir si vous n'avez pas besoin de quelque chose. Papa est fâché et il a défendu à toute la maison de vous écouter, mais dites-moi de faire ce que vous voudrez, je ferai tout pour vous.

— Merci, mon bon petit Sachenka, écoute : tu connais le vieux chêne creux qui est près de la gloriette?

— Oui, petite sœur.

— Alors, si tu m'aimes, cours vite là-bas et mets dans le creux cet anneau, tiens, et fais bien attention que personne ne te voie. »

En même temps, elle lui jeta l'anneau et referma la fenêtre.

Le garçonnet ramassa l'anneau, partit à toutes jambes et fut en trois minutes au chêne du rendez-vous. Il s'arrêta essoufflé, regarda tout autour de lui et posa l'anneau dans le trou de l'arbre. Ayant ainsi rempli sa mission, il s'apprêtait à aller en informer Marie Kirilovna quand soudain un gamin en haillons, roux et louchon, jaillit de derrière la gloriette, s'élança vers le chêne et fourra la main dans le creux. Sacha plus rapide qu'un écureuil se jeta sur lui et s'agrippa à lui des deux mains.

« Qu'est-ce que tu fais là? dit-il d'un air menaçant.

— Ça te regarde? répondit le gamin en tâchant de lui échapper.

— Laisse cet anneau, lièvre roux, criait Sacha, ou je vais t'apprendre! »

En guise de réponse l'autre lui donna un coup de poing au visage, mais Sacha ne le lâcha pas et se mit à crier à tue-tête : « Au voleur, au voleur, à l'aide! »

Le gamin faisait tout ce qu'il pouvait pour s'arracher à lui. Il était apparemment de deux ans plus âgé que Sacha et bien plus fort que lui, mais Sacha était plus agile. Ils luttèrent quelques minutes, finalement le petit rouquin eut le dessus. Il renversa Sacha à terre et le saisit à la gorge.

Mais à ce moment une main vigoureuse s'enfonça dans sa tignasse rousse et le jardinier Stièpane le souleva à vingt centimètres de terre...

« Sale petit rouquin, dit Stièpane, comment oses-tu battre le petit barine... »

Sacha s'était déjà relevé et rajusté.

« Tu m'as pris en traître, dit-il, sans ça tu ne m'aurais pas mis par terre. Rends tout de suite l'anneau et fiche le camp.

— Pour sûr », répondit le gamin, et d'un seul tour sur les talons il libéra sa tignasse de la main de Stièpane. Il prenait déjà sa course, mais Sacha le rattrapa, lui donna une bourrade dans le dos, il trébucha et le jardinier le saisit et lui lia les mains avec sa ceinture.

« Rends l'anneau! criait Sacha.

— Attends, barine, dit Stièpane, on va régler ça chez l'intendant. »

Le jardinier mena son prisonnier vers les communs; Sacha suivait, jetant des coups d'œil inquiets sur ses vêtements déchirés et tachés de vert. Tous trois se trouvèrent tout à coup nez à nez avec Cyrille Pètrovitch qui venait de faire un tour à ses écuries.

« Qu'est-ce que c'est? » demanda-t-il à Stièpane.

Stièpane lui raconta brièvement ce qui s'était passé. Cyrille Pètrovitch l'écoutait attentivement.

« Polisson, dit-il s'adressant à Sacha, pourquoi t'es-tu empoigné avec lui?

— Il a volé l'anneau dans le creux de l'arbre, papa, faites-lui rendre l'anneau.

— Quel anneau, quel creux de l'arbre?

— Ben, Marie Kirilovna... cet anneau... »

Sacha se troubla, bredouilla. Cyrille Pètrovitch fronça les sourcils et dit en hochant la tête :

« Il y a du Marie Kirilovna là-dessous. Avoue-moi tout, ou bien je vais te fouetter, que le derrière t'en cuira.

— Je vous assure, papa... moi, papa... Marie Kirilovna ne m'a rien commandé du tout, papa...

— Stièpane, va me cueillir une belle baguette de bouleau bien fraîche.

— Attendez, papa, je vais tout vous dire. Aujourd'hui je jouais dans la cour, et Marie Kirilovna a ouvert la fenêtre, alors je suis venu, et Marie Kirilovna a lâché l'anneau sans le faire exprès, alors je l'ai caché dans le trou de l'arbre, et... et ce rouquin a voulu voler l'anneau...

— Elle l'a lâché sans le faire exprès, et tu voulais le cacher... Stièpane, apporte une baguette.

— Papa, attendez, je vais tout raconter. Ma petite sœur Marie Kirilovna m'a dit de courir au chêne et de mettre l'anneau dans le trou, alors j'ai couru et j'ai mis l'anneau, et ce sale garçon... »

Cyrille Pètrovitch se tourna vers le « sale garçon » et lui demanda d'un ton menaçant : « Qui es-tu?

— Je suis de la maison des messieurs Doubrovski », répondit le rouquin.

Le visage de Cyrille Pètrovitch s'assombrit.

« On dirait que tu ne me reconnais pas pour maître. C'est bon. Et que faisais-tu dans mon jardin?

— Je volais des framboises, répondit le gamin d'un air de grande indifférence.

— Aha, tel maître tel serviteur, le paroissien vaut le pope; et les framboises poussent chez moi dans le creux des chênes? »

Le gamin ne répondit rien.

« Papa, faites-lui rendre l'anneau, dit Sacha.

— Tais-toi, Alexandre, répondit Cyrille Pètrovitch; n'oublie pas que je vais régler un compte avec toi. Va-t'en dans ta chambre. Et toi, le louchon, tu m'as l'air d'un lascar. Rends l'anneau et file. »

Le gamin ouvrit le poing et montra qu'il n'avait rien dans la main.

« Si tu m'avoues tout, je ne te ferai pas fouetter, et même je te donnerai cinq kopeks pour acheter des noisettes. Sinon, tu ne sais pas ce qui t'attend. Alors? »

Le garçon restait muet, tête baissée, faisant la bête.

« Bon, dit Cyrille Pètrovitch, qu'on l'enferme quelque part et qu'on veille à ce qu'il ne se sauve pas, ou je fais fouetter tout le monde jusqu'au sang. »

Stièpane emmena le gamin au pigeonnier, l'y enferma et confia sa surveillance à la vieille Agafia, chargée de la basse-cour.

« Qu'on aille tout de suite à la ville chercher le chef de police, ordonna Cyrille Pètrovitch en suivant des yeux le gamin, et vite. »

« Pas de doute, elle a gardé des rapports avec ce maudit Doubrovski; mais l'a-t-elle vraiment appelé au secours? » pensait Cyrille Pètrovitch arpentant à grands pas sa chambre et sifflant rageusement *Retentis, tonnerre de la victoire*. J'ai peut-être enfin trouvé sa trace toute chaude, et cette fois il ne nous échappera pas. Il faut saisir l'occasion. Ah, une clochette, tant mieux, c'est le chef de police.

« Holà, qu'on amène ici le galopin qui s'est fait prendre! »

Une carriole venait d'entrer dans la cour, et le chef de police que nous connaissons entra tout couvert de poussière.

« Bonne nouvelle, lui dit Cyrille Pètrovitch, je tiens Doubrovski.

— Dieu soit loué, Votre Excellence, fit le chef de police d'un air soulagé; et où est-il?

— Non, pas Doubrovski, mais un de sa bande. On va l'amener tout de suite. Il nous aidera à mettre la main sur l'*ataman* [1]. Le voici. »

Le chef de police attendait un redoutable bandit;

il fut stupéfait en voyant entrer un gamin de treize ans d'allure assez chétive. Il se tourna, perplexe, vers Cyrille Pètrovitch, attendant une explication. Cyrille Pètrovitch lui rapporta l'incident de la matinée, sans toutefois mentionner Marie Kirilovna.

Le chef de police l'écouta attentivement, sans cesser de considérer le jeune garçon qui, faisant toujours la bête, semblait n'accorder aucune attention à ce qui se passait autour de lui.

« Permettez, Votre Excellence, de vous dire quelque chose sans témoin », dit enfin le chef de police.

Cyrille Pètrovitch passa avec lui dans une autre pièce et ferma la porte derrière eux.

Au bout d'une demi-heure ils revinrent dans la salle où le prisonnier attendait que se décidât son sort.

« Le barine voulait te faire enfermer à la prison de la ville, lui dit le chef de police, te faire fouetter et envoyer en maison de correction, mais j'ai parlé pour toi et obtenu ton pardon. Qu'on le détache. »

On lui détacha les mains.

« Remercie le barine », dit le chef de police. Le garçon s'avança vers Cyrille Pètrovitch et lui baisa la main.

« File chez toi, lui dit Cyrille Pètrovitch, et n'y reviens plus à voler des framboises dans les arbres creux. »

Le gamin sortit, franchit d'un bon joyeux le perron et se lança à toutes jambes, sans se retourner, vers Kisténiovka à travers champs. Arrivé au village, il s'arrêta à une izba à demi effondrée, la première sur le chemin, et frappa à la lucarne; celle-ci s'ouvrit et une vieille femme montra la tête.

« Grand-mère, du pain, dit le garçon, je n'ai rien mangé depuis ce matin, je meurs de faim.

— Ah, c'est toi, Mitia, où donc étais-tu passé, galopin? répondit la vieille femme.

— Je te raconterai après, grand-mère, donne-moi du pain, je te prie.

— Mais entre donc.

— Pas le temps, grand-mère, j'ai encore une course à faire. Du pain, je t'en prie, du pain.

— Il a le diable au corps, grogna la vieille. Tiens, te voilà un quignon », et elle lui tendit par la lucarne une tranche de pain noir. Le gamin y mordit avidement et, tout en mastiquant, reprit sa course.

Le soir tombait. A travers les aires de battage et les potagers, Mitia se dirigeait vers les bois de Kisténiovka. Arrivé aux deux pins qui se dressaient en sentinelles avancées de la forêt, il s'arrêta, regarda tout autour de lui, fit un coup de sifflet aigu et bref et tendit l'oreille; un sifflement léger et prolongé lui parvint en réponse, quelqu'un sortit du fourré et s'approcha de lui.

CHAPITRE XVIII

Cyrille Pètrovitch allait de long en large par la grande salle, sifflotant plus fort qu'à l'ordinaire sa chanson habituelle; toute la maison était en mouvement, les domestiques couraient, les servantes s'affairaient, à la remise les cochers attelaient le grand coupé, dans la cour il y avait foule. Au cabinet de toilette de Mademoiselle, devant une glace, une dame, entourée de servantes, achevait de parer Marie Kirilovna pâle et immobile; sa tête s'inclinait languissante sous le poids du diadème, elle frissonnait légèrement quand une main maladroite la piquait, mais elle se taisait, le regard perdu dans le miroir.

« C'est pour bientôt? demanda à la porte la voix de Cyrille Pètrovitch.

— Une minute, répondit la dame. Marie Kirilovna, levez-vous, regardez, est-ce bien ? »

Marie Kirilovna se leva et ne répondit rien. La porte s'ouvrit.

« L'épousée est prête, dit la dame à Cyrille Pètrovitch, veuillez faire avancer le coupé.

— Dieu soit avec vous, répondit Cyrille Pètrovitch, puis, prenant l'icône qui se trouvait sur la table : Approche, Macha, dit-il d'une voix émue, je te bénis... »

La malheureuse jeune fille tomba à ses genoux et fondit en sanglots.

« Papa... papa... » dit-elle à travers ses larmes, et sa voix se brisa.

Cyrille Pètrovitch acheva hâtivement son signe de croix, on la releva et on la porta presque au coupé. Avec elle prirent place la marraine de noce [1] et une des servantes. On partit pour l'église. Le fiancé attendait déjà. Il sortit à la rencontre de sa fiancée et fut frappé de sa pâleur et de son air étrange. Ils entrèrent ensemble dans l'église froide et vide. On ferma derrière eux la porte. Le prêtre sortit de l'autel [2] et la cérémonie commença aussitôt. Marie Kirilovna ne voyait rien, n'entendait rien, elle n'avait qu'une pensée, depuis le matin elle attendait Doubrovski, l'espoir ne l'avait pas abandonnée un seul instant, mais quand le prêtre lui posa les questions rituelles elle tressaillit et fut saisie d'effroi; pourtant elle tardait à répondre, elle espérait encore; le prêtre, sans attendre sa réponse, prononça les mots irrévocables.

La cérémonie était terminée. Elle sentit le froid baiser de l'époux détesté, elle entendit les joyeuses félicitations des assistants, et elle ne parvenait pas encore à croire que sa vie était à jamais enchaînée, que Doubrovski n'était pas accouru la délivrer. Le prince lui dit quelques mots aimables, elle ne les comprit pas, ils sortirent de l'église, les paysans de

Pokrovskoïé se pressaient sur le parvis. Elle parcourut cette foule d'un rapide regard, toujours aussi absent. Les nouveaux époux montèrent dans leur coupé et partirent pour Arbatovo; Cyrille Pètrovitch s'y était rendu avant eux pour les y accueillir.

En tête à tête avec sa jeune femme, le prince ne fut nullement troublé de sa froideur. Il ne l'importuna pas de fades déclarations ou de ridicules élans, ses paroles étaient toutes simples et ne demandaient pas de réponses. Ils parcoururent ainsi une dizaine de verstes, l'attelage roulait à vive allure par les bosses et les creux des chemins de campagne, et le coupé se balançait à peine sur ses ressorts anglais.

Soudain retentirent les cris d'une poursuite, le coupé s'arrêta, une troupe de gens armés l'entoura et un homme à demi masqué, ouvrant la portière du côté où était assise la jeune princesse, lui dit : « Vous êtes libre, descendez. — Que signifie, cria le prince, qui es-tu? — C'est Doubrovski », dit la princesse. Le prince, sans perdre sa présence d'esprit, tira de sa poche un pistolet de route et fit feu sur le bandit masqué. La princesse poussa un cri et se couvrit avec épouvante le visage des deux mains. Doubrovski était blessé à l'épaule, du sang coulait. Le prince, sans perdre une minute, saisit un second pistolet, mais on ne lui laissa pas le temps de tirer, sa portière fut ouverte d'un coup et plusieurs bras vigoureux l'arrachèrent à son siège et le désarmèrent. Des poignards se levèrent sur lui.

« Ne le touchez pas! cria Doubrovski, et ses sinistres compagnons firent un pas en arrière.

— Vous êtes libre, répéta Doubrovski, s'adressant à la princesse toute pâle.

— Non, répondit-elle. Il est trop tard, je suis mariée, je suis la femme du prince Viéréïski.

— Que dites-vous! s'écria Doubrovski avec désespoir. Non, vous n'êtes pas sa femme, vous avez été contrainte, vous n'avez jamais pu consentir...

— J'ai consenti, j'ai juré, répliqua-t-elle fermement. Le prince est mon mari, veuillez le laisser libre et me laisser avec lui. Je n'ai trompé personne. Je vous ai attendu jusqu'à la dernière minute... Mais maintenant, vous dis-je, maintenant il est trop tard... Laissez-nous... »

Mais Doubrovski ne l'entendait déjà plus, la douleur de sa blessure et la violence de l'émotion lui avaient ôté toute force. Il tomba près de la roue, les hommes de sa bande l'entourèrent. Il parvint à leur dire quelques mots, ils le mirent à cheval, deux d'entre eux le soutenaient, un troisième prit le cheval par la bride et tous s'éloignèrent, laissant le coupé au milieu de la route, les gens ligotés, les chevaux dételés, mais sans avoir rien pris ni versé une goutte de sang pour venger le sang de leur ataman.

CHAPITRE XIX

Dans la profondeur de la forêt, au milieu d'une étroite clairière, s'élevait un petit retranchement de terre, composé d'un rempart et d'un fossé derrière lesquels se trouvaient quelques masures et des huttes de terre.

Sur l'herbe une quantité d'hommes, qu'à la variété de leurs accoutrements, et aux armes que tous portaient, il était facile de reconnaître pour des bandits, prenaient leur repas, tête nue, autour d'une marmite fraternelle. Sur le rempart, auprès d'un petit canon, se tenait assis, les jambes ramenées sous lui, l'homme de garde; il était en train de mettre une pièce à quelque vêtement, maniant l'aiguille avec une dextérité qui révélait un tailleur expérimenté, et ne cessant de regarder de tous côtés.

Bien que des puisoirs eussent à plusieurs reprises passé de main en main, un étrange silence régnait dans cette foule. Les brigands achevaient leur repas, l'un après l'autre se levait, disait une prière, certains rentraient dans les huttes, d'autres allèrent errer en forêt ou s'étendirent pour faire un somme selon la coutume russe.

L'homme de garde avait terminé son travail, il secoua sa défroque, contempla avec satisfaction sa reprise, piqua son aiguille à sa manche, monta à cheval sur le canon et entonna à pleine voix une vieille chanson mélancolique :

Ne bruis pas, petite mère, verte chênaie,
Ne trouble pas la rêverie du hardi gars...

A ce moment, la porte d'une des masures s'ouvrit et une vieille femme en bonnet blanc, proprette et tirée à quatre épingles, parut sur le seuil. « Veux-tu bien finir, Stiepka, dit-elle d'un ton courroucé, le maître repose, et te voilà à brailler, tu n'as donc ni cœur ni conscience. — Pardon, Yègorovna, répondit Stiepka, t'as raison, je ne le ferai plus, qu'il repose, notre maître, et qu'il se remette vite. » La vieille femme rentra, et Stiepka fit les cent pas sur le rempart.

Dans la masure d'où elle était sortie, derrière une cloison, Doubrovski blessé était étendu sur un lit de camp. Ses pistolets étaient devant lui sur une tablette, son sabre pendait à la tête du lit. Le sol et les parois de la masure étaient couverts de riches tapis, dans un angle se trouvaient une coiffeuse de femme et une glace. Doubrovski tenait en main un livre ouvert, mais ses yeux étaient fermés. Et la vieille femme, qui de temps en temps jetait un coup d'œil derrière la cloison, ne pouvait savoir s'il sommeillait ou simplement se livrait à ses pensées.

Soudain, Doubrovski tressaillit : une vive agitation se faisait entendre dans le retranchement, et la tête de Stiepka apparut à une baie : « Notre maître, Vladimir Andréiévitch, cria-t-il, les nôtres font signe, on nous cherche. » Doubrovski bondit, saisit ses armes et sortit de la masure. Les brigands se rassemblaient avec des exclamations; à son apparition un profond silence se fit. « Tout le monde est là? demanda Doubrovski. — Tout le monde, sauf les patrouilleurs, lui répondit-on. — A vos postes! » commanda Doubrovski, et chacun s'élança au poste qui lui était assigné. A ce moment, trois patrouilleurs accoururent au portail du retranchement. Doubrovski alla vers eux. « Qu'y a-t-il? leur demanda-t-il. — Les soldats sont dans la forêt, ils nous cernent. » Doubrovski fit barrer le portail, et alla vérifier lui-même l'emplacement du canon. Des voix retentirent dans la forêt, elles approchaient; les brigands attendaient en silence. Tout à coup, trois ou quatre soldats parurent au bord de la clairière et se retirèrent aussitôt, après avoir fait feu pour avertir leurs camarades. « En position de combat! » dit Doubrovski; un mouvement se fit parmi les brigands, puis tout retomba dans le silence. On entendit alors le bruit d'un détachement qui approchait, des armes brillèrent parmi les arbres, cent cinquante soldats environ jaillirent de la forêt et s'élancèrent en hurlant à l'assaut du rempart. Doubrovski approcha la mèche, le coup porta au but; un soldat eut la tête emportée, deux furent blessés. Il y eut un flottement parmi la troupe, mais l'officier s'élança en avant, les soldats le suivirent et sautèrent dans le fossé; les brigands les reçurent à coups de fusil et de pistolet et commencèrent à défendre, la hache en main, le rempart, qu'escaladaient des soldats exaspérés, laissant dans le fossé une vingtaine de camarades blessés. Le combat s'engagea au corps à corps, déjà les soldats étaient sur le rempart et les brigands commençaient à reculer, mais Doubrovski marcha sur l'officier, le visa à la poitrine et tira, l'officier tomba à la renverse, plusieurs soldats le reçurent dans leurs bras et l'emportèrent à la hâte dans le sous-bois; les autres, privés de chef, hésitèrent. Les brigands, reprenant courage, profitèrent de cette minute d'incertitude, les repoussèrent vers le fossé; les assiégeants prirent la fuite, les brigands s'élancèrent en hurlant à leur poursuite. La victoire était acquise. Doubrovski, comptant sur la totale démoralisation de l'ennemi, arrêta ses hommes et s'enferma dans sa forteresse, après avoir fait ramasser les blessés et doubler les gardes et interdit à quiconque de s'éloigner...

Les derniers événements attirèrent sérieusement l'attention des autorités sur les insolents brigandages de Doubrovski. Des renseignements furent recueillis relatifs à l'emplacement de son repaire. Une compagnie fut expédiée pour le saisir mort ou vif. Quelques hommes de sa bande furent pris et l'on apprit par eux que Doubrovski n'était déjà plus parmi eux. Quelques jours plus tard... [1]

... il réunit tous ses complices, leur déclara qu'il avait résolu de les quitter pour toujours et leur conseilla de changer de vie. « Vous vous êtes enrichis sous mes ordres, chacun d'entre vous a ce qu'il faut pour pouvoir passer en sécurité dans quelque autre province éloignée et y vivre le reste de sa vie dans le travail honnête et l'abondance. Mais vous êtes tous des coquins et vous ne voudrez probablement pas abandonner votre métier... » Après ce discours, il les abandonna, n'emmenant avec lui que le seul... Personne ne sut ce qu'il était devenu. On douta d'abord de la véracité de ces indications : on connaissait l'attachement des bandits à leur ataman, et on supposa qu'ils cherchaient à assurer son salut. Mais la suite confirma lesdites indications : les terribles visites, les incendies et pillages cessèrent. Les routes redevinrent libres. On apprit par d'autres sources que Doubrovski s'était réfugié à l'étranger.

La Dame de pique[1]

(1834)

Traduction par André Gide et Jacques Schiffrin

« Dame de pique signifie malveillance secrète. »

Le Cartomancien moderne.

I

Quand dehors la grisaille
Brouillait les vitres,
Ils se retrouvaient.

Il fallait les voir, Dieu ait leur âme!
S'acharnant sur leurs mises,
Les doubler.

Et gagner,
Et marquer le coup
A la craie.

Ainsi, par les temps sombres,
Les voyait-on s'absorber
En de sérieuses affaires[1]

On jouait chez Naroumov, officier aux gardes à cheval. La longue nuit d'hiver s'écoula sans qu'on s'en aperçût. On se mit à souper vers cinq heures du matin. Les gagnants mangeaient de grand appétit; les autres regardaient distraitement leurs couverts vides. Mais la conversation s'anima grâce au champagne, et bientôt tout le monde y prit part.

« Qu'as-tu fait aujourd'hui, Sourine? demanda le maître de la maison.

— J'ai perdu, comme d'habitude. Vraiment, je n'ai pas de veine. Je ne double jamais ma mise. Rien ne me démonte. Pourtant je perds toujours.

— Eh quoi! pas une seule fois tu n'as cherché à profiter de la série? Pas une seule fois tu n'as été tenté d'essayer? Ta constance me confond.

— Et que diriez-vous de Hermann? s'écria l'un des convives en désignant un jeune officier du génie. De sa vie ce garçon n'a fait un *paroli*, ni même touché une carte; mais il reste avec nous jusqu'à cinq heures du matin, à nous regarder jouer.

— Le jeu m'intéresse beaucoup, dit Hermann, mais, dans l'espoir du superflu, je ne puis risquer le nécessaire.

— Hermann est allemand : il est économe, voilà tout, remarqua Tomski. Mais s'il est quelqu'un que je ne comprenne pas, c'est ma grand-mère, la comtesse Anna Fédotovna.

— Comment? Pourquoi? s'écrièrent les convives.

— Je ne puis concevoir, reprit Tomski, les raisons qui la retiennent de jouer.

— Voyons! dit Naroumov, qu'y a-t-il d'étonnant à ce qu'une femme de quatre-vingts ans ne ponte pas?

— N'avez-vous rien entendu dire?

— Rien, vraiment.

— Or donc, écoutez. Mais sachez d'abord que ma grand-mère, il y a quelque soixante ans, vint à Paris, où elle fit fureur. On la suivait en foule; on voulait voir **la Vénus moscovite*. Richelieu, qui lui fit la cour, faillit se brûler la cervelle, affirme-t-elle, désespéré par ses rigueurs. En ce temps, les dames jouaient au pharaon. Un soir, à la cour, ma grand-mère, jouant contre le duc d'Orléans, perdit sur parole une somme considérable. Rentrée chez elle, tout en décollant ses mouches et en dégrafant ses paniers, ma grand-mère avoua sa dette à mon grand-père et lui enjoignit de payer. Feu mon grand-père, autant qu'il m'en souvient, lui servait d'intendant en quelque sorte. Il la craignait comme le feu; cependant l'aveu d'une perte aussi effroyable le jeta hors de ses gonds. Il fit des comptes, remontra à ma grand-mère qu'en six mois ils avaient dépensé un demi-million; qu'ils n'avaient point en France leurs villages de Moscou et de Saratov; bref, il refusa de payer. Grand-mère alors le gifla, et, pour consommer la disgrâce, fit, cette nuit-là, chambre à part.

« Le lendemain elle le convoqua; elle escomptait le bon effet de ce châtiment matrimonial. Pour la première fois de sa vie, elle condescendit à des raisonnements, à des explications. Rien n'y fit... En vain s'efforça-t-elle de lui expliquer qu'il y a dette et dette, et qu'on n'en peut user avec un prince ainsi qu'avec un carrossier. Grand-père s'entêtait et refusait de rien entendre. “ Non et non. ” C'était tout. Grand-mère ne savait plus que devenir. Elle connaissait intimement un homme fort remarquable. Vous avez entendu parler du comte de Saint-Germain, dont on raconte tant de merveilles. Vous savez qu'il se faisait passer pour le Juif errant, pour l'inventeur de l'élixir de vie, de la pierre philosophale. Certains riaient de lui comme d'un charlatan, et Casanova, dans ses *Mémoires*, dit que c'était un espion. Quoi qu'il en soit, et malgré le mystère dont il s'entourait, Saint-Germain gardait un aspect fort respectable et se montrait très aimable en société. Ma grand-mère, qui l'aime encore à la folie, ne supporte pas d'entendre parler de lui sans respect. Elle savait que le comte de Saint-Germain pouvait disposer de sommes énormes, et décida de s'adresser à lui. Elle lui écrivit donc un billet. le priant de passer au plus tôt chez elle. Le vieil original accourut, et la trouva tout accablée de désespoir. Elle lui dépeignit sous les couleurs les plus sombres la conduite barbare de son mari, et dit en terminant qu'elle reportait sur son amitié et son obligeance tous ses espoirs. Saint-Germain se mit à réfléchir :

« — Je vous avancerais bien cette somme, dit-il, mais je sais que vous n'auriez de repos qu'après me l'avoir rendue, et je n'aurais donc pas levé vos ennuis. Je propose un autre moyen : regagner l'argent.

« — Mais, mon cher comte, répondit ma grand-mère, je vous l'ai dit, nous n'avons plus d'argent du tout!

« — Il n'en est point besoin, répliqua Saint-Germain; daignez seulement m'écouter...

« Et il lui révéla un secret que chacun de nous paierait cher... »

Les jeunes joueurs redoublèrent d'attention. Tomski alluma sa pipe, en tira une bouffée et continua :

« Le soir même, ma grand-mère parut à Versailles **au jeu de la reine*. Le duc d'Orléans tenait la banque. Ma grand-mère s'excusa négligemment de ne s'acquitter pas aussitôt, débita pour se justifier je ne sais quelle petite histoire, et se mit incontinent à ponter. Elle choisit trois cartes, les joua l'une après l'autre en doublant à chaque fois sa mise. Les trois cartes gagnèrent, et ma grand-mère put s'acquitter glorieusement.

— Pur hasard! s'écria l'un des convives.

— Quel conte! protesta Hermann.

— Les cartes étaient peut-être truquées, reprit un troisième.

— Je ne le crois pas, répliqua gravement Tomski.

— Comment, dit Naroumov, tu as une grand-mère qui devine trois cartes gagnantes successives, et tu n'as pas encore su t'emparer de ce secret cabalistique?

— C'est bien là le diable! répondit Tomski. Elle avait quatre fils, dont mon père. Tous les quatre, joueurs enragés; elle ne révéla son secret à aucun d'eux, bien que cela leur eût été fort utile, ainsi qu'à moi. Mais voici ce que m'a raconté mon oncle, le comte Ivan Ilitch, et ce dont son honneur se fait garant : feu Tchaplitzki — celui-là même qui est mort dans la misère après avoir gaspillé des millions —, dans sa jeunesse, un jour qu'il jouait contre Zoritch [1], s'il m'en souvient, perdit près de trois cent mille roubles. Il était au désespoir. Ma grand-mère, qui se montrait toujours très sévère pour les étourderies des jeunes gens, eut, je ne sais pourquoi, pitié de Tchaplitzki. Elle lui désigna trois cartes; il aurait à les jouer l'une après l'autre; mais il lui donnait sa parole de ne jouer ensuite plus jamais. Tchaplitzki se rendit chez son vainqueur. Ils jouèrent. Tchaplitzki mit cinquante mille roubles sur la première carte, et gagna. Il doubla son enjeu, et gagna encore; gagna de même avec la troisième carte. En fin de compte il put s'acquitter et se trouver encore en gain...

« Mais voilà bientôt six heures; il est temps d'aller se coucher. »

En effet, le jour commençait à poindre. Les jeunes gens vidèrent leurs verres et l'on se sépara.

II

— * *Il paraît que Monsieur est décidément pour les suivantes.*

— *Que voulez-vous, Madame? Elles sont plus fraîches* [2].

Conversation mondaine.

La vieille comtesse *** était dans sa chambre de toilette, assise devant un miroir. Trois suivantes l'entouraient. L'une tenait un pot de rouge, l'autre une boîte d'épingles à cheveux, la troisième un haut bonnet orné de rubans couleur feu. La comtesse n'avait plus la moindre prétention à la beauté, la sienne était flétrie depuis longtemps; mais elle conservait toutes les habitudes de sa jeunesse, suivait rigoureusement les modes du siècle passé, et mettait à sa toilette tout autant de soin et de temps que soixante ans auparavant. Une jeune fille, sa pupille, faisait de la broderie dans l'embrasure de la fenêtre.

« Bonjour, **grand-maman,* dit en entrant un jeune officier. **Bonjour, mademoiselle Lise. Grand-maman,* j'ai une demande à vous adresser.

— Qu'est-ce que c'est, **Paul?*

— Permettez-moi de vous présenter un de mes amis et de l'amener vendredi à votre bal.

— Amène-le directement au bal, où tu me le présenteras. As-tu été hier chez ***?

— Certainement! C'était très gai. On a dansé jusqu'à cinq heures. Eletzkaïa était à ravir.

— Eh, mon cher! Que lui trouve-t-on de si beau? Peut-on la comparer à la princesse Daria Pétrovna, sa grand-mère! A propos : je suppose qu'elle doit être bien vieillie, la princesse Daria Pétrovna?

— Vieillie! Eh quoi! répondit étourdiment Tomski, il y a bien sept ans déjà qu'elle est morte. »

La jeune fille leva la tête et fit signe au jeune officier. Il se souvint alors qu'on cachait à la vieille comtesse la mort des personnes de son âge. Il se mordit les lèvres. Mais la comtesse accueillit cette nouvelle, qu'elle entendait pour la première fois, avec une parfaite indifférence.

« Morte! dit-elle; tiens, je ne le savais même pas. Nous avons été nommées ensemble demoiselles d'honneur, et lorsque nous fûmes présentées à l'Impératrice... »

Et la comtesse raconta pour la centième fois son anecdote.

« Allons, **Paul!* dit-elle ensuite; aide-moi à me lever. Lisanka, où est ma tabatière? »

Et la comtesse, accompagnée de ses trois suivantes, se retira derrière le paravent pour achever sa toilette.

Tomski resta seul avec la jeune fille.

« Qui donc voulez-vous présenter à la comtesse? demanda à voix basse Lisavéta Ivanovna.

— Naroumov. Vous le connaissez?

— Non. Est-ce un militaire?

— Oui.

— Dans le génie?

— Non, dans la cavalerie. Qu'est-ce qui vous faisait penser qu'il est dans le génie? »

La jeune fille se mit à rire et ne répondit rien.

« **Paul!* cria la comtesse derrière le paravent. Envoie-moi un nouveau roman; n'importe lequel, pourvu qu'il ne soit pas dans le goût du jour.

— Qu'entendez-vous par là, **grand-maman?*

— Je veux dire un roman où le héros n'étrangle ni son père, ni sa mère, et où il n'y ait pas de noyés. J'ai une peur atroce des noyés.

— Oh! des romans de ce genre, on n'en fait plus! Ne voudriez-vous pas un roman russe?

— Tiens! est-ce qu'il y a des romans russes? Envoie-m'en un, mon cher, envoie-m'en un, je t'en prie.

— Au revoir, **grand-maman,* je suis pressé. Au revoir, Lisavéta Ivanovna. Pourquoi donc vouliez-vous que Naroumov fût dans le génie? »

Et Tomski sortit de la chambre de toilette.

Restée seule, Lisavéta Ivanovna laissa son ouvrage et se mit à regarder par la fenêtre. Bientôt, de l'autre côté de la rue, à l'angle de la maison du coin, parut un jeune officier.

Lisavéta Ivanovna rougit; elle reprit son ouvrage et baissa la tête sur le canevas. En ce moment la comtesse rentra, complètement habillée.

« Lisanka, dit-elle, fais atteler. Nous irons faire une promenade. »

Lisanka se leva et se mit à ranger sa tapisserie.

« Eh bien, qu'as-tu donc, petite mère? Es-tu sourde? cria la comtesse; fais vite atteler le carrosse.

— J'y vais », répondit la jeune fille, et elle courut vers l'antichambre.

Un domestique entra et remit à la comtesse quelques livres de la part du prince Paul Alexandrovitch.

« C'est bien! Faites-le remercier. Lisanka, où donc cours-tu?

— Je vais m'habiller.

— Tu as le temps, petite mère. Assieds-toi là : ouvre le premier volume et fais-moi la lecture. »

La jeune fille prit le livre et lut quelques lignes.

« Plus haut! dit la comtesse. Qu'as-tu donc, petite mère? Serais-tu enrouée? Attends. Approche-moi le petit tabouret. Plus près... Eh bien!... »

Lisavéta Ivanovna lut encore deux pages. La comtesse bâilla.

« Jette ce livre, dit-elle. Quelles fadaises! Renvoie tout cela au prince Paul, et fais-le remercier... Et le carrosse? Que devient le carrosse?

— Il est prêt, dit Lisavéta Ivanovna, en regardant par la fenêtre.

— Pourquoi n'es-tu pas habillée? Toujours il faut t'attendre. C'est insupportable, ma chère! »

Lisa courut à sa chambre. Elle n'y était pas depuis deux minutes, que la comtesse sonnait de toutes ses forces.

Trois suivantes accoururent par une porte, un valet par une autre.

« On a beau appeler, personne ne vous entend! s'écria la comtesse. Qu'on aille presser Lisavéta Ivanovna. Je l'attends. »

La jeune fille entra en manteau et en chapeau.

« Enfin, te voilà! dit la comtesse. Mais quel est cet accoutrement! A quoi songes-tu? Qui prétends-tu séduire?... Quel temps fait-il? Du vent, n'est-ce pas?

— Non, Excellence, dit le valet de chambre, il fait très doux.

— Vous répondez toujours au hasard. Ouvrez le vasistas. Je le disais bien! Il fait du vent; un vent très froid. Qu'on dételle! Lisanka, nous ne sortons pas. C'était bien la peine de t'attifer ainsi! »

« Et voilà ma vie! » songea Lisavéta Ivanovna.

En vérité, Lisavéta Ivanovna était une bien malheureuse créature. « Il est amer, le pain d'autrui, dit Dante, et les marches du seuil d'autrui sont pénibles à gravir. » Et qui donc aurait pu mieux connaître l'amertume de la sujétion, que la pauvre pupille d'une vieille femme de qualité? La comtesse n'était assurément pas méchante, mais elle avait tous les caprices d'une femme gâtée par le succès mondain. Elle était avare et se complaisait dans un froid égoïsme, comme les vieilles gens qui ont cessé d'aimer et qui sont hostiles au présent. Elle prenait part à toutes les frivoles distractions de la vie mondaine, elle se traînait à toutes les fêtes, et là, fardée et parée à la mode ancienne, se tenait assise dans son coin, ornement hideux et obligatoire des salles de bal. Les invités en entrant s'approchaient d'elle avec de profonds saluts, comme on accomplirait un rite. Puis personne ne s'en occupait plus. Chez elle, où était reçue toute la ville, elle observait une étiquette rigoureuse et ne reconnaissait jamais aucun de ses visiteurs. Ses nombreux domestiques, engraissés et vieillis dans ses antichambres, en prenaient à leur aise avec la vieille moribonde, que chacun plumait à l'envi. Dans cette maison, Lisavéta Ivanovna menait une vie de martyre. Servait-elle le thé, c'étaient aussitôt des reproches à propos du sucre gaspillé. Lisait-elle à voix haute quelque roman, la comtesse la faisait responsable de tous les défauts de l'auteur. Accompagnait-elle la comtesse dans une promenade, c'est à elle qu'on s'en prenait du mauvais temps et des mauvais pavés. Les appointements fixés ne lui étaient jamais intégralement payés; cependant on exigeait d'elle qu'elle fût habillée comme tout le monde, c'est-à-dire comme fort peu de gens. Dans la société, son rôle était des plus misérables. Chacun la connaissait, mais elle n'était remarquée par personne. Au bal, elle ne dansait que lorsqu'on manquait de vis-à-vis, et les dames la prenaient par le bras chaque fois qu'il leur fallait quitter le salon pour réparer quelque désordre de leur toilette. Elle avait de l'amour-propre, sentait vivement l'infortune de sa situation, et jetait autour d'elle des regards impatients dans l'attente d'un libérateur. Mais les jeunes gens, prudents dans leur étourderie vaniteuse, ne l'honoraient d'aucun regard, bien que Lisavéta Ivanovna fût cent fois plus charmante que les jeunes beautés froides et hautaines autour desquelles ils faisaient les jolis cœurs. Que de fois, quittant les riches et fastidieux salons, elle s'en était allée pleurer dans sa petite chambre que meublaient une commode, un lit en bois peint, un paravent de papier, un petit miroir, et où une chandelle dans un chandelier de cuivre répandait une morne lueur.

Un jour — cela se passait le surlendemain de la soirée décrite au début de cette histoire, et une semaine avant la scène que nous venons de conter —, un jour, Lisavéta Ivanovna était assise près de la fenêtre, devant son métier; regardant distraitement dans la rue, elle aperçut un jeune officier du génie, immobile, les yeux fixés sur sa fenêtre. Elle baissa la tête et reprit son travail. Au bout de cinq minutes, elle regarda de nouveau; le jeune officier était à la même place. N'ayant pas l'habitude de faire la coquette avec les officiers qui passaient sous ses fenêtres, elle se remit à travailler et demeura près de deux heures sans plus lever les yeux de son métier. On servit le dîner. Elle se leva, s'occupa de ranger son ouvrage et, ayant involontairement regardé dans la rue, elle y vit encore l'officier. Cela lui parut assez étrange. Après le dîner, elle s'approcha de la fenêtre avec une certaine inquiétude, mais l'officier n'était plus là. Elle cessa de penser à lui.

Mais deux jours après, sortant avec la comtesse, comme elle allait monter en voiture, elle le revit. Il se tenait près du perron, le visage enfoui dans un col de castor; ses yeux noirs étincelaient sous les bords de son tricorne. Lisavéta Ivanovna eut peur sans trop savoir pourquoi, et s'installa dans la voiture, saisie d'un trouble étrange.

De retour à la maison, elle courut à la fenêtre; l'officier était à son poste, fixant sur elle son regard. Elle recula, brûlant de curiosité et agitée par un sentiment tout nouveau pour elle.

Depuis lors, il ne se passa pas de jour que le jeune homme ne parût, à l'heure habituelle, sous les fenêtres de la maison. Des rapports muets s'établirent entre eux. Assise à sa place et travaillant, elle pressentait son approche, relevait la tête et le regardait chaque jour plus longuement. Le jeune homme paraissait lui en être reconnaissant : elle distinguait, avec ce regard aigu de la jeunesse, qu'une vive rougeur couvrait les joues pâles de l'officier chaque fois que leurs yeux se rencontraient. Au bout d'une semaine, elle lui sourit.

Lorsque Tomski demanda à la comtesse la permission de lui présenter un ami, le cœur de la pauvre fille battit bien fort. Mais en apprenant que Naroumov faisait son service aux gardes à cheval, et non point dans le génie, elle s'en voulut d'avoir laissé paraître son secret devant un écervelé.

Hermann était fils d'un Allemand établi depuis longtemps en Russie et qui lui avait laissé une petite fortune. Fermement convaincu de la nécessité d'assurer son indépendance, Hermann ne touchait même pas à ses revenus, ne vivait que de sa solde et se refusait le moindre caprice. Au surplus, il était dissimulé, ambitieux, et ses camarades ne trouvaient que rarement l'occasion de railler son économie excessive. Il avait de violentes passions et une imagination ardente, mais sa fermeté l'avait jusqu'alors préservé des égarements habituels à la jeunesse. Ainsi, joueur dans l'âme, jamais il ne touchait une carte, car il estimait que sa situation ne lui permettait pas (comme il le disait lui-même) « de risquer le nécessaire dans l'espoir du superflu » ; cependant il passait des nuits entières devant le tapis vert, à suivre avec une angoisse fébrile les différentes phases du jeu.

L'anecdote des trois cartes frappa violemment son imagination, et de toute la nuit ne quitta pas sa pensée.

« Si pourtant, songeait-il le lendemain soir, en errant à travers les rues de Pétersbourg, si la vieille comtesse me révélait son secret! si elle m'indiquait ces trois cartes gagnantes! Pourquoi ne tenterais-je pas ma chance?... Me faire présenter, gagner sa confiance, devenir, s'il le faut, son amant. Mais pour tout cela il faut du temps! Or, à quatre-vingt-sept ans, elle peut mourir dans une semaine, dans deux jours... D'ailleurs, cette anecdote! Peut-on y croire? Non, l'économie, la modération, le travail, voici mes trois cartes gagnantes. Voici ce qui triplera, sextuplera ma fortune, ce qui me procurera l'indépendance, le repos! »

Tout en raisonnant de la sorte, il se trouva dans une des principales rues de Pétersbourg, devant une maison d'architecture ancienne. La rue était encombrée d'équipages; les voitures défilaient et s'arrêtaient devant la façade éclairée, et l'on voyait à chaque instant apparaître tantôt le petit pied svelte d'une beauté, tantôt une botte à éperon, tantôt le bas rayé et le soulier d'un diplomate. Pelisses et manteaux passaient rapidement devant un suisse solennel. Hermann s'arrêta.

« A qui appartient cette maison? demanda-t-il à un sergent de ville.

— A la comtesse ***. »

Hermann tressaillit. L'étrange histoire se présenta de nouveau à son imagination. Il fit les cent pas devant la maison, en songeant à la comtesse et à son pouvoir mystérieux.

De retour très tard dans son humble logis, il fut longtemps avant de s'endormir; et, lorsque le sommeil s'empara de lui, il rêva de cartes, de tapis vert, de liasses d'assignats et de monceaux de ducats. Il jouait carte sur carte; il doublait avec assurance; gagnait sans cesse, amoncelait des piles d'or et bourrait ses poches de billets. Réveillé très tard, il se désola de l'évanouissement de ses fantastiques richesses et recommença d'errer par la ville.

Bientôt il se trouva de nouveau devant la maison de la comtesse ***. Une force inconnue semblait l'y attirer. Il s'arrêta et se mit à regarder les fenêtres. Derrière une vitre il aperçut une jeune tête aux cheveux noirs, penchée sur un livre, sans doute, ou sur quelque travail. La tête se releva; Hermann vit un frais visage et des yeux noirs.

Cet instant décida de son sort.

III

** Vous m'écrivez, mon ange, des lettres de quatre pages plus vite que je ne puis les lire.*

Correspondance.

Lisavéta Ivanovna n'eut pas plus tôt enlevé manteau et chapeau que la comtesse l'envoya chercher, et fit atteler de nouveau son carrosse. Toutes deux s'apprêtaient à y monter. A l'instant où deux valets de pied soulevaient et hissaient péniblement la vieille dame sur le marchepied, Lisavéta Ivanovna aperçut son officier tout auprès de la voiture. Celui-ci la saisit par la main. Avant qu'elle eût pu se remettre de sa frayeur, le jeune homme avait disparu, lui glissant un billet dans la main. Elle le dissimula sous son gant, et, durant tout le trajet, n'entendit rien, ne vit rien. En voiture, la comtesse avait l'habitude de poser sans cesse des questions : « Qui vient de passer? Comment s'appelle ce pont? Qu'est-ce qu'il y a d'inscrit sur cette enseigne? » Cette fois, Lisavéta Ivanovna répondit tout de travers, ce qui mit en colère la comtesse.

« Qu'as-tu donc aujourd'hui ma petite mère? As-tu perdu le sens? Tu ne m'entends pas, ou tu ne me comprends pas? Dieu merci, je ne grasseye pas et je ne suis pas encore une folle! »

Lisavéta Ivanovna ne l'écoutait pas. De retour à la maison, elle courut à sa chambre, tira la lettre de son gant; elle n'était pas cachetée. Lisavéta Ivanovna la lut. La lettre contenait une déclaration d'amour; elle était tendre, respectueuse, et, mot pour mot, traduite d'un roman allemand; mais Lisavéta Ivanovna ne savait pas l'allemand, et fut très contente.

Pourtant cette lettre, qu'elle avait acceptée, la troublait extrêmement. Pour la première fois de sa vie, elle nouait une intrigue secrète avec un jeune homme. La témérité de l'officier l'épouvantait. Elle se reprochait sa conduite imprudente et ne savait quel parti prendre. Ne plus se tenir à la fenêtre et, par une feinte indifférence, décourager l'officier de ses poursuites? lui renvoyer sa lettre? lui répondre d'une manière nette et glacée? Elle n'avait ni parente, ni amie à qui demander conseil.

Lisavéta Ivanovna se décida à répondre.

Elle s'assit devant sa table, prit une plume, du papier, et se mit à réfléchir. Plus d'une fois elle commença sa lettre, la déchira... Les termes lui en paraissaient tantôt trop complaisants, tantôt trop sévères. Enfin elle réussit à écrire ces quelques lignes, dont elle fut satisfaite :

Je suis persuadée que vos intentions sont celles d'un honnête homme, et que vous ne voudriez pas m'offenser par une conduite irréfléchie. Cependant des rapports entre nous ne doivent pas commencer ainsi. Je vous renvoie donc votre lettre et j'espère dorénavant ne plus avoir à me plaindre d'un manque de considération que je n'ai point mérité.

Le lendemain, aussitôt qu'elle aperçut Hermann, elle quitta sa broderie, passa dans le salon, ouvrit le vasistas et jeta la lettre dans la rue, se fiant à la prestesse du jeune officier. Hermann accourut, ramassa le billet et entra pour le lire dans la boutique d'un confiseur. Ayant rompu le cachet, il trouva sa propre lettre et la réponse de Lisavéta Ivanovna. C'était là ce qu'il espérait. Il rentra chez lui tout occupé par son intrigue.

Trois jours après, une jeune modiste à l'œil vif apporta un billet à Lisavéta Ivanovna. Celle-ci l'ouvrit, inquiète, s'attendant à quelque demande d'argent; mais, reconnaissant l'écriture de Hermann :

« Vous vous trompez, mademoiselle, ce billet n'est pas pour moi.

— Si fait, c'est bien pour vous, répondit effrontément la jeune fille, sans dissimuler un sourire. Prenez la peine de le lire. »

Lisavéta Ivanovna parcourut le billet. Hermann exigeait un rendez-vous.

« Cela ne se peut! s'écria Lisavéta Ivanovna, effrayée par la hardiesse de la demande et du procédé. Cette lettre n'est assurément pas pour moi. »

Et elle déchira le billet en mille petits morceaux.

« Si la lettre n'est pas pour vous, pourquoi la déchirez-vous? dit la modiste. Je l'aurais retournée à celui qui l'a envoyée.

— Je vous en prie, ma chère! dit Lisavéta Ivanovna toute confuse; ne m'apportez plus jamais de messages : quant à celui qui vous en charge, dites-lui qu'il devrait avoir honte. »

Mais Hermann ne se calma pas. Lisavéta Ivanovna recevait chaque jour une nouvelle lettre, transmise tantôt d'une manière, tantôt d'une autre. Elles n'étaient plus traduites de l'allemand. Hermann les écrivait, inspiré par une passion violente et parlait un langage qui était bien le sien. Ses lettres reflétaient toute l'obstination de ses désirs et le désordre de son imagination déréglée. Lisavéta Ivanovna ne songeait plus à les lui renvoyer : elle s'en enivrait. Elle se prit à lui répondre et ses billets devinrent chaque jour plus longs et plus tendres. Enfin elle lui jeta par la fenêtre la lettre suivante :

*Aujourd'hui, il y a bal chez l'ambassadeur ***. La comtesse y sera. Nous y resterons jusqu'à deux heures environ. C'est l'occasion pour vous de me voir seule. Sitôt que la comtesse sera partie, ses gens probablement s'en iront aussi. Il ne restera plus que le suisse dans le vestibule, mais il a coutume de se retirer dans son réduit. Venez à onze heures et demie. Montez directement l'escalier. Si vous rencontrez quelqu'un dans l'antichambre, vous demanderez si la comtesse est chez elle. On vous répondra qu'elle est sortie, et alors il n'y aura rien à faire; force sera de vous retirer. Mais, vraisemblablement, vous ne rencontrerez personne. Les servantes se tiennent toutes dans la même chambre. En sortant du vestibule, prenez à gauche et continuez tout aroit devant vous, jusqu'à la chambre à coucher de la comtesse. Là, derrière un paravent, vous trouverez* *deux petites portes : celle de droite donne accès à un cabinet obscur où la comtesse ne pénètre jamais; celle de gauche ouvre sur un corridor, au bout duquel un étroit escalier tournant mène à ma chambre.*

Dans l'attente de l'heure fixée, Hermann frémissait comme un tigre. Dès dix heures du soir, il était devant la maison de la comtesse. Il faisait un temps affreux. Le vent hurlait, une neige à demi fondue tombait à gros flocons. Les réverbères répandaient une clarté terne; les rues étaient désertes. De temps à autre un traîneau passait attelé d'une rosse étique, le cocher épiait un passant attardé. Hermann, vêtu de son seul uniforme, en arrêt, ne sentait ni le vent, ni la neige. Enfin le carrosse de la comtesse avança. Hermann vit sortir, soutenue par deux laquais, la vieille toute courbée, enveloppée d'une pelisse de zibeline; aussitôt après, couverte d'un manteau léger, les cheveux ornés de fleurs naturelles, passa rapidement Lisavéta Ivanovna. La portière claqua et le carrosse roula lourdement sur la neige molle. Le suisse referma la porte d'entrée. Les lumières des fenêtres s'éteignirent. Hermann faisait les cent pas devant la maison déserte. Il s'approcha d'un réverbère et regarda sa montre. Il était onze heures vingt. Immobile sous le réverbère, les yeux fixés sur l'aiguille, il compta les minutes.

A onze heures et demie précises, Hermann gravit les marches du perron et entra dans le vestibule brillamment éclairé. Le suisse n'y était pas. Hermann monta rapidement l'escalier, ouvrit la porte de l'antichambre et vit, sous une lampe, un domestique qui dormait étendu dans un vieux fauteuil crasseux. D'un pas ferme et léger, Hermann passa devant lui. La grande salle et le salon étaient obscurs. La lampe de l'antichambre n'y répandait qu'une lueur incertaine. Hermann entra dans la chambre de la comtesse. Une veilleuse d'or brûlait devant d'anciennes icônes; des fauteuils recouverts de soie fanée, des divans aux dorures ternies et garnis de coussins de plume étaient disposés avec une morne symétrie le long des murs tendus de tapisseries chinoises. On y voyait deux portraits peints à Paris par Mme Vigée-Lebrun. L'un représentait un homme d'une quarantaine d'années, gros et rose, en habit vert, sur lequel brillait une décoration. Le second portrait était celui d'une femme jeune et belle, au nez aquilin, une rose dans ses cheveux poudrés relevés sur les tempes. Dans les moindres recoins, on voyait des bergers de porcelaine, des pendules du fameux Leroy, des petites boîtes, des éventails et un tas de ces bibelots à l'usage des dames, colifichets de la fin du siècle dernier, contemporains des appareils de Montgolfier et du fluide de Mesmer.

Hermann passa derrière le paravent. Là se trouvait un lit de fer. A droite il aperçut la porte du cabinet obscur, à gauche celle du corridor. Il ouvrit celle-ci et distingua l'étroit escalier tournant qui menait à la chambre de la pauvre pupille. Mais, revenant sur ses pas, il entra dans le cabinet noir.

Le temps s'écoulait lentement. Tout était silencieux. La pendule du salon sonna minuit; les autres pendules de la maison sonnèrent toutes minuit, l'une après l'autre; puis tout retomba dans le silence. Hermann, debout, s'appuyait contre un poêle sans feu. Il était calme. Son cœur battait régulièrement, comme celui d'un homme qui a pris une décision hasardeuse, mais irrévocable. Une heure sonna, puis deux; enfin il entendit le roulement lointain d'une voiture. Alors, malgré lui, il sentit l'émotion l'envahir. La voiture approcha et s'arrêta. Il entendit rabattre le marchepied, puis un branle-bas dans la maison. Les domestiques accoururent; il y eut des bruits de voix; les appartements s'éclairèrent. Trois vieilles suivantes firent irruption dans la chambre à coucher, et la comtesse, à peine vivante, entra et se laissa tomber dans un fauteuil Voltaire. Hermann regardait par une fente. Lisavéta Ivanovna passa tout près de lui; il entendit ses pas précipités sur les marches de l'escalier tournant. Quelque chose qui ressemblait à un remords agita son cœur, puis se dissipa de nouveau. Il se fit de pierre.

La comtesse commença de se déshabiller devant un miroir. On lui ôta son bonnet orné de roses; on enleva sa perruque poudrée, découvrant ses cheveux tout blancs coupés ras. Les épingles pleuvaient autour d'elle. Sa robe jaune brodée d'argent glissa jusqu'à ses pieds gonflés. Hermann assista à tous les mystères répugnants de cette toilette. Enfin la comtesse demeura en peignoir et en bonnet de nuit. En ce costume plus conforme à son âge, elle paraissait moins hideuse et moins effroyable.

Comme toutes les vieilles gens, la comtesse souffrait d'insomnies; elle s'installa dans un fauteuil près de la fenêtre et renvoya ses femmes. On emporta les chandelles; la chambre ne fut plus éclairée que par la seule veilleuse. La comtesse, toute jaune, remuait ses lèvres pendantes et se balançait de droite et de gauche. Dans ses yeux ternes on lisait une absence complète de pensée, et, en la regardant se balancer ainsi, on aurait pu croire que le mouvement de l'horrible vieille ne provenait pas de sa propre volonté, mais d'un secret courant galvanique.

Subitement, ce visage de mort changea d'expression. Les lèvres cessèrent de remuer, les yeux s'animèrent. Un inconnu s'était dressé devant la comtesse.

« N'ayez pas peur, dit-il d'une voix sourde, mais bien distincte. Pour l'amour de Dieu n'ayez pas peur. Je n'ai nulle intention de vous faire du mal, je viens implorer une grâce. »

La vieille le regardait en silence et semblait ne pas l'entendre. Hermann crut qu'elle était sourde, et, se penchant à son oreille, il répéta les mêmes paroles. La vieille se taisait toujours.

« Vous pouvez, continua Hermann, assurer le bonheur de ma vie, sans qu'il vous en coûte rien. Vous êtes à même, je le sais, de désigner trois cartes qui... »

Hermann s'arrêta. La comtesse sembla enfin comprendre ce qu'on exigeait d'elle. On eût dit qu'elle cherchait des mots pour sa réponse.

« C'était une plaisanterie, dit-elle enfin. Je vous le jure, c'était une plaisanterie!

— On ne plaisante pas ainsi, répliqua Hermann d'un ton irrité. Souvenez-vous de Tchaplitzki : grâce à vous, il a pu gagner... »

La comtesse parut troublée. Ses traits exprimèrent une vive émotion, mais elle retomba bientôt dans une stupeur immobile.

« Pouvez-vous m'indiquer ces trois cartes gagnantes? » continua Hermann.

La comtesse se taisait. Hermann reprit :

« Pour qui gardez-vous votre secret? Pour vos petits-enfants? Ils sont déjà riches; et puis ils ne connaissent même pas la valeur de l'argent. Vos trois cartes n'aideront en rien le prodigue. Celui qui n'a pas su garder son patrimoine mourra dans la misère, malgré les efforts les plus diaboliques. Je ne suis pas un prodigue, moi! Je sais ce que vaut l'argent. Vos trois cartes ne seront pas perdues pour moi. Allons!... »

Il se tut et attendit, frémissant, la réponse. La comtesse se taisait.

Hermann se mit à genoux.

« Si votre cœur a jamais connu l'amour, si vous vous rappelez ses extases, si vous avez jamais souri à la plainte d'un nouveau-né, si quelque sentiment humain a jamais fait battre votre cœur, je vous en conjure par l'amour d'une épouse, d'une amante, d'une mère, par tout ce qu'il y a de saint dans la vie, ne repoussez pas ma prière, révélez-moi votre secret! Qu'en feriez-vous? Mais peut-être est-il lié à quelque péché terrible, à la perte de votre salut éternel, à quelque pacte diabolique? Pensez-y, vous êtes vieille, vous n'avez plus longtemps à vivre. Je suis prêt à prendre sur moi votre péché. Révélez-moi seulement ce secret. Songez que le bonheur d'un homme se trouve entre vos mains, que non seulement moi, mais encore mes enfants, mes petits-enfants, nous bénirons tous votre mémoire et vous vénérerons comme une sainte. »

La vieille ne répondait pas.

Hermann se releva.

« Sorcière! s'écria-t-il, en serrant les dents, je saurai te faire parler!... »

Et il tira un pistolet de sa poche.

A la vue du pistolet, la comtesse, pour la seconde fois, manifesta une violente émotion. Elle agita de nouveau la tête, étendit ses bras comme pour se protéger contre l'arme, puis, subitement, elle se renversa en arrière et demeura immobile.

« Allons donc! cessez de faire l'enfant, dit Hermann, en lui prenant la main. Je vous demande pour la dernière fois : Voulez-vous me dire vos trois cartes! Oui ou non? »

La comtesse ne répondit pas. Hermann vit qu'elle était morte.

IV

> *• 7 mai 18...*
> *• Homme sans mœurs et sans religion!*
>
> Correspondance.

Lisavéta Ivanovna était assise dans sa chambre, en toilette de bal, plongée dans une méditation profonde. De retour à la maison, elle s'était hâtée de renvoyer sa femme de chambre qui, à moitié endormie, lui avait offert à contrecœur ses services; elle n'avait besoin de personne pour se déshabiller, lui dit-elle. Puis, toute frémissante, elle était montée dans sa chambre, espérant y trouver Hermann, désirant en même temps qu'il n'y fût pas. Du premier coup d'œil elle s'assura de son absence, et remercia le destin pour l'avoir empêché de venir. Elle s'assit sans changer de toilette, et se mit à repasser dans sa mémoire toutes les circonstances de cette intrigue, commencée depuis si peu de temps et qui déjà l'avait entraînée si loin. Trois semaines s'étaient à peine écoulées depuis que, de sa fenêtre, elle avait aperçu le jeune officier pour la première fois, et voilà qu'elle était en correspondance avec lui et que déjà il avait obtenu d'elle un rendez-vous de nuit! Elle ne savait son nom que parce que quelques-unes de ses lettres étaient signées; elle ne lui avait jamais adressé la parole, n'avait jamais entendu le son de sa voix. Jusqu'à ce soir-là, chose étrange, elle n'avait pas même entendu parler de lui. Ce soir, au bal, Tomski, boudant la jeune princesse Pauline *** qui, contre son habitude, coquetait avec un autre, résolut de se venger d'elle en jouant l'indifférence; il invita Lisavéta Ivanovna pour une interminable mazurka, durant laquelle il fit force plaisanteries sur l'intérêt particulier qu'elle portait aux officiers du génie et feignant d'en savoir sur ce sujet beaucoup plus long qu'elle ne pouvait supposer. Quelques-unes de ses plaisanteries tombèrent si juste que, plus d'une fois, Lisavéta Ivanovna crut son secret découvert.

« De qui tenez-vous tout cela? dit-elle en riant.

— D'un ami de la personne que vous savez, répondit Tomski. D'un homme fort étrange.

— Qui donc est cet homme étrange?

— Il s'appelle Hermann. »

Lisavéta Ivanovna ne répondit rien, mais elle sentit ses mains et ses pieds se glacer.

« Ce Hermann, continua Tomski, est vraiment un personnage romanesque. Il a le profil de Napoléon et l'âme de Méphistophélès. Je crois qu'il doit avoir au moins trois crimes sur la conscience. Mais comme vous êtes pâle!

— J'ai mal à la tête... Eh bien! que vous a dit ce... Hermann, ou comment l'appelez-vous?

— Hermann est très mécontent de son ami : il dit qu'à sa place il en aurait usé tout autrement. Je suppose même que Hermann a des vues sur vous. Du moins, ce n'est pas avec indifférence qu'il écoute les propos amoureux de son ami.

— Mais où donc m'a-t-il vue?

— A l'église, peut-être; à la promenade. Dieu sait encore où! Peut-être dans votre chambre pendant que vous dormiez. Il en est bien capable! »

En cet instant, trois dames, s'avançant pour inviter Tomski à choisir entre **oubli et regret,* interrompirent cette conversation qui excitait douloureusement la curiosité de Lisavéta Ivanovna. Il se trouva que la dame choisie par Tomski était la princesse Pauline ***. Elle eut le temps de s'expliquer en faisant un tour de plus et en tardant ensuite à s'asseoir.

Lorsque Tomski et Lisavéta reprirent leur danse, Tomski ne pensait plus ni à Hermann, ni à la jeune fille. Celle-ci essaya vainement de renouer la conversation interrompue, mais la mazurka prit fin et, aussitôt après, la vieille comtesse quitta le bal.

Il n'y avait dans les propos de Tomski rien de plus qu'un bavardage de danseur, mais ils avaient pénétré profondément dans l'âme de la jeune rêveuse. Le portrait tracé par Tomski ressemblait à l'image qu'elle avait rêvée : image banale, mais qui tout à la fois effrayait et charmait son imagination exaltée par de romanesques lectures.

Elle était toujours assise, ses bras nus croisés, la tête encore parée de fleurs, penchée sur sa poitrine découverte.

Soudain la porte s'ouvrit, et Hermann entra. Elle tressaillit.

« Où étiez-vous donc? demanda-t-elle d'une voix angoissée.

— Dans la chambre de la vieille comtesse, répondit Hermann. Je viens de la quitter. La comtesse est morte.

— Mon Dieu! que dites-vous?...

— Et je crois bien, continua Hermann, que je suis cause de sa mort. »

Lisavéta Ivanovna le regarda, et les paroles de Tomski retentirent dans son âme : « Cet homme doit avoir au moins trois crimes sur la conscience. »

Hermann s'assit sur le rebord de la fenêtre, et lui raconta tout.

Lisavéta Ivanovna l'écoutait avec épouvante. Ainsi donc, ces lettres si passionnées, ces supplications ardentes, cette poursuite hardie et obstinée, tout cela, ce n'était pas l'amour qui l'avait inspiré. L'argent! voilà ce que convoitait son âme! Ce n'était donc pas elle qui pouvait combler ses désirs et le rendre heureux. La pauvre enfant n'avait été que la complice aveugle d'un bandit, du meurtrier de sa vieille bienfaitrice!...

Et elle pleura amèrement, dans la douleur d'un repentir tardif.

Hermann la regardait en silence. Il était angoissé, lui aussi. Mais ni les larmes de la jeune fille, ni la beauté touchante de sa douleur ne troublaient son âme insensible. Il n'avait pas de remords en songeant à la morte. Une seule pensée l'épouvantait : la perte irréparable du secret dont il attendait sa fortune.

« Vous êtes un monstre! dit enfin Lisavéta Ivanovna.

— Je n'ai pas voulu sa mort, répondit Hermann, mon pistolet n'était pas chargé. »

Ils se turent.

Le jour se levait. Lisavéta Ivanovna éteignit la chandelle qui achevait de se consumer. Une lueur blafarde éclaira la chambre. Elle essuya ses yeux pleins de larmes et les leva sur Hermann. Il était toujours assis sur le rebord de la fenêtre, les bras croisés, fronçant les sourcils d'une manière menaçante. Dans cette attitude, il rappelait étonnamment le portrait de Napoléon. Cette ressemblance frappa Lisavéta.

« Comment sortirez-vous de la maison? dit-elle enfin. Je pensais vous faire sortir par l'escalier secret, mais il faudrait pour cela passer par la chambre à coucher de la comtesse, et j'ai peur...

— Dites-moi comment trouver cet escalier dérobé, j'irai seul. »

Lisavéta Ivanovna se leva, prit dans un tiroir une clef qu'elle remit à Hermann, en lui donnant des indications précises. Hermann serra sa main inerte et glacée, posa ses lèvres sur son front baissé, et sortit.

Il descendit l'escalier tournant, et entra de nouveau dans la chambre de la comtesse. Elle était assise, toute raide. Son visage exprimait un calme profond. Hermann s'arrêta devant elle et la contempla longuement, comme pour s'assurer de l'effrayante vérité. Enfin il entra dans le cabinet obscur et, sous la tapisserie, découvrit la porte de l'escalier secret, qu'il commença à descendre. D'étranges sentiments l'agitaient. « Par ce même escalier, songea-t-il, il y a quelque soixante ans, à pareille heure, en habit brodé, coiffé * *à l'oiseau royal*, serrant son tricorne contre sa poitrine, se glissait furtivement dans cette même chambre un jeune et heureux amant qui depuis longtemps n'est plus que poussière, et le cœur de sa maîtresse a cessé de battre aujourd'hui... »

Au bas de l'escalier, Hermann trouva une porte qu'il ouvrit avec sa clef, puis il suivit un corridor qui le mena dans la rue.

V

> *« Cette nuit m'est apparue la défunte baronne de W***. Elle était tout de blanc vêtue et me dit : " Bonjour, Monsieur le conseiller ". »*
>
> Swedenborg.

Trois jours après la nuit fatale, Hermann se rendit au couvent de ***, où l'on devait célébrer les funérailles de la comtesse.

Bien que n'éprouvant pas de remords, Hermann ne pouvait étouffer complètement la voix de sa conscience qui lui répétait : « C'est toi le meurtrier ! »

A défaut de vraie foi, il avait une multitude de superstitions. Il croyait que la défunte pouvait exercer une influence néfaste sur sa vie, et résolut d'assister à ses funérailles, afin d'implorer son pardon.

L'église était pleine de monde. Hermann eut beaucoup de peine à traverser la foule. Le cercueil était placé sur un riche catafalque, sous un baldaquin de velours. La défunte était étendue dans sa bière, les mains jointes sur la poitrine, coiffée d'un bonnet de dentelles, vêtue d'une robe de satin blanc. Sa famille et les gens de la maison se tenaient près du catafalque; les domestiques, en caftans noirs garnis à l'épaule de rubans armoriés, un cierge à la main; les enfants, petits-enfants, arrière-petits-enfants en grand deuil. Personne ne pleurait; les larmes eussent passé pour *une affectation*. La comtesse était si vieille, que sa mort ne pouvait surprendre personne, et ses parents depuis longtemps la considéraient comme hors de ce monde. Un jeune évêque prononça l'oraison funèbre. En termes simples et touchants, il peignit la fin paisible de cette femme juste, dont la longue existence ne fut qu'une préparation douce et attendrissante à une mort chrétienne. « L'ange de la mort, dit l'orateur, l'a surprise, vigilante, dans ses méditations pieuses et dans l'attente du fiancé de minuit. »

Le service se déroula au milieu d'une affliction décente. Les parents vinrent faire leurs derniers adieux à la défunte. Après eux, les nombreux invités s'inclinèrent devant celle qui durant tant d'années avait pris part à leurs frivoles plaisirs. Puis s'avancèrent les gens de la maison et, en dernier lieu, la favorite de la défunte, aussi âgée que celle-ci. Deux jeunes filles la soutenaient. Elle n'avait pas la force de s'agenouiller, mais elle fut la seule qui versa quelques larmes en baisant la main froide de sa maîtresse. Après elle, Hermann se décida à s'approcher du cercueil. Il se prosterna et demeura ainsi quelques instants sur les dalles froides jonchées de branches de sapin. Il se releva enfin, aussi pâle que la morte, gravit les degrés du catafalque et s'inclina... Il lui sembla en ce moment que la morte lui jetait un regard moqueur en clignant de l'œil [1]. D'un brusque mouvement, Hermann se rejeta en arrière, perdit pied et tomba lourdement à la renverse. On le releva. Au même instant on emportait sur le parvis de l'église Lisavéta Ivanovna, évanouie. Cet épisode troubla pendant quelques minutes la solennité de la funèbre cérémonie. Un murmure sourd s'éleva dans l'assistance, et un chambellan chafouin, proche parent de la défunte, glissa à l'oreille d'un Anglais, qui se trouvait près de lui, que le jeune officier était le fils naturel de la comtesse; à quoi l'Anglais répondit par un « Oh? » très froid.

Toute cette journée, Hermann fut en proie à un malaise extrême. Il dîna dans un restaurant solitaire et, contre son habitude, but beaucoup, dans l'espoir de s'étourdir. Mais le vin ne fit qu'échauffer encore son imagination.

Rentré chez lui, il se jeta tout habillé sur son lit et s'endormit d'un sommeil pesant.

Il faisait nuit lorsqu'il se réveilla. La lune illuminait sa chambre. Il regarda sa montre : il était trois heures moins un quart. Il n'avait plus envie de dormir. Assis sur son lit, il se mit à songer à l'enterrement de la vieille comtesse.

En cet instant, quelqu'un qui passait dans la rue jeta un regard dans sa chambre, puis s'éloigna aussitôt. Hermann n'y prêta aucune attention. Une minute après, il entendit ouvrir la porte de son antichambre. Il crut que son ordonnance, ivre selon son habitude, rentrait de quelque promenade nocturne. Mais non; c'était un pas inconnu. Quelqu'un marchait en traînant doucement des pantoufles. La porte s'ouvrit et une femme vêtue de blanc entra. Hermann crut que c'était sa vieille nourrice, et s'étonna de ce qui pouvait l'amener à une heure si tardive. Mais la femme en blanc, glissant, se trouva subitement près de lui, et Hermann reconnut la comtesse.

« Je suis venue chez toi contre ma volonté, dit-elle d'une voix ferme. Mais il m'est ordonné d'exaucer ta prière. Trois — sept — as, gagneront l'un après l'autre, mais tu ne joueras chaque soir qu'une seule carte, et après tu ne joueras plus de toute ta vie. Je te pardonne ma mort, à condition que tu épouses Lisavéta Ivanovna, ma pupille. »

Ayant ainsi parlé, elle se dirigea lentement vers

la porte, et disparut en traînant ses pantoufles. Hermann entendit claquer la porte de l'antichambre, et vit de nouveau quelqu'un à la fenêtre, qui le regardait.

Hermann demeura longtemps sans pouvoir se ressaisir. Il entra dans la chambre voisine. Son ordonnance dormait à terre. Hermann eut beaucoup de peine à le réveiller. L'ordonnance était ivre comme d'habitude, et il fut impossible d'en obtenir un mot. La porte de l'antichambre était fermée à clef. Hermann entra dans sa chambre, alluma un flambeau, et écrivit le récit de sa vision.

VI

> — ** Attendez!*
> — *Comment avez-vous osé me dire : « * Attendez »?*
> — *Votre Excellence, j'ai dit : « * Veuillez attendre*[1]. »

Deux idées fixes ne peuvent coexister dans le monde moral, de même que dans le monde physique deux corps ne peuvent occuper en même temps la même place. Le trois, le sept, l'as effacèrent bientôt dans l'imagination de Hermann le souvenir de la vieille comtesse. Le trois, le sept, l'as ne quittaient plus son esprit et revenaient sans cesse sur ses lèvres. Voyait-il une jeune fille : « Que sa taille est bien prise! disait-il, un vrai trois de cœur. » Lui demandait-on l'heure, il répondait : « Un sept moins cinq. » Tout homme un peu gros lui rappelait un as. Le trois, le sept, l'as le poursuivaient en rêve et sous maints aspects. Le trois s'épanouissait avec l'apparence d'une splendide fleur de magnolia; le sept figurait un portail gothique; l'as prenait la forme d'une araignée monstrueuse. Toutes ses pensées se fondirent en une seule : mettre à profit le secret si chèrement acquis. Il songea à quitter l'armée pour voyager. C'est dans les maisons de jeu de Paris qu'il espérait dompter la fortune ensorcelée. Le hasard le tira d'embarras. Un cercle de riches joueurs s'était formé à Moscou, sous la présidence du fameux Tchékalinski, dont toute l'existence s'était passée à la table de jeu et qui avait amassé naguère des millions, car il gagnait des lettres de change et ne perdait que de l'argent; il devait à sa longue expérience la confiance de ses amis; à sa maison ouverte, à un cuisinier fameux, à son affabilité et à sa gaieté, l'estime du monde. Il vint à Pétersbourg. La jeunesse accourut en foule, délaissant les bals pour les cartes, et préférant les émotions du jeu aux séductions de la coquetterie.

Naroumov lui amena Hermann. Ils traversèrent une enfilade de pièces somptueuses, remplies de serviteurs empressés. Partout il y avait foule. Quelques généraux et conseillers secrets [1] jouaient au whist; des jeunes gens étaient confortablement installés sur des divans tendus de soie, prenant des glaces et fumant des pipes. Dans le salon principal, devant une longue table, autour de laquelle se pressaient une vingtaine de joueurs, le maître de la maison tenait la banque. C'était un homme de soixante ans environ, d'aspect respectable, avec des cheveux argentés; son visage rond et frais respirait la bienveillance, ses yeux brillaient, animés d'un sourire continuel. Naroumov lui présenta Hermann. Tchékalinski lui serra amicalement la main, le pria de ne pas faire de cérémonies, et continua de jouer.

La taille dura longtemps. Il y avait plus de trente cartes sur la table. A chaque coup, Tchékalinski s'arrêtait, afin de laisser aux joueurs le temps de prendre leurs dispositions, marquait les sommes perdues, écoutait poliment les réclamations, et, plus poliment encore, redressait les coins d'une carte qu'une main distraite avait pliée. Enfin la taille fut terminée. Tchékalinski battit les cartes et se prépara à en commencer une autre.

« Permettez-moi de prendre une carte », dit Hermann allongeant son bras par-dessus un gros homme qui pontait à côté de lui.

Tchékalinski sourit, et s'inclina silencieusement en signe de parfait assentiment. Naroumov félicita Hermann sur la fin de sa longue abstinence, et lui souhaita un heureux début.

« Va! dit Hermann, en inscrivant à la craie sa mise au-dessus de la carte.

— Combien? demanda le banquier en plissant les yeux. Veuillez m'excuser, je ne vois pas.

— Quarante-sept mille », répondit Hermann.

A ces mots, toutes les têtes se tournèrent instantanément, tous les yeux se dirigèrent vers Hermann.

« Il est fou! », se dit Naroumov.

« Permettez-moi de vous faire observer, dit Tchékalinski, avec son sourire immuable, que votre jeu est fort : personne n'a encore ponté ici plus de deux cent soixante-quinze roubles sur le simple.

— Eh bien! répliqua Hermann, me faites-vous ma carte, oui ou non? »

Tchékalinski s'inclina avec la même expression d'humble acquiescement.

« Je voulais seulement vous faire observer, dit-il, qu'étant honoré de la confiance de mes amis, je ne peux jouer qu'argent sur table. En ce qui me concerne, votre parole seule suffit, évidemment; cependant, pour l'ordre du jeu et la facilité des comptes, je vous prierai de mettre l'argent sur la carte. »

Hermann tira de sa poche un billet de banque et

le tendit à Tchékalinski; après y avoir jeté un regard rapide, celui-ci le déposa sur la carte d'Hermann.

Il se mit à tailler. A droite vint un neuf, à gauche un trois.

« Le trois gagne », dit Hermann en montrant sa carte.

Un murmure s'éleva parmi les joueurs. Tchékalinski fronça les sourcils, mais un sourire reparut aussitôt sur son visage.

« Désirez-vous que je règle? demanda-t-il à Hermann.

— Je vous en prie. »

Tchékalinski tira de sa poche quelques billets de banque, et s'acquitta sur-le-champ. Hermann prit son argent et s'éloigna de la table. Naroumov n'en revenait pas. Hermann but un verre de limonade, et rentra chez lui.

Le lendemain soir, il revint chez Tchékalinski. Le maître de la maison tenait la banque. Hermann s'approcha de la table. Les joueurs lui firent aussitôt place; Tchékalinski le salua d'un air affable.

Hermann attendit une nouvelle taille, prit une carte, la couvrit de ses quarante-sept mille roubles et du gain de la veille.

Tchékalinski commença la taille. Un valet sortit à droite, un sept à gauche.

Hermann découvrit un sept.

Tous s'exclamèrent. Le trouble de Tchékalinski était manifeste. Il compta quatre-vingt-quatorze mille roubles et les remit à Hermann, qui les prit avec sang-froid et sortit aussitôt.

Le soir suivant, Hermann reparut à la table. Tout le monde l'attendait. Les généraux et les conseillers secrets avaient délaissé leur whist pour assister à un jeu aussi extraordinaire. Les jeunes officiers avaient quitté précipitamment leurs divans, les serviteurs se pressaient dans le salon. Tout le monde entourait Hermann. Les autres joueurs avaient cessé de ponter, attendant avec impatience la fin de ce jeu.

Hermann debout près de la table se disposait à ponter seul contre Tchékalinski; celui-ci, pâle, n'avait pas cessé de sourire. Chacun d'eux décacheta un paquet de cartes. Tchékalinski les mêla. Hermann, après avoir coupé, choisit sa carte et la couvrit d'une liasse de billets de banque. Cela ressemblait à un duel. Un profond silence régnait autour d'eux.

Tchékalinski se mit à tailler; ses mains tremblaient. A droite vint une dame; à gauche un as.

« L'as gagne! dit Hermann, et il découvrit sa carte.

— Votre dame est battue », dit doucement Tchékalinski.

Hermann tressaillit : en effet, au lieu d'un as, il tenait une dame de pique. Il n'en croyait pas ses yeux, ne comprenant pas comment il avait pu se méprendre.

Au même instant, il lui sembla que la dame de pique clignait de l'œil et lui souriait. Il fut frappé par une extraordinaire ressemblance...

« La vieille! » s'écria-t-il, épouvanté.

Tchékalinski ramassa les billets de banque.

Hermann demeurait immobile. Lorsqu'il quitta la table, une conversation bruyante s'éleva. « Un fameux ponte! » disaient les joueurs.

Tchékalinski mêla les cartes : le jeu reprit son cours.

CONCLUSION

Hermann est devenu fou. Il est à l'hôpital Oboukhov, au numéro 17, ne répond à aucune question et marmotte très rapidement : « Trois, sept, as! Trois, sept, dame!... »

Lisavéta Ivanovna a épousé un jeune homme très aimable. Il est fonctionnaire et possède une assez jolie fortune; c'est le fils de l'ancien intendant de la vieille comtesse. Lisavéta Ivanovna a pris chez elle une jeune parente pauvre, comme demoiselle de compagnie.

Tomski est passé capitaine et va épouser la princesse Pauline.

POSTFACE

POUCHKINE
(1799-1837)

Une enfance heureuse dans une famille de noblesse ancienne, appauvrie mais encore aisée, que fréquentent quelques-uns des meilleurs esprits d'alors et où les « lumières » européennes sont en honneur; des études classiques, sérieuses mais sans douleur, au Lycée impérial de Tsarskoïè Sièlo, dans une atmosphère privilégiée de liberté (la guerre contre Napoléon retardant le moment où le caporalisme d'Araktchéiev anéantira l'œuvre du libéralisme de Spéranski); une adolescence fantasque et curieuse dans la fréquentation des gloires littéraires du temps; une jeunesse pétersbourgeoise brillante, dissipée et frondeuse qui lui vaut les rigueurs du tsar Alexandre Ier, mais en compensation les douceurs du climat méridional et l'excitante fréquentation des jeunes intellectuels qui seront les idéologues ou les acteurs du mouvement *décembriste*; une gloire précoce qu'il paie d'un second bannissement, cette fois dans la solitude, mais une solitude où son génie se concentre et s'enrichit; — puis le deuil brutal de presque toutes ses amitiés de jeunesse dans la répression du complot de décembre 1825, et à partir de là un âge mûr étroitement surveillé, accablé des pesantes faveurs d'un Nicolas Ier aussi habilement indulgent pour lui qu'impitoyablement autoritaire pour d'autres; un mariage d'amour qui lui apporte bientôt plus de soucis et d'inquiétudes que de bonheur familial, et une existence de courtisan malgré lui qui, en même temps qu'elle le compromet aux yeux de ses admirateurs mal informés, l'expose aux avanies et aux intrigues d'une haute société dédaigneuse ou malveillante, et de sa part aux gestes irréfléchis; enfin l'épilogue tragique qui a brusquement mûri dans cet environnement si peu fait pour son caractère — tel est à peu près le résumé des trente-huit années de la vie du plus grand poète de la Russie impériale, de celui à qui il a été donné de faire définitivement passer la littérature russe de l'âge de l'imitation ou de l'adaptation à celui de la création originale et bientôt exemplaire.

Sa vocation poétique remonte presque à son enfance. Il a à peine seize ans, et l'on ne connaît encore que ses essais d'écolier, quand Basile Joukovski, dans toute sa gloire de chef de file de l'école romantique, écrit à Pierre Viaziemski : « C'est l'espoir de notre littérature, et nous devons tous nous unir pour aider à grandir ce futur géant qui nous éclipsera tous. » Il est encore lycéen quand il commence son premier grand poème, *Rouslan et Lioudmila,* et c'est déjà la manifestation d'une personnalité poétique si originale, si nouvelle, si indépendante de tout dogme et de toute coterie de plume, que lorsque le poème sera achevé et publié trois ans plus tard, ce sera une sorte d'événement littéraire. C'est un simple conte fantaisiste en vers, brodant sur des motifs populaires; mais c'est aussi un défi — disons plutôt une nique — aux « règles », aux interdits pédants, à la « séparation des genres » chère à la vieille garde traditionaliste, et en même temps une parodie non moins irrespectueuse du folklorisme romantique alors à la mode. La vieille garde crie à la trivialité et à l'immoralité, mais la jeune école est au contraire ravie de la vivacité du récit, de la variété du style, tantôt comique et léger, voire grivois, tantôt tragique et même épique, de la pureté et de la plasticité de la langue, de la coulante harmonie du vers; et le bon Joukovski lui-même, spirituellement parodié, est le premier à féliciter « le disciple vainqueur de son maître ».

Sa spontanéité, son charme enjoué, font d'ailleurs de tous ses aînés des amis, et quand il le faudra, dans toute la mesure de leur influence, des protecteurs et des intercesseurs. Et il le faudra plus d'une fois. Dès avant *Rouslan et Lioudmila*, durant les trois ans de vie insouciante et parfois dissipée qu'il a menée à Pétersbourg comme fonctionnaire débutant — et assez peu assidu — des Affaires étrangères, il s'est fait une notoriété de poète contestataire qui le suivra longtemps, et qui lui coûtera cher. C'est le moment où la jeunesse russe instruite s'enflamme pour les idées rapportées d'Occident par les jeunes officiers de l'armée qui a vaincu Napoléon et occupé Paris. L'un de ces jeunes officiers, Pierre Tchaadaïev (celui qui, vingt ans plus tard, sera officiellement déclaré fou et interdit d'écriture pour avoir, dans une *Lettre philosophique*, soumis à une sévère critique la Russie et son histoire) est, à cette époque, un des plus proches amis de Pouchkine; d'autres, et avec eux d'anciens condisciples du Lycée de Tsarskoïè Sièlo, sont de futurs conjurés du 14 décembre 1825. Ce sont leurs idées — monarchie constitutionnelle et abolition du servage — que le jeune Pouchkine a faites siennes dans son ode *Liberté* (1817), dans son poème *Le Village* (1819), dans des épigrammes (un genre où il excellera toujours) contre Araktchéiev, l'âme du régime policier d'alors, contre Stourza, l'idéologue de la Sainte Alliance, et même contre le tsar Alexandre Ier, gendarme de l'Europe. Tout cela se passe de mains en mains (le *samizdat* russe ne date pas d'aujourd'hui); quand en mai 1820, d'ordre du souverain, il est invité à s'en expliquer devant le gouverneur militaire de Pétersbourg, il avoue tout sans hésiter.

L'intercession de Karamzine et Joukovski, tous deux influents au Palais, le sauve de la Sibérie : il est seulement éloigné administrativement en Russie du Sud, à la disposition du général Inzov qui s'occupe de la colonisation de territoires de conquête récente. Or dès son arrivée à Yèkatérinoslav, un malaise providentiel (et apparemment peu grave) après une baignade, un hasard favorable — le passage du général Raïevski, héros respecté de 1812 et père d'un de ses camarades de Pétersbourg — et l'indulgence du général Inzov lui permettent d'échapper à l'ennui de cette bourgade provinciale tout juste naissante, et lui procurent même trois longs mois d'une riante « convalescence » au Caucase et en Crimée : sa première pénitence aura été douce et lui laissera les meilleurs souvenirs de sa jeunesse, en même temps qu'une moisson d'impressions poétiques qui inspireront tout un cycle de son œuvre. Quand, en septembre 1820, il revient auprès du général Inzov, nommé entre-temps à Kichiniov résident général de Bessarabie, le « service » lui laisse assez de liberté pour mener de front la production poétique (c'est alors qu'entre autres il conçoit et commence *Eugène Oniéguine*), la vie de jeune homme (autant que le permet le milieu provincial de la métropole moldave), et la participation à tous les mouvements d'idées qui passionnent alors la jeunesse avancée : il a son heure de philhellénisme (en même temps que de byronisme), il se fait admettre à la loge maçonnique locale, et même il s'évade près de quatre mois pour retrouver, à Kamienka en Ukraine, de jeunes intellectuels qui sont ses amis et qui refont ensemble la Russie et seront les conjurés du 14 décembre 1825.

Jusqu'alors, même dans cet exil aux rigueurs si mitigées, Pouchkine a eu de la chance. Mais il s'ennuie à Kichiniov et ne le laisse ignorer dans aucune de ses lettres à ses amis de Pétersbourg. Ceux-ci profitent de la nomination à Odessa d'un nouveau gouverneur général de Nouvelle-Russie, le comte Michel Vorontsov, pour lui recommander le jeune poète : Odessa, port international, est une cité cosmopolite animée, une fenêtre sur l'Europe, et ils espèrent que Pouchkine s'y sentira moins séparé du monde. Or c'est là que vont commencer ses malheurs.

Le comte Vorontsov, dignitaire rigoureux et anglomane féru de respectabilité, lui pardonnerait d'être un poète s'il était au moins un fonctionnaire zélé (et c'est ce zèle-là qui lui manque le plus), et s'il menait une vie plus rangée et courtisait moins les femmes. Pouchkine de son côté enrage d'être traité en gratte-papier de petit grade, conscient qu'il est de son talent déjà reconnu, et fier aussi d'une lignée d'ancêtres de six siècles autant que Byron de son titre de lord. Il n'est pas depuis six mois à Odessa que déjà ses rapports avec son chef tournent de plus en plus à l'incompatibilité d'humeur. Il est probable que Vorontsov adresse à Pétersbourg des rapports qui contribuent à amener la catastrophe. Au moment même où Pouchkine excédé offre sa démission, il est pris au mot au vu d'une lettre à un ami, interceptée par la police, dans laquelle il a déclaré en badinant « préférer Goethe et Shakespeare à l'Esprit Saint » et « prendre des leçons de pur athéisme », crime majeur aux yeux du tsar Alexandre Ier chez qui la bigoterie a succédé au mysticisme.

Incontinent, Pouchkine est révoqué et assigné à résidence dans le Nord, à Mikhaïlovskoïè, propriété de sa mère, village perdu dans une région peu hospitalière de forêts et de marécages : il y sera surveillé par les services du gouverneur de Pskov, par le pope de l'endroit, et par son père qui n'a pas su refuser ce rôle de policier : il en résultera, entre le père et le fils, de pénibles scènes dont l'une faillit tourner très mal pour le poète, son père ayant voulu l'accuser de voies de fait que l'Eglise traite presque comme un parricide. Mais l'hiver venu, la famille rentre à Moscou, laissant Pouchkine seul avec sa *niania* Arina Rodionovna — un nom que l'histoire de la littérature russe retiendra pour l'influence que cette vieille paysanne serve, simple et dévouée, a eue, par sa seule présence et ses naïfs bavardages, sur l'évolution du génie du poète.

Pendant presque deux ans, sa solitude n'est atténuée que par les visites de quelques rares amis qui ont le courage de venir de Pétersbourg — et dont la présence attire aussitôt celle du pope — et par des escapades, à travers champs, chez sa voisine du village proche de Trigorskoïè, Prascovie Ossipov, qui lui offre avec sa famille (outre une boîte aux lettres pour soustraire sa correspondance à l'indiscrétion policière) une société de jeunes gens et de jeunes filles parmi lesquels il retrouve sa gaieté naturelle. Mais cette solitude est aussi propice au travail, à la lecture, à la méditation : c'est de Mikhaïlovskoïè que datent ses deux chefs-d'œuvre poétiques, *Boris Godounov* — fruit de la lecture de *l'Histoire de l'Etat russe* de Karamzine et des drames de Shakespeare — et quatre nouveaux chapitres d'*Eugène Oniéguine* (après les deux chapitres écrits à Kichiniov et à Odessa), ceux justement où, à la suite de son héros écœuré comme lui de la vie de la Russie « d'en haut », il pénètre en profondeur dans une réalité — celle de la campagne russe, modestes *barines* et leurs serfs — jusqu'alors dédaignée ou artificiellement déguisée par la littérature. Et c'est aussi le moment où, comme il le confie à ses lecteurs au chapitre III d'*Eugène Oniéguine*, il projette déjà de recourir à la prose pour mieux rendre cette prosaïque réalité russe.

A la fin de décembre 1825 lui parviennent les échos du coup de force constitutionnaliste qui a échoué le 14 sur la place du Sénat à Pétersbourg, et de ses conséquences : presque tous ses compagnons d'adolescence et de jeunesse y sont impliqués, et pendant les cinq mois que va durer l'enquête ordonnée par le nouveau tsar Nicolas Ier il peut craindre pour lui-même. Heureusement, ses amis décembristes, qui avaient eu garde, depuis Kamienka, de l'initier à leur conspiration, ont sans doute dit aussi, lors de leurs interrogatoires, ce qu'il fallait pour qu'il reste hors de cause. L'enquête close, il sollicite du souverain, sur le conseil de ses protecteurs de Pétersbourg, la levée de son bannissement. Nicolas Ier fera attendre trois mois sa réponse, et lui donnera la forme impressionnante qu'il affectionne en toutes choses : dans la nuit du 3 au 4 septembre 1826, un courrier de cabinet arrive à Mikhaïlovskoïè, enlève littéralement le poète et le conduit à Moscou où viennent de se dérouler les cérémonies du couronnement. Le 8, Pouchkine est reçu par le souverain. Incapable de mentir, il avoue que seule probablement son absence de Pétersbourg l'a gardé de participer au complot; Nicolas affecte de pardonner en faveur de cette franchise, lui permet de vivre à Moscou et d'écrire ce qu'il voudra pourvu qu'il le lui montre avant de le publier : « Je serai moi-même ton censeur. » En fait, Pouchkine ne sera pas, pour autant, dispensé de la censure ordinaire; et il aura à répondre au comte Benkendorf, chef de la police, de tous ses actes et de tous ses déplacements : c'est une nouvelle prison sans barreaux qui remplace l'ermitage surveillé du précédent règne.

Six mois plus tard, Pétersbourg lui sera également permis. Mais la société avec laquelle il reprend ainsi contact dans les deux capitales n'offre plus rien de l'excitation intellectuelle qu'il y avait connue six ans auparavant : la vigilance de la « Troisième Section de la Chancellerie impériale » (la police secrète) assagit les plus téméraires. Après la répression du putsch décembriste, une atmosphère de découragement et d'inaction forcée a succédé sans transition aux vastes ambitions régénératrices et aux espérances illimitées d'avant le drame. Les admirateurs qu'avait naguère le poète, réduits eux-mêmes à l'obscurité et au silence, ne connaissent que sa position apparemment privilégiée de « protégé » du tsar : certains interprètent comme un acte de servilité, comme une trahison de ses anciens idéaux, jusqu'aux *Stances* dans lesquelles en 1826, encore à Mikhaïlovskoïè, avant la sentence et les exécutions, il faisait appel, en faveur de ses amis décembristes, à la clémence du souverain; ils ignorent qu'il a su, en secret, faire parvenir à son ami Ivan Pouchtchine, puis à ses autres camarades d'autrefois, *Au fond des mines de Sibérie*, des messages de sympathie et d'espoir qu'ils ont reçus, eux, comme la main tendue d'un frère fidèle. Quand il osera publier les vers d'*Arion*, écrits le 16 juillet 1827 (anniversaire des pendaisons) et où il se compare à l'aède, seul survivant du naufrage de tous ses compagnons, l'allégorie ne sera pas comprise par ceux qui doutent de sa constance. Il paie ainsi d'une disgrâce imméritée auprès de son vrai public la condescendance du tsar, et il ressent de plus en plus son isolement : « Je me retire volontairement du rang des favoris de la mode », écrit-il (en français) en 1828 dans un projet de préface à *Boris Godounov*.

La surveillance de Benkendorf est une contrainte permanente. Qu'il donne lecture à des amis, en petit comité, de vers sur lesquels le tsar n'a pas d'abord donné son avis; que la police saisisse en ville des copies, répandues sans qu'il y soit pour rien et sous un titre séditieux et arbitraire (« A propos du 14 décembre »), d'un poème (*André Chénier*) écrit bien avant le putsch décembriste, mais qui est en effet un éloge du tyrannicide; qu'il n'attende pas l'autorisation formelle de son quasi-geôlier pour effectuer un projet déjà ancien de voyage au Caucase où son ami de jeunesse Nicolas Raïevski commande un régiment dans la guerre contre la Turquie (et où il retrouvera aussi, il est vrai, nombre d'autres anciens camarades envoyés au front pour décembrisme); qu'il ose même simplement, en mars 1830, se rendre sans préavis de Pétersbourg à Moscou pour renouveler une demande en mariage éludée un an plus tôt par les parents méfiants de Nathalie Gontcharov; et c'est à chaque fois une semonce de Benkendorf. Il lui faudra d'ailleurs demander au même Benkendorf un véritable certificat de bonne conduite pour obtenir enfin la main de celle qu'il aime : après quoi ses futurs beaux-parents, et aussi sa propre famille, le cas échéant, exploiteront comme s'il était un favori du pouvoir celui qu'ils tenaient jusqu'alors pour un réprouvé.

Cependant il continue d'écrire quand il en a envie, et de publier quand il en a besoin, comme il le déclare sans fausse honte dans des lettres à ses amis. Sans doute peut-on l'imaginer alors, à peu de chose près, tel qu'il décrira un peu plus tard (en 1835) un personnage d'une de ses œuvres inachevées (*Nuits égyptiennes*) :

« Il s'efforçait par tous les moyens possibles de se débarrasser de l'insupportable appellation [de poète]. Il évitait la société de ses confrères hommes de lettres et leur préférait les gens du monde, même les plus futiles. Sa conversation était on ne peut plus banale et ne touchait jamais la littérature... Dans son cabinet de travail rien ne faisait penser à l'écrivain : on n'y voyait pas de livres traînant sur les tables et sous les tables, le divan n'était pas maculé d'encre, il ne régnait pas ce désordre qui dénonce la présence de la Muse et l'absence de balai et de brosse. Il était au désespoir si quelqu'un de *ses amis mondains* le surprenait la plume à la main... Il était pourtant poète, et c'était une passion insurmontable : quand fondait sur lui cette « saleté » (c'est ainsi qu'il appelait l'inspiration), il s'enfermait dans son cabinet et noircissait du papier depuis le matin jusque tard dans la nuit. Il avouait à *ceux qui étaient sincèrement ses amis* qu'alors seulement il connaissait le véritable bonheur. Le reste du temps il s'amusait, s'y appliquait ou le feignait... » (C'est nous qui soulignons la distinction faite entre deux sortes d'amis.)

En 1830, sept chapitres de son roman en vers *Eugène Oniéguine*, témoignage pénétrant sur la société de son temps, sont déjà parus, et déjà la critique hostile s'est déchaînée, tandis qu'assez peu nombreux sont encore ceux qui se rendent compte que la littérature russe vient d'acquérir un de ses chefs-d'œuvre. Quant à *Boris Godounov,* le tsar a daigné suggérer à l'auteur d'en faire plutôt « un roman historique à la Walter Scott », et c'est le genre de « conseil » auquel il répugne le plus à se soumettre. Aussi son drame dort-il depuis trois ans dans ses papiers. Or maintenant qu'il est décidé, après les frasques et les aventures de la jeunesse, à chercher le bonheur « dans les voies communes », comme il le dit en citant Chateaubriand, c'est-à-dire à se marier, il va avoir besoin d'argent : sa future belle-mère, notamment, lui en demande pour préparer le trousseau de la fiancée. Il multiplie les démarches pour pouvoir publier son drame. On lui en accorde enfin l'autorisation « sous sa propre responsabilité » et en lui recommandant d'en exclure les passages jugés « triviaux » — jugés tels, peut-être, par Thaddée Boulgarine, protégé et indicateur de police de Benkendorf et ennemi littéraire de Pouchkine... C'est Joukovski qui procède à quelques retouches et qui se chargera de la publication, pendant que Pouchkine est occupé aux préparatifs de son mariage.

L'inattendu est que c'est à l'occasion de ces préparatifs qu'il va jouir pendant trois mois, loin des deux capitales, de loisirs forcés qui seront aussi féconds que le furent ceux de Mikhaïlovskoïè. Il se rend en septembre 1830 au village de Boldino, dans la province de Nijni-Novgorod, où son père possède un bien dont il lui cède une partie en cadeau de mariage. Il comptait n'y rester que le temps des formalités à expédier sur place; mais une épidémie de choléra, venue du Caucase, vient de gagner cette région, et les barrières sanitaires établies pour tenter d'en arrêter la progression vont le retenir à Boldino jusqu'au début de décembre. Il n'a d'autre distraction que d'écrire, et l'automne a toujours été la saison qui l'inspire le mieux. C'est à Boldino qu'il met le point final à *Eugène Oniéguine,* qu'il compose toute une série d'autres œuvres en vers, et c'est là qu'il conçoit et écrit presque d'un seul jet les cinq *Récits de feu Ivan Pétrovitch Bielkine,* qui seront, sous un anonymat d'ailleurs transparent, sa première œuvre en prose achevée et livrée au public. Pas d'autre ambition que celle de conter, dans le style sans prétention de la conversation de gens bien élevés, de simples histoires tout juste originales. Mais pour la première fois apparaît en russe une prose élégante et limpide, dépouillée de toute grandiloquence même lorsqu'il s'agit de sujets aussi romantiques en soi que ceux du *Coup de pistolet* ou de *La Tempête de neige,* de toute sentimentalité moralisante pour raconter une idylle comme *La Demoiselle-paysanne* ou un drame de l'abandon comme *Le Maître de poste,* de tout appareil fantastique sophistiqué pour décrire la danse macabre du *Marchand de cercueils.* Au point de vue de la forme, les *Récits de Bielkine* marqueront pour la prose russe, avec le recul du temps, une date aussi mémorable qu'autrefois, pour la poésie, *Rouslan et Lioudmila* : même refus des fioritures du sentimentalisme ou des tirades du romantisme, même précision, harmonie et fluidité de l'expression. « Tout écrivain se doit d'étudier et d'étudier encore les *Récits de Bielkine* », notera Tolstoï en 1873. Mais il y a plus : dans *Le Marchand de cercueils* et surtout dans *Le Maître de poste,* Pouchkine est le premier qui ait su évoquer, avec une vérité et en même temps une sympathie que l'humour et l'émotion contenue gardent de l'idéalisation complaisante ou de l'attendrissement factice, une réalité sociale autre que celle du monde des riches et des heureux, la vie des petites gens de la ville et de la campagne russes. Le pauvre père de Dounia est bien le frère aîné des humbles héros de Gogol et de Dostoïevski, Akakiï Akakiévitch du *Manteau* et Macaire Diévouchkine des *Pauvres gens* : et Pouchkine — même s'il n'avait pas, de surcroît, donné un peu plus tard à son jeune ami et disciple Gogol les sujets du *Révizor* et des *Ames mortes* — resterait par là le précurseur de tout le roman russe du XIXe siècle. C'est grâce à son exemple, de l'aveu même de tous ses successeurs de Tourguéniev à Tchèkhov et à Maxime Gorki, que la littérature russe devancera désormais, par la qualité de son réalisme humain, ce que jusqu'alors elle imitait.

En février 1831, Pouchkine épouse Nathalie Gontcharov, qui lui donnera deux filles et deux fils. Et presque aussitôt recommencent les soucis matériels. Le métier littéraire devient plus que jamais pour lui un gagne-pain : c'est apparemment une des raisons pour lesquelles, dans les sept courtes années qui lui restent à vivre, la prose tiendra dans son œuvre une place bien plus grande qu'elle n'avait fait jusqu'alors.

D'abord le roman. Deux traits de la vie sociale de la Russie le frappent particulièrement : la décadence matérielle — et aussi morale — de la noblesse de vieille souche (sa propre classe), appauvrie par les partages ou les spoliations et évincée des affaires par la noblesse de fonction depuis Pierre le Grand, et par la noblesse d'alcôve depuis les impératrices du XVIIIe siècle; et d'autre part la sauvagerie des révoltes paysannes comme celles auxquelles on a assisté en 1831 à la suite des mesures prophylactiques prises contre le choléra, des révoltes qui ont rappelé le terrible souvenir de l'équipée de Pougatchov sous Catherine II. C'est sur ces deux thèmes qu'il conçoit successivement *Doubrovski* en 1832 et *La Fille du capitaine* en 1833. Et ce lui sera une nouvelle occasion de donner du peuple paysan russe, de ses façons de vivre et de sentir, de ses vertus et le cas échéant de ses vices, une image que Gogol, Tourguéniev, Tolstoï n'auront plus à découvrir.

Mais le roman le ramène à l'histoire, qu'il a toujours cultivée avec passion depuis que l'œuvre de Karamzine lui inspirait *Boris Godounov*. S'il n'a pas achevé, en 1827, son premier essai de récit en prose, *Le Nègre de Pierre le Grand* (inspiré de la vie de son ancêtre Hannibal), et s'il n'en a publié que les fragments qui étaient reconstitution historique véridique (les savoureuses descriptions d'un dîner chez un riche boïar et d'une « assemblée » mondaine chez le Tsar-Réformateur), c'est probablement qu'il s'est fait scrupule de trop « romancer » l'histoire. Il a maintenant l'ambition d'écrire une véritable *Histoire de Pierre le Grand* (dont il n'aura le temps que de recueillir les matériaux), et pour ce faire se plonge avec l'assiduité d'un chercheur dans les archives et bibliothèques d'Etat, notamment dans la bibliothèque de Voltaire conservée au Palais de l'Ermitage. Plus tard, quand il commence *La Fille du capitaine,* il consulte les archives du ministère de la Guerre pour se documenter sur la répression de la révolte de Pougatchov : le sujet le passionne tellement et il est si soucieux de vérité, qu'il abandonne pendant près de deux ans son roman pour aller sur place, jusque dans l'Oural (avec la permission de Benkendorf), recueillir des témoignages et des impressions sur le vif : et l'*Histoire de Pougatchov* qu'il en rapportera, et qu'il publiera — sans aucun succès d'ailleurs — avec l'appui financier du tsar, sera, par sa consciencieuse documentation et sa scrupuleuse exactitude dans le détail des faits tels qu'on pouvait les connaître alors, œuvre de véritable historien, la première sur ce sujet que Catherine II avait voulu tabou. Quand il reviendra à *La Fille du capitaine* (lors de son troisième « automne de Boldino » en 1834), ce sera pour enrichir cette vérité historique d'une vérité psychologique et sociale (notamment dans la restitution du personnage de Pougatchov) non moins éclatante.

Il y a eu entre-temps, en 1833, un deuxième « automne de Boldino » — au retour du voyage dans l'Oural — dont les fruits prouvent que la veine poétique de Pouchkine, en dépit des sarcasmes de ses zoïles, est loin de se tarir : c'est d'alors que datent ses *Contes* en vers, souvenirs d'Arina Rodionovna, et l'un de ses plus beaux poèmes, *Le Cavalier d'airain,* qu'il refusera d'ailleurs de publier avec les altérations de la censure, et qui ne paraîtra qu'après sa mort. C'est d'alors aussi que date *La Dame de pique,* récit de la même sobriété que ceux de Bielkine, et dans lequel Dostoïevski, créateur de Raskolnikov et du *Joueur*, reconnaîtra un modèle d'effacement de l'auteur derrière son héros.

Romancier et historien, Pouchkine est aussi, dans sa prose, un critique littéraire, exigeant pour lui-même et pour les autres, et d'un goût généralement très sûr. C'est un talent qu'il n'a longtemps exercé, et avec quelle verve, que dans ses lettres à ses amis, ou occasionnellement dans le *Télégraphe de Moscou*, revue des frères Polévoï, dont il n'apprécie guère le romantisme assez simpliste. A partir de 1830, il rêve d'écrire dans sa propre revue. Mais la *Gazette littéraire*, fondée et dirigée par son ami Delvig, succombe en moins d'un an, victime de la partialité de Benkendorf, dans la polémique menée par *L'Abeille du Nord* de Boulgarine contre les « aristocrates » de la revue concurrente. A trois reprises, en 1831, 1832 et 1835, Pouchkine sollicite l'autorisation d'en fonder une lui-même. Il y parvient enfin en 1836, et *Le Contemporain* sera peu d'années plus tard la plus importante revue littéraire russe — mais seulement après la mort de son fondateur : de son vivant, c'est un échec. D'abord parce qu'il lui a été interdit d'y traiter des sujets « politiques », et c'est un concept que la censure et Benkendorf savent élargir à l'infini. Ensuite parce qu'il finit par être seul à assumer toutes les tâches matérielles de la publication : ses collaborateurs du premier numéro l'ont laissé l'un après l'autre, appelés par d'autres obligations ou attirés par des « tendances » philosophiques qui lui sont étrangères. Pouchkine est de plus en plus seul à mener une œuvre littéraire également éloignée de toutes les écoles entre lesquelles commence à se diviser le monde intellectuel russe.

Depuis 1834, il vit, à Pétersbourg, une vie de courtisan malgré lui. Il ressent comme une offense à son âge et à sa dignité de poète la fonction de « gentilhomme de la chambre » (*kammerjunker*) que Nicolas Ier a cru bon de lui conférer, et comme une atteinte à sa liberté les semonces du grand chambellan Litta quand il manque aux obligations de l'étiquette. Il est obligé d'aliéner davantage encore cette liberté en sollicitant du tsar des avances, soit pour imprimer son *Histoire de Pougatchov,* soit pour faire face aux besoins de sa jeune femme, qui aime la vie de Cour autant qu'il la déteste, ou à ceux de son père dont il doit endosser les dettes et gérer les biens. Ses jeunes admirateurs d'autrefois le considèrent déjà comme « récupéré » (comme on dit aujourd'hui) : « Gogol prend maintenant à la tête de la littérature russe la place *abandonnée* par Pouchkine », écrit en 1835 Biélinski, oracle de la critique progressiste, qui révisera d'ailleurs plus tard ce jugement; et en même temps, à la Cour, il reste suspect de tendances subversives et dûment surveillé. En juin 1834 il se révolte en apprenant que le tsar même ne répugne pas à se faire communiquer ses lettres à sa femme interceptées par la police; il s'en venge en écrivant dans une de ces lettres, sans mâcher ses mots : « J'ai cessé d'en vouloir à *qui tu sais,* parce que, toute réflexion faite, Il n'est pas fautif de la cochonnerie qui l'entoure. Quand on vit dans des latrines, on se fait malgré soi à la merde et son odeur ne vous dégoûte plus, si gentleman qu'on soit. Ah! pouvoir foutre le camp à l'air pur! » Dans un moment d'écœurement il va jusqu'à offrir sa démission du service; mais il lui faut bien vite implorer son pardon de ce coup de tête quand on lui fait savoir que le prix de cette démission sera de n'avoir plus accès aux archives pour préparer son *Histoire de Pierre le Grand.*

Tandis qu'il y travaille, puis se consacre à la publication du *Contemporain,* toute une partie de la haute société pétersbourgeoise, celle qui fréquente la Cour, l'entoure d'une atmosphère de petites intrigues de salon, d'envie masquée en dédain ou d'ironique suspicion. L'épilogue commence le 4 novembre 1836 par la grossière lettre anonyme qu'il reçoit directement, que lui transmettent aussi des amis qui l'ont reçue sous double enveloppe, et qu'il attribue au baron Haeckeren-Dantès, et cela finira, sur un nouveau coup de tête de Pouchkine, par le duel fatal du 27 janvier 1837. Le duel ne pouvait avoir que deux issues : la mort ou un nouveau bannissement. C'est évidemment la seconde qu'il avait espérée, pour retrouver enfin « l'air pur », fût-ce en proscrit.

L'œuvre qu'il laisse est tronquée comme sa vie, mais tout ce qu'il a achevé touche à la perfection. Elle est, pour le lecteur, d'une originalité absolue, même lorsqu'il avoue (ou feint) lui-même, ou lorsque le commentateur décèle une imitation ou une influence : car, ouvert à tous les courants de sentiment et d'expression de son temps, Pouchkine n'en est jamais l'esclave, il garde toujours assez de détachement et de bon goût pour s'en dégager et au besoin s'en moquer après coup, sans pour autant renier ni bouder le plaisir qu'il y a pris. On peut dire que tout ce qu'il a reçu de la culture européenne — et merveilleusement assimilé au génie russe — il le lui a rendu avec usure : les vingt années de son adolescence et de sa maturité, celles de la formation et de l'épanouissement de son génie, sont aussi celles qui ont vu naître Gogol (1809), Lermontov (1814), Tourguéniev (1818), Dostoïevski (1822), Tolstoï (1828), pour ne citer que les plus grands parmi ceux qui, en deux ou trois décennies, vont apporter à l'Europe le don royal de la littérature russe du XIXe siècle; or tous, poètes ou prosateurs, ont lu Pouchkine dès leur jeunesse, tous s'avouent ses élèves et ses débiteurs. Tous écriront désormais la langue que Pouchkine a modelée, et qui reste aujourd'hui celle de tout Russe instruit, sans s'écarter notablement — et c'est aussi grâce à Pouchkine — de la langue que parle le peuple. Même les thèmes dont ils s'inspireront dans leur création sont tous, peu ou prou, au moins ébauchés quelque part dans l'œuvre de Pouchkine.

Il n'a peut-être que porté à son point d'achèvement une révolution littéraire déjà commencée par d'autres un peu avant lui. Mais cette révolution a été fulgurante : il y a, entre l'expression littéraire russe de la fin du XVIIIe siècle et celle de Pouchkine — il y a, chez Pouchkine lui-même, entre l'ode encombrée de redondances pseudo-classiques et d'archaïsmes slaves qu'il lisait à Dierjavine, au Lycée, en 1815, et les alertes vers de *Rouslan et Lioudmila,* publiés seulement cinq ans plus tard — presque autant de différence qu'en France entre le style d'Amyot et celui de Voltaire. Tourguéniev force à peine la note quand il dit : « Il a été donné à Pouchkine d'accomplir seul deux travaux partagés dans d'autres pays par un siècle entier ou davantage : fixer une langue et créer une littérature. » Tolstoï, dans son *Journal,* a ratifié ce jugement.

Gustave Aucouturier.

DOSSIER

CHRONOLOGIE

(Les dates sont celles du calendrier julien alors en retard de douze jours sur le calendrier actuel.)

26 mai 1799 — Naissance à Moscou d'Alexandre Serguiéiévitch Pouchkine. Noblesse très ancienne par son père, plus récente par sa mère (petite-fille du nègre Hannibal, filleul de Pierre le Grand), mais peu fortunée. Milieu lettré, que fréquente une élite intellectuelle.

Octobre 1811 — Sur le conseil d'Alexandre Tourguéniev, haut fonctionnaire de l'Instruction publique et plus tard son ami, il entre par concours au *Lycée* impérial qui vient d'être fondé auprès du Palais de Tsarskoïè Sièlo : enseignement gratuit, d'esprit libéral (« le seul endroit de Russie où on ne fouette pas »). Il y fait des études moyennes (seul son professeur de français Boudry — le propre frère de Marat — le qualifie « très appliqué »), et s'adonne déjà à sa vocation précoce : la poésie. Ses premiers vers publiés (signés d'un anagramme) paraissent en 1814 dans *Le Messager de l'Europe.*

8 janvier 1815 — Examen de passage mémorable au Lycée : Pouchkine y déclame, en présence de Dierjavine (le plus célèbre poète russe d'alors) enthousiasmé, ses *Souvenirs à Tsarskoïè Sièlo,* en vers de style classique et très « dierjavinien ».

1816 — Il est introduit par son oncle Basile Lvovitch (lui-même poète mineur) chez le grand historien Karamzine et à l'*Arzamas,* petite parodie d'académie à tendance novatrice en matière d'expression littéraire. Il en est le benjamin, « le Grillon » disent ses aînés et amis (entre autres les poètes Joukovski et Batiouchkov, qu'on peut considérer comme ses précurseurs directs).

1817 — Encore au Lycée, il commence son poème *Rouslan et Lioudmila,* parodie de la poésie folklorique romantique.

Juillet 1817 — Sorti du Lycée, il entre au service des Affaires étrangères.

1817-1820 — Vie assez dissipée à Pétersbourg. Mais il écrit près de deux cents poésies de tous genres ; certaines sont publiées dans diverses revues, d'autres, frondeuses ou même séditieuses (l'ode *Liberté* en 1817), circulent sous le manteau et lui font un début de notoriété.

1819 — Il adhère au cercle littéraire « La Lampe verte », animé par de futurs décembristes.

26 mars 1820 — Il achève *Rouslan et Lioudmila.* Joukovski, chef de file de l'école romantique et cible évidente de la parodie, lui envoie son portrait avec la dédicace : « Au disciple victorieux le maître vaincu. »

Mai 1820 — D'ordre du tsar (Alexandre Ier) il est interrogé par le gouverneur général de Pétersbourg sur ses poésies séditieuses. Il avoue tout sans hésiter et risque la Sibérie. Karamzine et Joukovski intercèdent en sa faveur. Le *9 mai,* il est envoyé en exil administratif à Yèkatérinoslav, dans les services du général Inzov, curateur des colons de Russie méridionale. Il y tombe malade à l'arrivée.

Mi-mai - août 1820 — Le général Raïevski, passant avec son fils Nicolas (ami de Pouchkine depuis Pétersbourg) et deux de ses filles par Yèkatérinoslav, obtient la permission de l'emmener en convalescence au Caucase et en Crimée. Vacances enchantées qui laisseront d'abondantes traces dans son œuvre en vers et en prose.

Août 1820 — Publication à Pétersbourg (par les soins de Gniéditch, traducteur d'Homère) de *Rouslan et Lioudmila.* Grand succès et scandale littéraire à la fois : la perfection et l'harmonie de la forme, la liberté et la variété de l'inspiration, enchantent les « modernes » et révoltent les « anciens » (par exemple Ivan Dmitriev, poète sentimental alors qualifié « patriarche de la poésie russe »).

Septembre 1820 — Il reprend son « service », mais à Kichiniov, où Inzov est devenu résident général de Bessarabie.

1820-1823 — Quasi-sinécure à Kichiniov, avec les plaisirs de la vie mondaine provinciale. Distractions plus sérieuses : il fait connaissance d'Alexandre Ypsilanti et se passionne un moment pour l'hétairie (le mouvement national hellène) au point de songer à s'y engager; d'autre part, fugues (tolérées par Inzov) à Odessa et à Kamienka (région de Kiev) chez un frère utérin du général Raïevski où il rencontre de jeunes amis qui sont de futurs décembristes (mais qui se gardent de le mêler à leur conspiration) : il y passe notamment près de quatre mois, de *novembre 1820* à *février 1821.* Le *4 mai 1821* il adhère à la loge maçonnique de Kichiniov, qui sera dissoute en décembre.

1821 — Il écrit la *Gabriéliade,* poème licencieux et sacrilège imité de Parny, et *Le Poignard* (« gardien secret de la liberté »), qui circuleront abondamment en manuscrits clandestins. Il commence son poème *La Fontaine de Bakhtchi-Saraï,* souvenir de son séjour en Crimée, et une *Autobiographie* d'esprit libertaire qu'il détruira en 1825.

1822 — Publication du *Prisonnier du Caucase* : c'est sa courte période d'inspiration byronienne. — Il ne cesse de se plaindre, dans ses lettres à ses amis, de l'ennui de la vie à Kichiniov.

Mai 1823 — Il commence, à Kichiniov, son roman en vers *Eugène Oniéguine.*

Août 1823 — Ses amis influents de Pétersbourg obtiennent qu'il soit muté à Odessa et le recommandent au comte Michel Vorontsov, qui vient d'y être nommé gouverneur général de Nouvelle-Russie.

Derniers mois de 1823 — Vie moins confinée à Odessa, grand port ouvert sur l'extérieur. Liaison avec la belle Viennoise (mariée à un Dalmate) Amélie Riznitch. Il achève en octobre *La Fontaine de Bakhtchi-Saraï* et le premier chapitre d'*Eugène Oniéguine,* en décembre le deuxième.

Janvier 1824 — Il écrit *Les Tsiganes,* poème romantique encore quelque peu byronien.

Premier semestre 1824 — Rapports de plus en plus tendus avec le comte Vorontsov, qui le traite en petit fonctionnaire trop peu zélé et tient peu de compte d'une noblesse dont Pouchkine, lui, est très imbu. *Fin janvier,* dans une lettre à son frère cadet Léon, il parle de se sauver à Constantinople. En *mai 1824,* lettre au chef de cabinet de Vorontsov : « Si le comte exige ma démission, je suis prêt... »

Vers avril-mai 1824 — La police secrète intercepte une lettre à un ami où il parle en badinant de son penchant à l'*athéisme* (crime capital aux yeux d'Alexandre Ier).

30 juillet 1824 — Il est révoqué et invité à se rendre, par un itinéraire strictement imposé, en résidence forcée au village de Mikhaïlovskoïè (propriété de sa mère) près de Pskov, où il sera sous surveillance multiple (l'administration, l'Eglise — et son père). Il y arrive le *9 août.*

Fin octobre 1824 — Après une violente querelle avec son père (qui prétend même qu'il a levé la main sur lui, autre crime qui peut le mener en Sibérie) il demande au gouverneur de Pskov « qu'on l'enferme en forteresse ». L'affaire sera discrètement étouffée par l'intercession de Joukovski.

Décembre 1824 à septembre 1826 — Pouchkine reste seul à Mikhaïlovskoïè avec sa vieille *niania* (nourrice et servante) Arina Rodionovna. — Lecture, travail, relations suivies avec ses voisins de Trigorskoïè (Prascovie Ossipov, son fils Alexis Wulf, sa fille Anna, ses jeunes cousines, le jeune poète N. Yazykov), flirt avec Anna Kern, cousine d'Ossipova. — Il termine *Les Tsiganes*, écrit son drame *Boris Godounov*, quatre chapitres d'*Eugène Oniéguine*, de nombreuses poésies.

11 janvier 1825 — Premier visiteur qu'il reçoit dans sa solitude : son ex-condisciple Ivan Pouchtchine, futur déporté décembriste.

Février 1825 — Publication du premier chapitre d'*Eugène Oniéguine*.

Avril 1825 — Deuxième visiteur à Mikhaïlovskoïè : Antoine Delvig, lui aussi ancien condisciple du Lycée de Tsarskoïè Sièlo. — Pouchkine demande à Pétersbourg l'autorisation d'aller à l'étranger « soigner un anévrisme ». On lui propose... Riga.

Juillet 1825 — Il est autorisé à se faire soigner à Pskov, et Joukovski veut lui envoyer un chirurgien de Derpt : il aura toutes les peines du monde à le décommander. — La première partie de *Boris Godounov* est achevée, le drame terminé en entier en *novembre*.

13-14 décembre 1825 — (Au moment même où éclate et échoue à Pétersbourg, après la mort d'Alexandre Ier, la tentative de coup de force *décembriste* pour imposer un régime de monarchie constitutionnelle). Il écrit en deux jours sa nouvelle en vers *Le comte Nouline*.

Fin décembre 1825 — Il apprend que presque tous ses amis de Kichiniov et de Kamienka ont été arrêtés et interrogés comme décembristes. Il craint pour lui-même et détruit de nombreux papiers, notamment tout le début de son *Autobiographie* commencée en 1821. — A Pétersbourg, publication d'un petit volume de ses vers (par les soins de son frère Léon et de son ami Pletniov).

Début de juin 1826 — L'enquête sur le complot décembriste terminée, les amis de Pouchkine lui font adresser au nouveau tsar (Nicolas Ier) l'attestation écrite de n'avoir jamais appartenu à une société secrète, et solliciter l'autorisation de quitter Mikhaïlovskoïè.

24 juillet 1826 — Il apprend l'exécution des sentences proposées par la commission d'enquête : cinq pendaisons (dont quatre de ses très proches amis), cent vingt exils en Sibérie ou mutations (avec dégradation) à l'armée du Caucase, frappant également un grand nombre de ses amis (notamment Ivan Pouchtchine).

Nuit du 3 au 4 septembre 1826 — Il est amené par un exprès, d'ordre du tsar (couronné le 22 août) à Moscou. Le *8 septembre* il est reçu par Nicolas Ier, qui le confesse et s'institue désormais personnellement « son censeur ». Il est autorisé à séjourner à Moscou, sous la surveillance de Benkendorf, chef du corps des gendarmes.

Octobre 1826 — Publication du chapitre II d'*Eugène Oniéguine.*

3 novembre à mi-décembre 1826 — Séjour à Mikhaïlovskoïè, puis à Pskov après un accident de voiture. Le 22 *novembre* première semonce de Benkendorf pour une lecture de *Boris Godounov* chez des amis avant la « censure » du tsar; Benkendorf lui demande le manuscrit de son drame. — Il rédige (pensum pour le tsar) une *Note sur une éducation nationale* (en français) d'esprit modérément libéral.

Décembre 1826 — Benkendorf présente *Boris Godounov* au tsar. Nicolas Ier : « Il devrait plutôt en faire un roman à la Walter Scott. » Pouchkine (lettre à Benkendorf du *3 janvier 1827*) se déclare incapable de refaire ce qui est fait.

1er janvier 1827 — Une scène de *Boris Godounov* publiée dans *Le Messager de Moscou*, organe des *Lioubomoudry*. Pouchkine, durant son séjour à Moscou (*janvier-mai 1827*), a des relations assez suivies avec ce groupe de jeunes intellectuels qu'il trouve bientôt trop férus de philosophie allemande.

27 janvier 1827 — On lui demande compte de son poème *André Chénier* (écrit vers l'été 1825), dont une quarantaine de vers, condamnés par la censure, circulent sous le titre « A propos du 14 décembre ». Il en fournit par écrit un commentaire montrant que les vers incriminés se rapportent uniquement au 1793 français.

Mars 1827 — Son frère Léon s'engage dans le Corps du Caucase : il forme le projet de s'y rendre aussi (ce qu'il fera en 1829).

3 mai 1827 — Il est autorisé, par lettre de Benkendorf, à vivre à Pétersbourg.

Juin 1827 — Nouvelle demande d'explications sur les vers « séditieux » du poème *André Chénier*.

Eté 1827 — Publication des *Tsiganes* et du *Comte Nouline*.

Août 1827 — Séjour à Mikhaïlovskoïè. Il y commence son roman historique *Le Nègre de Pierre le Grand* (où il tente de romancer la vie de son ancêtre maternel Hannibal), qui restera inachevé.

Octobre 1827 — Publication du chapitre III d'*Eugène Oniéguine*.

Novembre 1827 — Troisième demande d'explications sur *André Chénier*.

1828 — Vie mondaine à Pétersbourg, aventures galantes, démêlés avec la critique. Publication des chapitres

IV et V d'*Eugène Oniéguine* en *janvier*, du chapitre VI en *mars*, rédaction du chapitre VII, réédition de *Rouslan et Lioudmila* et du *Prisonnier du Caucase*.

Août-septembre 1828 — Enquête du Saint-Synode sur la *Gabriéliade* (écrite en 1821 et qui circule sous le manteau). Pouchkine essaie de nier qu'il en soit l'auteur, puis, sommé par le tsar de donner sa parole d'honneur, demande à s'expliquer avec le souverain seul. Le 2 *octobre* confession écrite à Nicolas Ier, qui pardonne (lettre du *16 octobre*) et déclare l'affaire close.

Octobre 1828 — Il écrit son poème *Poltava* (sur la trahison de Mazeppa et à la gloire de Pierre le Grand). — En *novembre* il termine le chapitre VII d'*Eugène Oniéguine*.

Janvier 1829 — *Poltava* et un fragment du *Nègre de Pierre le Grand* publiés dans l'almanach *Fleurs du Nord 1829* d'Antoine Delvig.

1er mai 1829 — Il demanda la main de Nathalie Gontcharov (seize ans). La réponse « n'est pas un refus »...

Mai-juin 1829 — Publication des deux premiers volumes des *Poésies d'Alexandre Pouchkine*.

Mai-septembre 1829 — Fugue caucasienne. Sans attendre l'autorisation demandée oralement à Benkendorf, il s'évade littéralement pour revoir le Caucase et retrouver, au Corps du Caucase en opérations en Arménie contre la Turquie, son ami Nicolas Raïevski (qui commande le régiment de dragons où sert son frère Léon). Il y rencontre aussi d'anciens décembristes. Il tirera de ses notes son *Voyage à Erzeroum*.

Septembre 1829 — Au retour, il passe par Moscou, où il est reçu très froidement chez les Gontcharov.

Octobre 1829 — Revenu à Pétersbourg, il doit donner des explications à Benkendorf sur sa fugue caucasienne non expressément autorisée. — Pendant son absence, Joukovski a vainement tenté d'obtenir que *Boris Godounov* puisse être publié.

Fin 1829 — De nouveau vie mondaine à Pétersbourg.

Janvier 1830 — Lancement de la *Gazette littéraire* dirigée par Antoine Delvig. Pouchkine en est un des principaux collaborateurs.

17 janvier — Nicolas Ier refuse de lui permettre un voyage à l'étranger.

21 janvier — Nouveau refus de publication de *Boris Godounov,* à moins qu'il en exclue ou modifie certains passages « triviaux » (probablement ceux qu'a signalés Boulgarine, ennemi littéraire de Pouchkine et agent secret de Benkendorf qui lui a demandé un avis).

11 mars 1830 — Article injurieux de Boulgarine contre lui dans *L'Abeille du Nord :* « Sa tête est un hochet creux plein de rimes ronflantes, où pas une idée n'a pris naissance... Il fait parade de libre pensée devant la populace et rampe en cachette aux pieds des puissants. »

Début mars — Il part de Pétersbourg pour Moscou. Benkendorf lui en manifeste son mécontentement : il n'a pas demandé l'autorisation.

Mars 1830 — Publication du chapitre VII d'*Eugène Oniéguine.* Un deuxième fragment du *Nègre de Pierre le Grand* dans la *Gazette littéraire.*

24 mars — Il en appelle à Benkendorf de l'hostilité déclarée de Boulgarine, qu'il croit « capable de tout » et « qui dit avoir de l'influence auprès de vous ».

Avril 1830 — Notule dans la *Gazette littéraire* : elle a été fondée par des écrivains « qui pour différentes raisons ne peuvent écrire dans aucune des revues de Pétersbourg ni de Moscou ». Boulgarine et d'autres relèvent « l'injure » : commencement d'une campagne contre les « aristocrates littéraires ». Pouchkine écrit *Les Mémoires de Vidocq,* pseudo-compte rendu critique où la description du personnage de

Vidocq correspond presque trait pour trait à la biographie de Boulgarine.

Mi-avril — A Moscou, il renouvelle sa demande en mariage; elle est enfin acceptée grâce à une lettre de Benkendorf certifiant que sa position n'est « ni fausse ni douteuse ».

28 avril — Ayant invoqué son besoin d'argent pour ses fiançailles, il obtient enfin l'autorisation de publier *Boris Godounov* « sous sa propre responsabilité ». Joukovski se charge des « amendements » nécessaires.

Mi-juillet à mi-août 1830 — A Pétersbourg. Démarches pour aider à redresser les finances de son futur beau-père.

2e quinzaine d'août — A Moscou, querelle avec sa future belle-mère, qui menace de rompre les fiançailles (elle veut de l'argent pour préparer le trousseau de sa fille).

Fin août 1830 — Benkendorf fait interdire la polémique entre revues sur les « aristocrates littéraires » et infliger un blâme à Delvig et à la *Gazette littéraire.*

Début de septembre 1830 — Départ de Pouchkine pour Boldino (province de Nijni-Novgorod) pour régler le partage des propriétés de son père (et hypothéquer ce que celui-ci lui cède, afin de prêter 11 000 roubles à sa future belle-mère). — Il restera immobilisé trois mois à Boldino par les barrières sanitaires contre une épidémie de choléra.

Automne 1830 (septembre-novembre) — A Boldino, intense travail littéraire. Il écrit les chapitres VIII et IX d'*Eugène Oniéguine*, la fantaisie en vers *La Maisonnette de Kolomna*, des *Contes* et *Petites tragédies* en vers, une trentaine de poésies diverses, et sa première œuvre en prose achevée et publiée, les *Récits de feu Ivan Pétrovitch Bielkine.* Il prépare aussi des articles pour la *Gazette littéraire* (réponses à ses critiques).

19 octobre 1830 — Il brûle le chapitre x d'*Eugène Oniéguine* (chargé d'allusions aux préludes du décembrisme), n'en conserve que quelques fragments soigneusement cryptés (déchiffrés en 1910).

15 novembre 1830 — A Pétersbourg, en son absence, suspension de la *Gazette littéraire*. Elle reparaîtra en janvier 1831, mais la mort de Delvig (15 janvier 1831) l'en détachera peu à peu.

5 décembre 1830 — Il peut enfin quitter Boldino et se rendre à Moscou (pour se marier) et il y restera jusqu'à *mi-mai 1831*. — En *décembre*, publication de *Boris Godounov*.

9 janvier 1831 — Benkendorf lui fait savoir que le tsar a lu *Boris Godounov* « avec plaisir ».

18 février 1831 — Mariage avec Nathalie Gontcharov (dix-huit ans) ; presque aussitôt nouveaux soucis d'argent, il engagera peu après des bijoux de sa femme en attendant une improbable dot.

Mi-mai à mi-octobre 1831 — A Tsarskoïè Sièlo. Vie mondaine dans les milieux de la Cour et de la diplomatie. Pletniov lui fait connaître le jeune Nicolas Gogol, qu'il encouragera et protégera.

Mi-juin 1831 — Il soumet à Benkendorf un plan (conçu dès 1830 au moment de l'insurrection polonaise) de revue littéraire « et politique », pour que les lettres russes ne laissent pas sans réponse les attaques de l'Occident contre le tsar et la Russie.

30 juin 1831 — Dernier numéro de la *Gazette littéraire.*

Juillet 1831 — La création d'une revue est, en haut lieu, jugée « superflue ». Il sollicite et obtient l'accès des archives et bibliothèques d'Etat pour préparer une *Histoire de Pierre le Grand*. Il est réintégré dans les cadres des Affaires étrangères avec appointements de 5 000 roubles par an.

26 juillet 1831 — Il commence à tenir régulièrement son *Journal.*

Juillet et août 1831 — Réaction aux clameurs de la presse et du Parlement français contre la répression en Pologne : *Aux détracteurs de la Russie* et *L'Anniversaire de Borodino.*

4 septembre 1831 — Interruption de son *Journal.*

Mi-octobre — Il quitte Tsarskoïè Sièlo pour Pétersbourg.

Fin octobre 1831 — Publication (anonyme) des *Récits de feu Ivan Pétrovitch Bielkine.*

Janvier 1832 — Publication du chapitre VIII d'*Eugène Oniéguine.* Il commence *Doubrovski.*

7 février 1832 — Il doit donner à Benkendorf des explications sur son poème *Antchar* (« l'Arbre de la mort »), paru dans *Fleurs du Nord 1832* (almanach publié au bénéfice de la veuve de Delvig) avec le visa de la censure mais sans l'aval du tsar, et où l'autorité croit voir une allégorie subversive.

29 février 1832 — Il demande et obtient l'accès de la bibliothèque de Voltaire à l'Ermitage (pour sa documentation sur Pierre le Grand).

Mars 1832 — Publication du troisième volume des *Poésies d'Alexandre Pouchkine.*

19 mai 1832 — Naissance de sa fille Marie (plus tard épouse Hartung).

27 mai 1832 — Il redemande, avec l'appui de Dm. Bloudov (autrefois l'un des fondateurs de l'*Arzamas,* devenu ministre de l'Intérieur), l'autorisation de publier une revue littéraire « et politique » qu'il veut appeler *Dnievnik* (« Journal »).

Septembre à novembre — L'autorisation est accordée en principe, mais il doit, pour surmonter la résistance de la Troisième Section de la Chancellerie impériale (police politique dont Benkendorf vient d'être nommé directeur), rechercher des appuis « techniques » (Nicolas Gretch, l'ami de Boulgarine, puis N. Tarassenko-Otrechkov, homme d'affaires douteux) qui le font finalement renoncer.

7 janvier 1833 — Il est élu membre de l'*Académie russe.*

Février-début mars 1833 — Il demande et obtient de Tchernychov, ministre de la Guerre, communication de documents des archives militaires « relatifs à l'histoire du général Souvorov » (et surtout à celle de Pougatchov).

Mars 1833 — Il commence *La Fille du capitaine.* — Publication de l'ensemble d'*Eugène Oniéguine,* augmenté du *Voyage d'Oniéguine* (écrit dès 1829) qui aurait dû précéder le chapitre VIII.

Mai 1833 — Il achève une première esquisse (brouillon) de l'*Histoire de Pougatchov.* Il a interrompu la rédaction de *La Fille du capitaine.*

3 juillet 1833 — Naissance de son fils Alexandre (Sacha).

Fin juillet — Il demande et obtient l'autorisation de partir pour Kazan et Orenbourg « pour écrire un roman dont l'action se passe dans ces provinces ».

15 août-15 septembre — Arrêts plus ou moins longs à Nijni-Novgorod, Kazan, Simbirsk, Orenbourg. Du *19 au 23 septembre,* avec le gouverneur général Basile Piërovski (ami de Joukovski), il visite la région du sud de l'Oural où commença en 1772 la révolte de Pougatchov.

Octobre 1833 — Sur le chemin du retour, deuxième séjour d'automne à Boldino. Il y écrit, outre l'*Histoire de Pougatchov.* des œuvres en vers (*Le Cavalier d'airain, Andjelo,* le *Conte du pêcheur et du petit poisson,* le *Conte de la tsarevna morte* et de nombreuses poésies) et *La Dame de pique.*

10 novembre — Retour à Moscou, où il passe deux semaines.

Fin novembre — A Pétersbourg. Il achève l'*Histoire de Pougatchov*. Le *24 novembre* il se remet à tenir son *Journal*.

6 décembre 1833 — Il soumet à Benkendorf l'*Histoire de Pougatchov* et *Le Cavalier d'airain*. Invité par le tsar (lettre de Benkendorf du *12 décembre*) à modifier certains vers du *Cavalier d'airain*, il s'y refusera et renoncera à le publier de son vivant.

30 décembre 1833 — Nicolas Ier le nomme gentilhomme de la chambre (*kammerjunker*), « ce qui ne convient guère à mes ans ». Il s'en montrera toujours humilié plus qu'honoré.

Janvier 1834 — Accord avec l'éditeur Smirdine pour publier ses œuvres dans *Cabinet de lecture*, revue alors la plus lue.

Février 1834 — *La Dame de pique* paraît dans *Cabinet de lecture*. Succès.

24 mars 1834 — Le tsar lui rend (par Joukovski) le manuscrit de l'*Histoire de Pougatchov* en lui imposant le titre « Histoire de la révolte de Pougatchov » (« Un bandit n'a pas d'histoire »). Il lui accorde un prêt sans intérêt de 20 000 roubles pour l'imprimer.

Avril-juin 1834 — Période de dépression : soucis d'argent pour sa propre famille, obligation d'assumer la gestion des biens de son père, rapports pénibles avec Pavlichtchev, mari de sa sœur Olga, qui l'exploite, lassitude de la vie de Cour et des salons, surtout quand il apprend en mai que le tsar a parlé à Joukovski d'une lettre de lui à sa femme (du *10 avril*), interceptée par la police et où il parlait assez librement du souverain : l'incident l'écœure tout particulièrement.

25 juin 1834 — Coup de tête : il offre sa démission. Il la retire le *3 juillet* (Joukovski lui a crié casse-cou), mais reçoit le même jour avis qu'elle est acceptée, mais avec retrait de son droit d'accès aux archives. Le *6 juillet*, nouvelle lettre de repentir à

Benkendorf, qui l'avise peu après que Nicolas Ier « pardonne ».

Eté 1834 — Mise en vente des *Nouvelles publiées par Alexandre Pouchkine,* comprenant les *Récits de feu Bielkine, Le Nègre de Pierre le Grand* (deux fragments) et *La Dame de pique.*

2e moitié de septembre 1834 — Troisième « automne de Boldino » (écourté). Il achève *La Fille du capitaine* (première rédaction) commencée en 1833.

Décembre 1834 — Sa nouvelle *Kirdjali* publiée dans *Cabinet de lecture.* — Fin décembre publication de l'*Histoire de la révolte de Pougatchov.* Il en fait remettre, le *26 janvier 1835,* un exemplaire au tsar, avec des annotations supplémentaires (publiées seulement en 1870).

Février 1835 — Il cesse de tenir son Journal. « Depuis un mois suis très occupé par Pierre [le Grand] », dit une de ses dernières notes.

Début 1835 — Publication des *Chants des Slaves occidentaux* (inspirés principalement de la *Guzla* de Mérimée) et du *Conte du Coq d'or.*

Avril-mai 1835 — Il redemande en vain l'autorisation de publier une revue « politique et littéraire ». Il rompt son contrat avec *Cabinet de lecture.*

16 mai 1835 — Naissance de son deuxième fils, Grégoire.

1er juin — Nouvelle demande de retraite à la campagne pour travailler. Mal reçue, il la retire le *4 juillet.*

22 juillet — Il sollicite une aide financière. Le *1er août* Nicolas Ier lui accorde un prêt de 30 000 roubles à valoir sur son traitement et un congé de six mois.

Septembre 1835 — Publication du quatrième volume des *Poésies d'Alexandre Pouchkine.*

7 septembre — Il se retire à Mikhaïlovskoïè. Mais vers la mi-octobre la maladie de sa mère l'oblige à rentrer à Pétersbourg. « Jamais je n'ai connu un automne aussi stérile » (lettre à Pletniov, 11 octobre).

Fin 1835 — Il travaille principalement à son *Histoire de Pierre le Grand.*

14 janvier 1836 — Il obtient l'autorisation de publier la revue *Le Contemporain,* mais non d'y insérer des articles « politiques » (c'est le monopole de *L'Abeille du Nord* de Boulgarine, protégé de Benkendorf).

Fin janvier 1836 — Benkendorf lui demande des explications sur son ode *A propos de la guérison de Lucullus,* satire transparente contre le ministre de l'Instruction publique (et grand maître de la censure) Serge Ouvarov. « Je n'ai nommé personne », répond Pouchkine.

11 avril 1836 — Premier numéro du *Contemporain.* Il y publie notamment son poème *Le Festin de Pierre* et son *Voyage à Erzeroum* de 1829. Tirage : 2 400 exemplaires.

23 mai 1836 — Naissance de sa deuxième fille, Nathalie.

30 juin 1836 — Deuxième numéro du *Contemporain.*

Fin septembre — Troisième numéro du *Contemporain.* Il y donne un fragment de sa nouvelle (inachevée) *Roslavlev* (évocation de l'invasion napoléonienne de 1812). Là paraît aussi *Le Nez* de Gogol. Tirage : 1 200 exemplaires.

4 novembre 1836 — Il reçoit, directement et par plusieurs intermédiaires, un factum anonyme insinuant qu'il doit les faveurs du tsar aux complaisances de sa femme et le nommant « historiographe de l'Ordre des cocus ». Il l'attribue après enquête au baron Louis Haeckeren de Beverwaard, ambassadeur de Hollande et père adoptif du baron Georges Dantès (émigré de France après 1830 et admis au corps des chevaliers-gardes), dont on remarquait dans les salons les assiduités auprès de Nathalie Pouchkine.

5 novembre — Première provocation en duel à Dantès. Il la retire quand Dantès annonce ses fiançailles avec Catherine Gontcharov, sœur de Nathalie. Il est persuadé d'avoir mis Dantès dans une position ridicule.

6 novembre — Espérant couper court aux médisances, il propose au ministre des Finances son bien de Boldino en gage de sa dette au tsar. (La proposition sera refusée.)

11 novembre 1836 — Quatrième numéro du *Contemporain*, avec *La Fille du capitaine*. Pouchkine a dû en assurer seul la fabrication. Tirage : 900 exemplaires, dont une centaine invendus.

21 novembre — Il porte à la connaissance de Benkendorf sa querelle avec Haeckeren et Dantès. Il rédige en français une lettre insultante à l'ambassadeur (« Vous avez été le maquereau de votre bâtard ») qu'il n'expédie pas. — Le *23 novembre*, le tsar le convoque et lui « conseille » de ne pas donner suite.

10 janvier 1837 — Mariage de Dantès avec Catherine Gontcharov. Mais (selon Pouchkine) Dantès poursuit ses attitudes affectées d'amoureux transi auprès de Nathalie devenue sa belle-sœur.

25 janvier — Pouchkine refait, à peu près dans les mêmes termes, sa lettre au baron Haeckeren et la lui envoie. Le *26 janvier*, Dantès le provoque en duel.

27 janvier 1837 — A 8 heures du matin, Pouchkine écrit encore à une dame Ichimova pour lui demander des traductions de l'anglais pour *Le Contemporain*. — A 16 heures, duel au faubourg de la Rivière Noire. Pouchkine est grièvement blessé à l'aine et transporté chez lui. Arndt, médecin du tsar, lui avoue, sur sa demande instante, que la blessure ne laisse pas d'espoir.

28 janvier — Le tsar, informé, lui envoie un mot l'exhortant à mourir en chrétien et promettant d'assister sa femme et ses enfants. — Affluence d'amis et d'admirateurs inconnus à son chevet et devant sa maison. (Le bruit court qu'il est déjà mort.)

29 janvier 1837 — A 14 heures 45, Pouchkine meurt.

Nuit du 30 au 31 janvier — Sa dépouille est transportée à l'église de la Cour, où le public n'est pas admis.

Nuit du 2 au 3 février — Translation du cercueil, accompagné seulement par Alexandre Tourguéniev et le domestique Nikita Kozlov, au monastère des Saintes Montagnes (aujourd'hui monts Pouchkine), non loin de Mikhaïlovskoïè. Inhumation le *6 février*.

7 février 1837 — Un poème anonyme de 73 vers (*Il a péri, le poète...*), maudissant les « arrogants descendants d'aïeux rendus fameux par leur abjection » dont les intrigues mondaines ont causé la mort de Pouchkine, circule à Pétersbourg en multiples manuscrits. L'auteur en est un jeune sous-lieutenant des hussards de la Garde, Michel Lermontov, âgé de vingt-trois ans, jusqu'alors inconnu comme poète. Son poème lui vaudra à la fois les rigueurs du tsar et une soudaine célébrité qui fera de lui le successeur et émule de Pouchkine. (Trois ans et demi plus tard, il sera lui aussi tué en duel.)

1837 — *Le Contemporain*, repris à partir du numéro 5 par Pletniov et Joukovski, commence à publier (non sans de prudentes retouches) des inédits de Pouchkine en vers et en prose. Il va devenir peu à peu (surtout à partir de 1847 sous la direction du poète Nièkrassov, et jusqu'à sa suppression sous Alexandre II en 1866) la plus importante revue littéraire russe.

1838-1841 — Première édition posthume, par les soins de Joukovski et Pletniov, des *Œuvres* de Pouchkine en 11 volumes. Il y manque beaucoup de poésies et de proses restées dans les papiers du poète, et Joukovski a parfois sérieusement « amendé » l'original.

1855-1857 **— Nouvelle édition préparée et complétée par Pierre Annienkov. Mais les altérations de la censure ne seront corrigées que progressivement dans les éditions postérieures.**

NOTES

RÉCITS DE FEU IVAN PÉTROVITCH BIELKINE

Page 11.

1. C'est là — hormis deux fragments du *Nègre de Pierre le Grand* publiés dans des revues à titre de reconstitutions historiques — la première œuvre en prose achevée et publiée de son vivant par Pouchkine, en octobre 1831. Les cinq nouvelles qui la composent furent écrites en septembre et octobre 1830 durant son séjour forcé à Boldino. Les manuscrits originaux portent la date de leur achèvement : 9 septembre : *Le Marchand de cercueils*; 14 septembre : *Le Maître de poste*; 20 septembre : *La Demoiselle-paysanne*; 14 octobre : *Le Coup de pistolet;* 20 octobre : *La Tempête de neige.* Il y ajouta en 1831, quand il eut décidé de les publier, l' « Avis de l'éditeur » qui leur sert de préface et présente le personnage de Bielkine. — Il décida d'abord de les publier sans les signer que d'initiales. Le 9 décembre 1830, il écrivait à son ami Pierre Pletniov, en lui recommandant le secret : « J'ai écrit en prose cinq nouvelles qui font hennir et gigoter Baratynski, et que nous imprimerons anonymement. Impossible sous mon nom car Boulgarine se mettra à invectiver. Ainsi la littérature russe est livrée pieds et poings liés à un Boulgarine et à un Gretch ! » C'est en effet le moment des plus virulentes hostilités entre le groupe de *La Gazette littéraire* et celui de *L'Abeille du Nord,* le second jouissant de la protec-

tion occulte de Benkendorf. Les *Récits de feu Bielkine* ne reçurent la reconnaissance de paternité de leur auteur qu'en 1834, dans le recueil d'ensemble de ses nouvelles en prose. Toutefois, l'anonymat de la première édition avait été très vite percé par le public lisant, et c'était bien ce qu'en réalité souhaitait Pouchkine : en août 1831, avant que le volume sortît des presses, il écrivait à Pletniov, qu'il avait chargé d'en surveiller l'impression : « Dis tout bas à Smirdine [le libraire] mon nom, en lui laissant entendre qu'il peut le répéter tout bas aux acheteurs. »

Page 12.

1. *Le Mineur* (*Nièdorosl*, le terme désignait un jeune noble n'ayant pas encore atteint quinze ans, l'âge de servir), comédie de Denis Fonvizine (1745-1792), le premier grand comique russe, avant Griboïédov et Gogol.

Page 18.

1. *Eugène Abramovitch Baratynski* (ou *Boratynski*) (1800-1844), poète, ami de Pouchkine, un des fondateurs de *La Gazette littéraire*. La première épigraphe est empruntée à son poème *Le Bal* (1828).

2. *Un soir au bivouac*, nouvelle d'Alexandre Biestoujev-Marlinski (1797-1837), ami de Pouchkine, futur décembriste, directeur de la revue *L'Etoile polaire* qui publia souvent des poésies de Pouchkine.

Page 24.

1. *Alexandre P. Bourtsov* (mort en 1813), officier de hussards à qui le poète-partisan D. V. Davydov (1784-1839) fit une réputation par son invocation bachique : « Bourtsov, gaillard bagarreur... »

Page 25.

1. La légende attribue ce geste à Pouchkine lui-même dans un de ses duels.

Page 33.

1. La bataille de *Sculani* sur le Prout (17 juin 1821) consomma la défaite des volontaires de l'hétairie en Moldavie; les survivants se réfugièrent de l'autre côté du fleuve, à la quarantaine frontalière russe. Beaucoup de

jeunes Russes avaient épousé la cause de l'insurrection hellénique (et Pouchkine lui-même, quand il était à Kichiniov, fut un moment tenté de le faire).

Page 34.

1. Extrait de la ballade *Svietlana* (1813), libre adaptation par Joukovski de la *Lenore* de Lenau.

Page 35.

1. *Enseigne :* en russe *praporchtchik*, premier grade accordé à l'élève officier (*junker*) avant celui de sous-lieutenant. On traduit aussi « aspirant ».

2. *Assesseur* (sous-entendu : *de collège*), huitième grade du *tchine* (hiérarchie administrative), le premier grade conférant la noblesse personnelle (non héréditaire), et souvent le dernier d'une obscure carrière bureaucratique.

Page 36.

1. *Toula* (au sud de Moscou) était le centre de la métallurgie artisanale : c'est de là que partit, sous Pierre le Grand, la famille *Diémidov* pour fonder la grosse métallurgie de l'Oural.

Page 37.

1. *Tériochka,* diminutif, pour désigner un serf, de *Terentiï,* « Térence ».

Page 38.

1. *Capitaine de district :* c'est le *kapitan-ispravnik* « (capitaine redresseur »), chargé de la police rurale.

Page 43.

1. *Borodino :* la sanglante bataille du 26 août 1812, la dernière avant l'entrée de Napoléon à Moscou, celle que Napoléon baptisa *bataille de la Moskowa,* et que les Russes comme les Français revendiquèrent comme une victoire.

2. *Joconde ou le Chercheur d'aventures,* opéra-comique de Nicolo Isoir, qui se jouait avec grand succès en 1814 à Paris encore occupé par les troupes alliées.

Page 45.

1. *Se amor non è... :* Pétrarque, sonnet 88.

Page 47.

1. Dans *La Nouvelle Héloïse* de Jean-Jacques Rousseau.

Page 50.

1. Citation du poème *La Chute d'eau* (1794) de Dierjavine.

Page 51.

1. L'un dans *Hamlet*, l'autre dans *La Fiancée de Lammermoor.*

Page 52.

1. *Razgouliaï*, faubourg de Moscou.
2. Dans le texte russe : « trois coups franc-maçonniques ».

Page 53.

1. *Sergent de ville :* en russe *boudotchnik* (de *boudka,* « guérite »), montant la garde jour et nuit, armé d'une hallebarde.
2. *A. Pogorielski,* écrivain mineur contemporain de Pouchkine, dans sa nouvelle *La Pâtissière de Lafertovo.*
3. Dans le texte russe : *piervoprestolnaïa stolitsa,* « la capitale du premier trône », c'est-à-dire des souverains d'avant Pierre le Grand.
4. Citation — décrivant la tenue du *boudotchnik* — d'un conte d'Alexandre Izmaïlov (1778-1831) : *Pakhomovna la folle.*
5. « Chez lui », c'est-à-dire au poste de police.

Page 55.

1. Citation un peu altérée de Jacques Kniajnine (1742-1791), poète et dramaturge, dans sa comédie *Le Hâbleur* (1786).
2. Selon la coutume russe, avant la mise en bière.

Page 60.

1. Le prince *Pierre Andréiévitch Viaziemski* (1792-1878), poète médiocre et critique estimable, grand ami de Pouchkine. Citation un peu altérée de son poème *Le Relais* (1825).

2. C'est-à-dire ayant le grade de *régistrateur de collège,* le plus bas de la hiérarchie.

Page 61.

1. *Courrier de cabinet (feldjäger),* personnage très important sur les routes, à qui on devait donner priorité absolue pour la fourniture de chevaux aux relais.

Page 62.

1. *A présent abandonnée :* la plupart des grandes routes aboutissant à Moscou et Pétersbourg furent entièrement refaites après 1812, et quelquefois sur un nouveau tracé.

2. *Dounia :* diminutif courant de *Dorothée.*

Page 64.

1. Citation non identifiée.

Page 72.

1. *Le Maréchal des logis en retraite* (1791), poème humoristique d'Ivan Iv. Dmitriev (1760-1837).

Page 74.

1. *Barine* (féminin *barynia*) désigne, dans la bouche des gens du peuple, le seigneur ou le « monsieur ».

2. Depuis la stabilisation de la monnaie en 1826, le *rouble-argent* valait de 3 à 3,5 roubles-papier ou assignats.

Page 75.

1. Citation extraite de *Douchenka* (« Petite âme », 1775), poème (librement inspiré de la *Psyché* de La Fontaine) d'Hippolyte F. Bogdanovitch (1743-1803).

2. *L'année 1797* est la date de l'avènement de Paul Ier qui, dans son parti pris de contradiction de toute la politique de sa mère Catherine II (qui l'avait tenu écarté du pouvoir), persécuta particulièrement les officiers de la Garde — ce qui devait être une des causes de sa chute et de son assassinat en 1801.

Page 76.

1. « Mais le blé russe ne pousse pas sur le mode étranger », disait dans une de ses satires (« Molière, ton génie

que rien n'égale au monde... ») le prince *Alexandre Chakhovskoï* (1777-1846), poète et dramaturge de la tendance traditionaliste (ennemie des influences littéraires étrangères) à laquelle s'opposait, dans les années de jeunesse de Pouchkine, le groupe de l'*Arzamas* autour de Karamzine.

2. Le *Conseil de Tutelle* était à la fois institution de bienfaisance (pour les orphelins) et crédit foncier prêtant sur hypothèque.

Page 77.

1. Le port de la moustache était obligatoire dans l'armée.

Page 78.

1. *Paméla ou la Vertu récompensée,* de Richardson (1741).

Page 80.

1. « *Cracher sur* » quelqu'un ou quelque chose est une expression familière de mépris, toute métaphorique, très usitée des Russes. Elle s'exprime par l'interjection *t'fou!*

Page 81.

1. Le *sarafane* est la robe d'apparat, aux vives couleurs, de la paysanne russe.

Page 82.

1. *Lapti :* chaussures paysannes faites de bandes d'écorce de bouleau entrelacées.

Page 83.

1. Lisa, jouant la paysanne, doit renoncer au vouvoiement inconnu des moujiks.

Page 85.

1. « *Par le Vendredi saint* » *:* plus exactement, dans l'esprit de la « paysanne » Lisa, *par Sainte Vendredi*. Le nom du Vendredi (*piatnitsa*), féminin en russe, est en effet le second nom (ou plutôt la traduction du premier, en grec παρασκευή, « préparation » du Sabbat)

d'une sainte particulièrement révérée, sainte Parascève ou Prascovie.

Page 94.

1. *La méthode Lancastre* (du pédagogue anglais Lancaster), dite « d'enseignement mutuel », où les meilleurs élèves prennent en charge les moins doués, fut, à l'époque de la Restauration, une des manifestations de l'anglomanie en France, et bientôt dans la société noble de Russie.

2. Nouvelle sentimentale de N. M. Karamzine (1792).

Page 97.

1. *Tarass Skotinine,* personnage de la comédie de Fonvizine *Le Mineur.*

DOUBROVSKI

Page 99.

1. Conçu sous la double inspiration d'un fait authentique de spoliation (voir p. 111, n. 1) et de ses constantes réflexions sur l'appauvrissement et la lente déchéance matérielle et morale de sa classe, la noblesse de naissance, ce récit fut commencé par Pouchkine en 1832 ; le dernier chapitre (inachevé) date de février 1834. Il fut publié pour la première fois dans l'édition posthume de ses œuvres en 1841, avec de nombreuses interventions de la censure. Le texte authentique a été rétabli dans l'édition de 1882.

Page 103.

1. « *Guénèral-anchef* » (on disait aussi *polngï guénèral,* « général de plein titre ») : terme courant alors pour grouper ceux de « général-de-l'infanterie », « de-la-cavalerie » et « de-l'artillerie », qui constituaient ensemble le deuxième grade militaire de la *Table des Rangs* après celui de feld-maréchal.

Page 104.

1. *Timochka :* diminutif de *Timothée* (qui est évidemment un domestique serf).

Page 107.

1. *Kisténiovka :* Pouchkine a choisi pour nom celui d'un village qui lui était échu dans le partage de la propriété paternelle de Boldino.

Page 111.

1. Ce document (les noms exceptés) serait authentique : il fut communiqué à Pouchkine, par l'intermédiaire de son ami Paul Nachtchokine, par un fonctionnaire du « Conseil de tutelle » (qui faisait office de Crédit foncier). Les mêmes artifices juridiques avaient servi, vers 1830, à spolier un gentilhomme pauvre de Russie occidentale, nommé Ostrovski, au profit de son puissant voisin. Les deux alinéas commençant par *Il est ordonné...* sont des références au Code dit *Oulojénié,* adopté en 1649 sous le règne d'Alexis Mikhaïlovitch.

Page 119.

1. *Yègorovna* (fille de Yègor ou Georges) : les domestiques, surtout âgés, à qui on voulait témoigner une certaine déférence, étaient appelés par leur nom patronymique, sans prénom. La lettre d' « Orina » Yègorovna est inspirée par celles que Pouchkine recevait de sa vieille *niania* Arina Rodionovna.

Page 123.

1. Plus loin (p. 153) la différence d'âge sera de cinq ans : la nouvelle, restée à l'état de premier jet, n'a pas été relue dans le détail par Pouchkine.

Page 125.

1. Vers de Dierjavine (*Ode sur la mort du prince Miechtcherski,* 1779).

Page 126.

1. « Retentis, tonnerre de la victoire, — Réjouis-toi, vaillant Russe ! » — premiers vers d'une ode triomphale célèbre de Dierjavine sur la prise d'Izmaïl (1791), mise en musique par Kozlovski.

Page 128.

1. *1797* est la date de l'avènement de Paul Ier, qui brima particulièrement les officiers de la Garde, notamment en modifiant leur uniforme (voir p. 75, note 2).

2. Selon la coutume russe, le corps du défunt, avant la mise en bière, est exposé sur une table, dans la plus belle pièce de la maison.

Page 135.

1. *La campagne de Turquie :* celle de 1787-1791, qui assura à la Russie la possession du nord de la mer Noire(du Dniestr au Kouban (traité de Iassy).

Page 151.

1. Le général *J. P. Koulniov,* tué à la bataille de Kliasnitsy, fut un héros très populaire de la guerre de 1812. Il s'agit ici de son portrait peint par le peintre anglais George Daw (1781-1879), avec celui d'autres généraux de la guerre de 1812 contre Napoléon, pour une galerie du Palais d'Hiver.

Page 154.

1. Vins caucasiens.

Page 157.

1. On mettait en place le châssis extérieur des doubles fenêtres à l'approche de l'hiver.

Page 158.

1. « Eteindre » se dit en russe *toutchit'*.

Page 161.

1. Prononciation « à la française » de *outchitiél,* « instituteur » ou « précepteur ».

2. Les précepteurs étrangers, que toute famille noble tenait à obligation d'engager, étaient souvent fournis sans la moindre garantie par des sortes de bureaux de placement. Les Français en particulier n'avaient souvent rien qui les qualifiât pour la profession d' « *outchitiél* » : le précepteur français est un type, plus ou moins comique, fréquent chez les écrivains russes d'alors (voir par exemple Tolstoï dans *Enfance*).

Page 174.

1. Leur nom russe, *douchégoubka* (« perdeuse d'âme ») est aussi suggestif que leur nom français.

Page 175.

1. Dans le poème *Conrad Wallenrod*, d'Adam Mickiewicz (1828), l'amante de Conrad, distraite, brode des roses vertes au feuillage rose.

Page 186.

1. *Ataman :* chef élu des unités cosaques et par extension, ici, chef de bande.

Page 189.

1. Les parents n'assistent pas à la cérémonie religieuse du mariage orthodoxe, où ils sont représentés par un parrain et une marraine dits père et mère « substitués » (*posajonyiè*).

2. *Sortit de l'autel :* l'autel des églises orthodoxes est un sanctuaire rigoureusement réservé aux prêtres; il est séparé des fidèles (debout dans la nef) par l'iconostase, cloison ornée de nombreuses icônes et dans laquelle s'ouvre, pour l'officiant, une porte dite « porte impériale ».

Page 194.

1. Il y a ici une lacune dans le manuscrit.

LA DAME DE PIQUE

Page 196.

1. *La Dame de pique* fut écrite en octobre 1833 à Boldino, où Pouchkine s'arrêta quelques jours en revenant de son voyage dans le sud de l'Oural. La nouvelle parut pour la première fois dans la revue *Cabinet de lecture* en février 1834. Son ami Paul V. Nachtchokine, à qui il en fit la première lecture, a raconté plus tard à P. I. Barténiev (*Récits sur Pouchkine recueillis de la bouche de ses amis*, Moscou, 1925) que l'original de la vieille comtesse exista réellement : c'était Nathalie Piétrovna Golitsyne (mère du gouverneur général de Moscou Dm. Vl. Golitsyne), qu'on appelait « princesse Moustache » et qui vivait à Paris la vie que dépeint la nouvelle : son

petit-fils aurait raconté à Pouchkine qu'ayant perdu au jeu et demandé de l'argent à sa grand-mère, il reçut au lieu d'argent un « secret » qu'elle disait tenir du comte de Saint-Germain, le célèbre aventurier. La nouvelle eut grand succès. Pouchkine note dans son *Journal*, le 7 avril 1834 : « Ma Dame de pique est en grande vogue. Les joueurs misent sur le trois, le sept et l'as. A la Cour on a trouvé une ressemblance entre ma vieille comtesse et la princesse Nathalie Pétrovna et, à ce qu'il semble, on ne se fâche pas. »

Page 199.

1. L'épigraphe est un impromptu de Pouchkine lui-même, qui se retrouve dans une lettre à Viaziemski du 1er septembre 1828 où il évoque des souvenirs de jeunesse.

Page 203.

1. *Simon Gavrilovitch Zoritch,* officier d'origine serbe, gros joueur, fut un des favoris de Catherine II.

2. Ce mot d'esprit serait du poète-partisan Denis Davydov, comme il ressort d'une lettre de celui-ci à Pouchkine, datée du 4 avril 1834, où il le félicite de s'en être souvenu après des années.

Page 225.

1. Le cercueil n'était cloué qu'après l'office funèbre.

Page 227.

1. Dans le texte russe : « j'ai dit : *Attendez-ss* » — avec adjonction de l'enclitique de déférence *ss*.

Page 228.

1. *Conseiller secret* (transposition de l'allemand *Geheimrat*) : haut titre hiérarchique, le troisième de la *Table des Rangs,* équivalant à un grade de général.

Impression Brodard et Taupin
à La Flèche (Sarthe),
le 31 mars 1988.
Dépôt légal : mars 1988.
1er dépôt légal dans la collection : avril 1974.
Numéro d'imprimeur : 6168-5.
ISBN 2-07-036542-5 / Imprimé en France

43252